Rádio Silêncio

Tradução de
CAROLINA CAIRES COELHO

Título original
RADIO SILENCE

Primeira publicação em brochura na Grã-Bretanha por
HarperCollins Children's Books em 2016.

HarperCollins Children's Books, uma divisão da HarperCollins Publishers Ltd.
1 London Bridge Street, Londres, SE1 9GF

Copyright © Alice Oseman, 2016
Todos os direitos reservados.

Letra de 'lonely boy goes to a rave' cortesia de Teen Suicide © 2013.
Todos os direitos reservados.

O direito moral de Alice Oseman de ser
identificada como autora desta obra foi assegurado por ela.

Direitos para a língua portuguesa reservados
com exclusividade para o Brasil à
EDITORA ROCCO LTDA.
Rua Evaristo da Veiga, 65 – 11º andar
Passeio Corporate – Torre 1
20031-040 – Rio de Janeiro – RJ
Tel.: (21) 3525-2000 – Fax: (21) 3525-2001
rocco@rocco.com.br|www.rocco.com.br

Printed in Brazil/Impresso no Brasil

Preparação de originais: SOFIA SOTER

CIP-Brasil. Catalogação na fonte.
Sindicato Nacional dos Editores de Livros, RJ.

O91r   Oseman, Alice
        Rádio silêncio / Alice Oseman; tradução de Carolina
        Caires Coelho. – 1ª ed. – Rio de Janeiro: Rocco, 2021.

        Tradução de: Radio Silence
        ISBN 978-65-5532-158-6
        ISBN 978-85-7980-438-0 (e-book)

        1. Ficção inglesa. I. Coelho, Carolina Caires. II. Título.

21-72965   CDD-823   CDU-82-3(410.1)

Meri Gleice Rodrigues de Souza – Bibliotecária – CRB-7/6439

O texto deste livro obedece às normas do
Acordo Ortográfico da Língua Portuguesa.

A escola está uma droga.
Ah, por que tenho que trabalhar? Não, não entendo.
Mm.
Olhem para mim. Olhem para minha cara.
Parece que eu me importo com a escola?
Não.

"lonely boy goes to a rave", Teen Suicide

UNIVERSE CITY: Ep. 1 — azul-escuro

UniverseCity   109.982 visualizações

Em perigo. Preso na Universe City. Mandem ajuda. Deslize para baixo para ler a transcrição >>>

Olá.

Espero que alguém esteja ouvindo.

Estou enviando esse sinal via rádio — muito antiquado, eu sei, mas talvez um dos poucos métodos de comunicação que a City se esqueceu de monitorar —, num pedido sombrio e *desesperado* de socorro.

As coisas na Universe City não são o que parecem ser.

Não posso contar quem sou. Por favor, me chame... por favor me chame apenas de Rádio. Rádio *Silêncio*. Afinal, sou só uma voz numa rádio, e pode ser que ninguém esteja ouvindo.

Fico me perguntando... se ninguém está ouvindo minha voz, estou fazendo algum som?

[...]

FUTUROS

— Você está ouvindo isso? — perguntou Carys Last, pulando à minha frente tão repentinamente que eu quase trombei nela. Estávamos na plataforma da estação. Tínhamos quinze anos e éramos amigas.

— O quê? — perguntei, porque não conseguia escutar nada além da música que estava ouvindo com um só fone de ouvido. Acho que devia ser Animal Collective.

Carys riu, o que não acontecia com muita frequência.

— Sua música está alta demais — disse ela, enfiando um dedo pelo fio do fone de ouvido e puxando-o para longe de mim. — Ouça.

Ficamos paradas, ouvindo, e eu me lembro de todas as coisas que ouvi naquele momento. Ouvi o ronco do trem do qual havíamos acabado de descer deixando a estação, seguindo em direção à cidade. Ouvi o guarda da catraca explicando a um senhor que o trem de alta velocidade que seguiria a St Pancras tinha sido cancelado hoje por causa da neve. Ouvi o burburinho distante do trânsito, o vento acima de nossa cabeça, a descarga no banheiro da estação e *"Trem chegando agora à — Plataforma Um — é o — 8.02 — para — Ramsgate"*, neve sendo retirada e um caminhão de bombeiro, além da voz de Carys e...

Incêndio.

Nós nos viramos e olhamos para a cidade à nossa frente, morta e coberta pela neve. Normalmente conseguíamos ver nossa escola dali, mas hoje havia uma nuvem de fumaça na frente.

— Como não vimos a fumaça enquanto estávamos no trem? — perguntou Carys.

— Eu estava dormindo — falei.

— Eu não estava.

— Você não estava prestando atenção.

— Bom, acho que a escola pegou fogo — disse ela, se afastando até se sentar no banco da estação. — O desejo da Carys de sete anos se tornou realidade.

Fiquei observando mais um momento e me aproximei dela.

— Acha que foram aquelas pessoas que nos pregaram peças? — perguntei, me referindo aos blogueiros anônimos que vinham aprontando com nossa escola com cada vez mais intensidade no último mês.

Carys deu de ombros.

— Não importa muito, certo? O resultado final é o mesmo.

— Importa, sim. — Foi naquele momento em que tudo começou a se encaixar. — É... parece bem sério. Vamos ter que mudar de escola. Parece que os blocos C e D inteiros simplesmente... sumiram. — Amassei a saia com as mãos. — Meu armário ficava no bloco D. Meu caderno de artes estava lá. Passei dias trabalhando em alguns daqueles desenhos.

— Que merda.

Estremeci.

— Por que eles fariam isso? Destruíram muito trabalho árduo. Estragaram a educação de muitos alunos, coisas que afetam demais o futuro das pessoas. Acabaram com a vida de muita gente, literalmente.

Carys pareceu pensar no que ouviu e abriu a boca para responder, mas acabou por fechá-la de novo, sem dizer nada.

1. TRIMESTRE DE VERÃO
a)

EU ERA INTELIGENTE

— Nós nos importamos com a felicidade de nossos alunos e nos *importamos* com o sucesso deles — disse nossa diretora, a dra. Afolayan, na frente de quatrocentos pais e alunos do ensino médio na noite da reunião de trimestre do verão do penúltimo ano. Eu tinha dezessete anos e era representante de turma e estava nos bastidores porque dois minutos depois seria a minha vez de falar no palco. Eu não tinha planejado meu discurso, mas não estava nervosa. Estava satisfeita comigo mesma.

— Consideramos que é nossa *obrigação* dar aos nossos jovens acesso às maiores oportunidades que existem no mundo hoje.

Eu havia conseguido me tornar a representante no ano anterior porque o pôster de minha campanha era uma foto minha com queixo duplo. Além disso, eu tinha usado a palavra "meme" no meu discurso de eleição. Isso expressava a ideia de que eu não me importava nem um pouco com a eleição, apesar de o contrário ser a verdade, e fez as pessoas quererem votar em mim. Não se pode dizer que eu não conheço meu eleitorado.

Apesar disso, eu não tinha muita certeza do que diria no discurso da reunião de pais. Afolayan estava falando tudo o que eu tinha anotado no folheto da casa noturna que encontrei no bolso de meu blazer cinco minutos antes.

— Nosso programa Oxbridge tem sido muito bem-sucedido este ano...

Amassei o folheto e o joguei no chão. Seria no improviso. Eu já tinha improvisado discursos antes, então não era nada grave, e ninguém percebia que eles eram improvisados; ninguém nem *sequer pensava* que eles podiam ser. Eu era conhecida por ser organizada, sempre fazer minha lição de casa, tirar notas altas com frequência e planejar entrar na Universidade de Cambridge. Meus professores me adoravam e meus colegas me invejavam.

Eu era inteligente.

Eu era a melhor aluna de minha série.

Eu estudaria em Cambridge, conseguiria um bom emprego, ganharia muito dinheiro e seria feliz.

— E eu acho que o corpo docente também merece uma salva de palmas por todo o trabalho árduo que eles fizeram este ano — disse a dra. Afolayan.

A plateia aplaudiu, mas vi alguns alunos revirarem os olhos.

— Agora gostaria de apresentar nossa representante, Frances Janvier.

Ela pronunciou o sobrenome errado. Vi Daniel Jun, o outro representante, me observando do outro lado do palco. Daniel me odiava porque nós dois éramos máquinas implacáveis nos estudos.

— Frances tem sido excelente desde que entrou aqui há alguns anos, e para mim é um enorme prazer tê-la representando tudo o que defendemos aqui na Academy. Hoje, ela vai conversar com vocês sobre a experiência dela como aluna do ensino médio este ano, além de seus planos para o futuro.

Eu me levantei, subi no palco e sorri e me senti bem, porque tinha nascido para isso.

O NARRADOR

— Você não vai improvisar de novo, né, Frances? — perguntou minha mãe, quinze minutos antes. — Da última vez, você acabou seu discurso fazendo sinal de positivo com a mão para todo mundo.

Ela estava comigo no corredor à frente da entrada do palco. Minha mãe sempre adorou a reunião de pais, principalmente porque adora os olhares breves e confusos que as pessoas trocam quando ela se apresenta como minha mãe. Isso acontece porque sou birracial e ela é branca e, por algum motivo, em geral pensam que sou espanhola porque fiz aula de espanhol ano passado com professor particular.

Ela também adorava ouvir os professores dizerem a ela, muitas vezes, que eu era excelente.

Balancei o folheto da casa noturna.

— Com licença. Estou extremamente preparada.

Minha mãe o pegou de minha mão e o analisou.

— Há literalmente três pontos anotados nisso. Um deles é "cite a Internet".

— Só preciso disso. Sou bem versada na arte da bobagem.

— Ah, disso eu sei. — Minha mãe me devolveu o folheto e se recostou na parede. — Mas podemos passar sem outro incidente no qual você passe três minutos falando sobre *Game of Thrones*.

— Você nunca vai me deixar esquecer isso, não é?

— Não.

Dei de ombros.

— Já tenho os principais pontos resolvidos. Sou inteligente, vou fazer faculdade, blá-blá-blá, notas, sucesso, felicidade. Estou bem.

Às vezes, eu tinha a impressão de que só falava daquilo. Afinal, ser inteligente era minha principal fonte de autoestima. Sou uma pessoa muito triste, em todos os sentidos da palavra, mas pelo menos faria faculdade.

Minha mãe ergueu uma sobrancelha para mim.

— Você está me deixando nervosa.

Tentei parar de pensar nisso e pensei a respeito dos meus planos da noite.

Naquela noite, eu chegaria em casa e faria um café, comeria um pedaço de bolo, subiria a escada e me sentaria na cama para ouvir o último episódio de *Universe City*. O *Universe City* era um podcast no YouTube a respeito de um aluno detetive que usava ternos e procurava uma maneira de escapar da universidade infestada de monstros, no mundo da ficção científica. Ninguém sabia quem fazia o podcast, mas era a voz do narrador que me deixou viciada na série — tem um tom tranquilo. Dá vontade de dormir. Da maneira menos esquisita possível, é meio como se alguém estivesse fazendo cafuné em você.

Era isso o que eu pretendia fazer quando chegasse em casa.

— Tem certeza de que vai ficar bem? — perguntou minha mãe, abaixando o olhar para mirar em mim. Ela sempre me perguntava isso antes de eu sair para falar em público, o que era frequente.

— Vou ficar bem.

Ela ajeitou a gola de meu blazer e tocou meu broche de prata de representante com um dos dedos. Perguntou:

— Por que mesmo você sempre quis ser representante de turma?

Respondi:

— Porque sou ótima nisso.

Mas estava pensando: *porque as universidades adoram.*

MORRENDO, MAS PASSANDO BEM

Eu disse a minha parte, desci do palco e conferi meu telefone, porque havia passado a tarde toda sem checá-lo. Foi quando eu vi. Vi a mensagem do Twitter que estava prestes a mudar minha vida, provavelmente para sempre.

Dei uma tossida assustada, afundei o corpo na cadeira de plástico e segurei o braço do Representante Daniel Jun com tanta força que ele sussurrou:

— Ai! O que foi?

— Uma coisa impressionante aconteceu comigo no Twitter.

Daniel, que parecia um pouco interessado até ouvir a palavra "Twitter", franziu o cenho e puxou o braço. Empinou o nariz e desviou o olhar como se eu tivesse feito algo extremamente constrangedor.

O mais importante a se saber a respeito de Daniel Jun é que ele provavelmente teria se matado se achasse que, com isso, conseguiria notas melhores. Para a maioria das pessoas, éramos exatamente iguais. Éramos inteligentes e queríamos entrar em Cambridge, o que era só o que todo mundo via: dois deuses brilhantes da academia voando alto acima do prédio da escola.

A diferença entre nós era que eu considerava nossa "rivalidade" totalmente hilária, enquanto Daniel agia como se estivéssemos em uma guerra para ver quem sabia ser mais nerd.

Bom...

Duas coisas muito impressionantes tinham acontecido, na verdade. A primeira foi:

@UniverseCity está te seguindo

A segunda foi uma mensagem direta endereçada a "Toulouse", meu pseudônimo on-line:

Mensagens diretas > **com Rádio**

> oi toulouse! pode parecer bem esquisito, mas vi umas artes de Universe City que você postou e adorei

> queria saber se você tem interesse em trabalhar com o programa para criar artes para os episódios de Universe City.

> estou tentando encontrar alguém com o estilo certo para o programa e adorei o seu.

> Universe City não tem fins lucrativos, por isso não posso pagar, então vou entender perfeitamente se você quiser recusar, mas me parece que você adora

> o programa, e eu quero saber se tem interesse. Claro que receberia os créditos. queria muito poder pagar, mas não tenho grana

> (sou estudante). pois é. me avisa se tiver interesse. se não tiver, ainda assim adoro seus desenhos. muito mesmo. ok.
>
> Rádio x

— Desembucha — disse Daniel, revirando os olhos. — O que aconteceu?

— Uma coisa impressionante — sussurrei.

— É, isso eu já entendi.

De repente, me toquei que não podia contar nada daquilo para ninguém. As pessoas provavelmente nem sequer sabiam o que era o *Universe City* e desenhar *fanart* era um passatempo estranho de qualquer modo, e elas podiam pensar que eu estava desenhando pornografia ou coisa assim e sairiam vasculhando meu Tumblr para ler todos os meus posts de lá e tudo seria um terror. Frances Janvier, Destaque da Escola e Representante de Turma, Exposta como a Louca do Fandom.

Pigarreei.

— Hum... você não se interessaria. Não se preocupe.

— Tá bom, então.

Daniel balançou a cabeça e se virou.

Universe City. Tinha. Me. Escolhido. Como artista. Deles.

Eu estava morrendo, mas passando bem.

— Frances? — disse alguém em voz baixa. — Você está bem?

Olhei para a frente e me vi cara a cara com Aled Last, o melhor amigo de Daniel.

Aled Last sempre parecia uma criancinha que tinha se perdido da mãe em um mercado. Isso provavelmente tinha algo a ver com sua aparência jovem, seus olhos arredondados e seus cabelos finos como os de bebê. Ele nunca parecia se sentir à vontade com as roupas que usava.

Ele não estudava na nossa escola — frequentava uma escola só de garotos do outro lado da cidade e, apesar de ser só três meses mais velho do que eu, estava um ano à minha frente. Todo mundo o conhecia por causa do Daniel. Eu o conhecia porque ele morava na casa em frente à minha, porque eu já tinha sido amiga da irmã gêmea dele e porque pegávamos o mesmo trem para ir à escola, apesar de ficarmos em vagões diferentes e de não conversarmos um com o outro.

Aled Last estava de pé ao lado de Daniel, olhando para onde eu ainda estava sentada, ofegante, na cadeira. Ele fez uma careta e disse em seguida:

— Hum, desculpa, mas parecia que você estava passando mal, sei lá.

Tentei dizer alguma coisa sem cair num riso histérico.

— Estou bem — falei, mas estava sorrindo e provavelmente parecia prestes a matar alguém. — Por que você está aqui? Dando apoio ao Daniel?

Diziam os boatos que Aled e Daniel eram inseparáveis desde sempre, apesar de Daniel ser um idiota arrogante e cheio de opinião e de Aled não falar mais de cinquenta palavras por dia.

— Hum, não — disse ele, com a voz quase baixa demais para ser ouvida, como sempre. Parecia aterrorizado. — A dra. Afolayan queria que eu desse uma palestra. Sobre a faculdade.

Fiquei olhando para ele.

— Mas você nem estuda na nossa escola.

— É... não.

— Por que ela quer isso, então?

— Foi ideia do sr. Shannon. — O sr. Shannon era o diretor da escola de Aled. — Alguma coisa a ver com camaradagem entre nossas escolas. Um de meus amigos deveria estar fazendo isso, na verdade... ele foi o representante de turma ano passado... mas ele está ocupado, então... me pediu para eu fazer... é.

A voz de Aled foi ficando bem baixa enquanto ele falava, quase como se ele pensasse que eu não estava prestando atenção, apesar de eu estar olhando bem na cara dele.

— E você disse sim? — perguntei.

— Disse.

— *Por quê?*

Aled só riu.

Estava visivelmente trêmulo.

— Porque ele é um tonto — disse Daniel, cruzando os braços.

— Sou — murmurou Aled, mas estava sorrindo.

— Você não tem que fazer isso — falei. — Eu poderia dizer a todo mundo que você está passando mal e pronto.

— Eu meio que tenho que fazer isso — disse ele.

— Você não meio que tem que fazer nada se não quiser — respondi, mas sabia que isso não era verdade, assim como Aled também sabia, porque ele só riu e balançou a cabeça.

Não dissemos mais nada.

Afolayan subiu ao palco de novo.

— Agora quero apresentar Aled Last, um dos *ótimos* alunos do último ano do ensino médio da escola de garotos, que vai para uma das universidades de maior prestígio no Reino Unido em setembro. Bem, se ele fechar todas as matérias com nota máxima, claro!

Todos os pais riram daquilo. Daniel, Aled e eu não rimos. Afolayan e os pais começaram a aplaudir e Aled subiu ao palco. Aproximou-se do microfone. Eu já tinha feito isso mil vezes e sempre sentia aquele frio na barriga antes, mas ver Aled fazer aquilo foi três bilhões de vezes pior.

Eu nunca tinha conversado direito com o Aled antes. Pegávamos o mesmo trem para ir à escola, mas ele ficava em um vagão diferente. Eu não sabia quase nada a respeito dele.

— Hum... é, oi — disse ele. Ele falava como se tivesse acabado de chorar.

— Eu não sabia que ele era tímido desse jeito — sussurrei a Daniel, que não disse nada.

— Então, ano passado, eu... bem, eu fiz uma entrevista...

Daniel e eu ficamos observando enquanto ele lutava para encontrar palavras. Daniel, acostumado a falar em público, como eu, às vezes balançava a cabeça. Em determinado momento, ele disse:

— Cacete, ele deveria ter recusado.

Eu não gostava muito de assistir, então voltei a me sentar durante a segunda metade da apresentação e li a mensagem do Twitter mais cinquenta vezes. Tentei desligar a mente e me concentrar no *Universe City* e nas mensagens. Rádio tinha gostado da minha arte. Rascunhos bobos dos personagens, desenhos esquisitos, rabiscos feitos às três da madrugada em meu bloco de rascunho barato em vez de terminar meu trabalho de história. Nada assim tinha acontecido comigo, nunca.

Quando Aled desceu do palco e se aproximou de nós de novo, eu disse:

— Muito bem, você foi muito bem!

Nós dois sabíamos que eu estava mentindo de novo.

Nossos olhares se cruzaram. Ele tinha olheiras profundas. Talvez fosse um notívago como eu.

— Obrigado — disse ele e se afastou, e eu pensei que provavelmente seria a última vez em que eu o veria na vida.

FAZER O QUE QUER

Minha mãe mal teve tempo de dizer "belo discurso" quando a encontrei em nosso carro, antes de eu começar a contar sobre o *Universe City*. Já tinha tentado fazer minha mãe gostar de *Universe City* quando a forcei a escutar os cinco primeiros episódios enquanto estávamos indo à Cornuália, num feriado, mas a conclusão dela foi: "Não entendo muito bem. Deveria ser engraçado ou assustador? Espera, Rádio Silêncio é uma menina, um menino ou nem um nem outro? Por que nunca assiste às aulas da faculdade?" Achei bem justo. Pelo menos, ela ainda assistia a *Glee* comigo.

— Tem certeza de que isso não é um enorme golpe? — perguntou minha mãe, franzindo o cenho, enquanto nos afastávamos da Academy. Apoiei os pés no banco. — Parece que eles estão tentando roubar sua arte sem nem pagar.

— Era a conta oficial deles no Twitter. Verificada — falei, mas isso não teve o mesmo efeito na minha mãe como tinha em mim. — Gostaram tanto da minha arte que querem que eu entre para a equipe deles!

Minha mãe não disse nada. Ergueu as sobrancelhas.

— Por favor, fique feliz por mim — falei, virando a cabeça na direção dela.

— É muito bom! Incrível! Só não quero que as pessoas roubem seus desenhos. Você adora todos eles.

— Não acho que seja roubo! Eles me dariam os créditos.

— Você assinou um contrato?

— *Mãe!* — resmunguei irritada. Não fazia muito sentido tentar explicar para ela. — Não importa, vou ter que recusar, de qualquer modo.

— Como assim? O que quer dizer?

Dei de ombros.

— Simplesmente não vou ter tempo. Daqui a alguns meses, estarei no último ano do ensino médio. Vou ter tanta coisa para fazer *o tempo todo*, e ainda um preparatório para entrar em Cambridge... não tem como eu ter tempo de desenhar alguma coisa para cada episódio, sendo que são semanais.

Minha mãe franziu o cenho.

— Não entendi. Pensei que você estivesse bem animada em relação a isso.

— *Estou...* Tipo, é incrível que tenham me mandado uma mensagem e achado minha arte boa, mas... tenho que ser realista...

— Olha, oportunidades assim não aparecem com muita frequência — disse minha mãe. — E está claro que você quer fazer isso.

— É, mas... Tenho tanta lição de casa todo dia, e as aulas e a revisão ficarão mais pesadas...

— Acho que você deveria aceitar. — Minha mãe olhou para a frente e virou o volante. — Acho que você estuda demais e deveria aproveitar uma oportunidade de fazer o que quer.

E o que eu queria fazer era isto:

Mensagens diretas > **com Rádio**

Oi! Nossa... muito obrigada, não acredito que você gostou de minha arte! Seria uma honra fazer parte disso!

Meu e-mail é touloser@gmail.com, se for mais fácil conversarmos por lá. Mal posso esperar para saber o que você está pensando em termos de design!

De verdade, *Universe City* é minha série preferida de todas. Não consigo agradecer o suficiente por pensarem em mim!!

Espero não estar parecendo uma fã desesperada! Haha bjs

SEMPRE QUIS TER UM PASSATEMPO

Eu tinha muito trabalho a fazer quando cheguei em casa. Eu quase sempre tinha trabalho a fazer quando chegava em casa. Eu quase sempre *fazia* trabalho quando chegava em casa porque tinha a sensação de que estava perdendo tempo quando não estava fazendo trabalhos da escola. Sei que isso é meio triste, e sempre quis ter um passatempo, como futebol, piano ou patinação no gelo, mas a verdade é que eu só era boa em passar nas provas. E tudo bem. Eu não era mal agradecida. Seria pior se fosse o contrário.

Naquele dia, no dia em que recebi uma mensagem no Twitter do criador do *Universe City*, não fiz nenhum trabalho quando cheguei em casa.

Eu me joguei na cama, liguei o laptop e fui logo para o Tumblr, onde postei todas as minhas artes. Rolei a página para baixo. O que exatamente o Criador tinha visto nelas? Eram todas uma porcaria. Rabiscos que eu fazia para desligar meu cérebro, para cair no sono e me esquecer de textos de história, trabalhos de arte e discursos de representante de turma por cinco minutos.

Entrei no Twitter para ver se o Criador tinha respondido, mas não tinha nada. Conferi meu e-mail para ver se tinha recebido alguma coisa, mas também não tinha nada.

Eu adorava *Universe City*.

Talvez aquele fosse meu passatempo. Desenhar coisas de *Universe City*.

Não parecia ser um passatempo. Mais parecia um segredo bem guardado.

De qualquer modo, meus desenhos eram todos sem sentido. Eu não podia vendê-los. Não podia compartilhá-los com meus amigos. Eles não me fariam chegar a Cambridge.

Continuei rolando a página, voltando meses e meses, voltando ao ano passado e ao ano anterior ao passado, rolando pelo tempo. Eu havia desenhado tudo. Eu havia desenhado personagens — o narrador Rádio Silêncio e os vários companheiros de Rádio. Eu havia desenhado o cenário — a universidade escura e empoeirada, Universe City. Eu havia desenhado os vilões, as armas e os monstros, a bicicleta lunar de Rádio e os ternos de Rádio, o Prédio Azul-Escuro, a Estrada Solitária e até February Friday. Eu havia desenhado tudo, tudo.

Por que fiz isso?

Por que sou assim?

Era a única coisa de que eu gostava, de verdade. A única coisa que eu tinha, além de minhas notas.

Não... espera. Isso seria muito triste. E esquisito.

Só me ajudava a dormir.

Talvez.

Não sei.

Fechei meu laptop, desci as escadas para comer um pouco e tentei parar de pensar naquilo.

UMA ADOLESCENTE NORMAL

— Então, tá — falei quando o carro parou na frente do Wetherspoon's às 21h, vários dias depois. — Vou nessa para encher a cara, usar várias drogas e transar muito.

— Puxa! — disse minha mãe, esboçando um sorriso. — Tá certo. Minha filha ficou maluca.

— Na verdade, isso é 100% minha personalidade real.

Abri a porta do carro e pisei na calçada gritando:

— Não se preocupe, não vou morrer!

— Não perca o último trem!

Era o último dia de aula antes das férias e eu tinha combinado de ir a uma casa noturna no centro, a Johnny Richard's, com meus amigos. Era a primeira vez que eu ia a uma boate e estava aterrorizada, mas andava tão perto de estar afastada do nosso grupo de amigos que, se eu não tivesse ido, achava que eles deixariam de me considerar uma das "principais amigas" e as coisas ficariam esquisitas demais para mim no dia a dia. Não conseguia imaginar o que me aguardava além de caras bêbados com camisas em tons pastel e Maya e Raine tentando me fazer dançar, sem jeito, ao som do Skrillex.

Minha mãe partiu com o carro.

Atravessei a rua e espiei dentro do Spoons pela porta. Vi meus amigos sentados no canto, bebendo e rindo. Todos eram pessoas ótimas, mas me deixavam nervosa. Não eram malvados comigo nem nada assim, só me viam de um modo muito particular – a Frances da escola, representante de turma, chata, nerd, máquina de estudar. Acho que eles não estavam totalmente enganados.

Fui ao bar e pedi duas doses de vodca com suco de limão. O bartender não pediu meu documento, apesar de eu ter um falso por garantia, o que me surpreendeu, porque normalmente eu aparento ter cerca de treze anos.

Então, caminhei em direção a meus amigos, passando pelos grupos de caras fazendo pré para a festa – mais coisas que me deixam nervosa.

Olha, eu preciso parar de ter medo de ser uma adolescente normal.

— Como é que é? Boquetes? — Lorraine Sengupta, conhecida por todos como Raine, estava sentada ao meu lado. — Nem vale a pena, cara. Os garotos são fracos. Não querem nem beijar depois.

Maya, a pessoa mais escandalosa do grupo e, portanto, a líder, estava com os cotovelos apoiados sobre a mesa e três copos vazios a sua frente.

— Ah, para com isso, nem todos são assim.

— Mas muitos deles são, então, literalmente, estou pouco me fodendo. Nem vale a pena, pra jogar a real.

Raine disse tudo isso mesmo. Ela não parecia estar sendo irônica no jeito de falar e eu não soube muito bem o que pensar.

Aquela conversa estava sendo tão irrelevante para a minha vida que há dez minutos eu fingia estar enviando mensagens de texto.

Rádio ainda não tinha respondido às minhas mensagens de Twitter nem enviado um e-mail. Já fazia quatro dias.

— Não, não acredito em casais que dormem abraçados — disse Raine. Estavam falando sobre outra coisa agora. — Acho que é mentira que a mídia espalha para as massas.

— Oi, Daniel!

A voz de Maya chamou minha atenção e parei de olhar para o telefone. Daniel Jun e Aled Last estavam passando pela nossa mesa. Daniel vestia uma camiseta cinza sem estampa e calça jeans azul simples. Eu nunca o vira usar nada estampado desde que o conhecia, há um ano. Aled parecia igualmente simples, como se Daniel tivesse escolhido suas roupas.

Daniel olhou para baixo e nos viu e, momentaneamente, olhou em meus olhos antes de responder para Maya.

— Oi, tudo bem?

Eles começaram a conversar. Aled estava em silêncio, em pé atrás de Daniel, curvado, como se tentasse parecer menos visível. Também olhei nos olhos dele, mas ele desviou o olhar depressa.

Raine se inclinou para a frente enquanto Daniel e os outros conversavam.

— Quem é aquele cara branco? — perguntou ela.

— Aled Last? Ele estuda na escola de garotos.

— Ah, o irmão gêmeo de Carys Last?

— Isso.

— Você não era amiga dela antes?

— É...

Tentei pensar no que dizer.

— Mais ou menos — falei. — Conversávamos no trem. Às vezes.

Raine provavelmente era a pessoa com quem eu mais falava no grupo. Ela não me provocava por ser uma nerd bitolada, como fazia todo mundo. Se eu tivesse sido mais natural, acho que teríamos sido boas amigas, já que tínhamos um senso de humor parecido. Mas ela conseguia ser bacana e esquisita porque não era representante de turma e porque raspava o lado direito da cabeça, por isso ninguém se surpreendia muito quando ela fazia algo incomum.

Raine assentiu.

— Entendi.

Vi Aled tomar um gole da bebida que estava segurando e observar o salão ao seu redor. Parecia estar profundamente desconfortável.

— Frances, você está pronta pra Johnny R's. — Um de meus amigos estava inclinado sobre a mesa e olhava para mim com um sorriso malicioso.

Como eu disse, meus amigos não eram terríveis comigo, mas me tratavam como se eu não tivesse tido praticamente nenhuma experiência importante na vida e fosse, de modo geral, uma nerd obcecada.

O que era verdade, então tudo bem.

—É... tô, acho que sim — respondi.

Dois caras se aproximaram de Aled e começaram a falar com ele. Os dois eram altos e tinham ar de poder, e notei que era porque o cara da direita — de pele morena e camisa xadrez — tinha sido o representante da turma na maior parte do ano anterior na escola de garotos, e o garoto da esquerda — atarracado e com um corte de cabelo *undercut* — era o capitão de rúgbi da escola de garotos. Eu já tinha visto os dois dando palestras no dia de integração dos alunos do ensino médio na escola deles.

Aled sorriu para os dois — eu torcia para que Aled tivesse outros amigos além de Daniel. Tentei pegar pedaços da conversa deles. Aled disse:

— É, o Dan conseguiu me convencer dessa vez!

O representante de turma respondeu:

— Não se sinta obrigado a ir à Johnny's, se não quiser. Acho que vamos para casa antes disso.

Ele olhou para o capitão de rúgbi, que assentiu e disse:

— Isso. Avise se precisar de carona, cara! Estou de carro.

Para ser sincera, queria poder fazer a mesma coisa, simplesmente ir para casa quando quisesse, mas não podia, porque tenho muito medo de fazer o que quero.

— Está bem esquisito — disse outro de meus amigos, chamando a minha atenção.

— Estou me sentindo mal! — disse outro. — A Frances é muito inocente! Parece que estamos corrompendo você quando te arrastamos para festas e fazemos você beber.

— Mas ela merece uma noite sem estudar!

— Quero ver a Frances bêbada.

— Você acha que vai ser daquelas que chora?

— Não, acho que ela vai ser uma bêbada engraçada. Acho que ela tem uma personalidade secreta que não conhecemos.

Eu não soube o que dizer.

Raine me cutucou.

— Não se preocupe. Se algum cara nojento chegar em você, vou derrubar minha bebida nele, sem querer querendo.

Alguém riu.

— Ela vai fazer isso mesmo. Já fez uma vez.

Eu ri também e queria ter coragem de dizer algo engraçado, mas não disse porque não era uma pessoa engraçada no meio deles. Eu era entediante.

Tomei o resto da minha bebida, olhei ao redor e fiquei tentando imaginar para onde Daniel e Aled tinham ido.

Eu me sentia meio esquisita porque Raine tinha falado de Carys e eu sempre me sentia esquisita quando as pessoas falavam de Carys, porque não gostava de pensar nela.

Carys Last fugiu de casa dois anos antes. Ninguém sabia o porquê nem se importava, porque ela não tinha muitos amigos. Na verdade, ela não tinha nenhum amigo. Só eu.

VAGÕES DIFERENTES

Conheci Carys Last no trem que nos levava à escola quando tínhamos quinze anos. Eram 7:14 e eu estava sentada no assento dela. Ela olhou para baixo, para mim, como uma bibliotecária olhando para alguém por cima de uma mesa alta. Seus cabelos eram loiros platinados, e tinha uma franja tão volumosa e comprida que quase não dava para ver seus olhos. O sol marcava sua silhueta como se ela fosse uma aparição de outro mundo.

— Oh — disse ela. — Tudo bem, minha cara companheira de trem? Está sentada no meu assento.

Falando assim, parece que ela estava tentando ser má, mas não estava, de verdade.

Foi esquisito. Tipo, nós já tínhamos nos visto várias outras vezes. Nós duas entrávamos na estação do bairro toda manhã, além de Aled, e éramos as últimas pessoas a sair do trem todo fim de tarde. Fazíamos isso desde que eu havia começado o ensino médio. Mesmo assim, nunca tínhamos conversado. Acho que as pessoas são assim.

A voz dela era diferente do que eu tinha imaginado. Ela tinha um sotaque de gente rica de Londres, que nem no reality show *Made in Chelsea*, mas era mais charmoso do que irritante, e ela falava lentamente e baixinho, como se estivesse levemente chapada. Também vale a pena comentar que eu era bem mais baixa do que ela naquela época. Ela parecia um elfo majestoso e eu parecia um gremlin.

De repente, percebi que era verdade. Eu estava sentada no assento dela. Não fazia ideia do porquê. Normalmente, eu me sentava em um vagão totalmente diferente.

— Ai, Deus, desculpa. Vou sair...

— O quê? Ah, não. Não quero que você *saia*. Nossa, desculpa. Devo ter falado de um jeito muito grosseiro.

Ela se sentou no assento à minha frente.

Carys Last parecia não sorrir nem sentir necessidade de abrir um sorriso amarelo, como eu estava fazendo. Fiquei muito impressionada com isso.

Aled não estava com ela. Naquele momento, não achei esquisito. Depois desse incidente, notei que eles ficavam em vagões diferentes. Também não achei esquisito. Eu não o conhecia, então não me importava.

— Você não costuma se sentar no último vagão? — perguntou ela.

— Hum... sim.

Ela ergueu as sobrancelhas.

— Você mora no bairro, não é? — perguntou.

— É.

— Do outro lado da rua?

— Acho que sim.

Carys assentiu. Manteve uma expressão inacreditavelmente séria, o que era esquisito, porque todo mundo que eu conhecia sempre tentava sorrir o tempo todo. A compostura dela fazia com que parecesse bem mais velha do que era e admiravelmente elegante.

Ela apoiou as mãos na mesa, e eu notei que havia pequenas cicatrizes de queimadura nelas.

— Gostei da sua blusa — disse ela.

Eu estava vestindo uma blusa com um computador e uma carinha triste estampados por baixo do meu blazer da escola. Olhei para baixo porque tinha me esquecido do que estava vestindo. Era começo de janeiro e fazia um frio congelante, por isso eu estava usando mais uma blusa por cima da minha blusa da escola. Aquela blusa em especial era uma das muitas peças de roupa que eu tinha comprado, mas que nunca usava na frente de meus amigos porque achava que eles ririam de mim. Minhas escolhas pessoais de estilo ficavam em casa.

— G-gostou? — gaguejei, pensando que podia ter entendido errado.

Carys riu.

— Gostei. Por quê?

— Obrigada — respondi, balançando um pouco a cabeça. Olhei para baixo, para minhas mãos, e então pela janela. De repente, o trem partiu e saímos da estação do bairro.

— Por que você entrou neste vagão hoje? — perguntou ela.

Olhei para ela de novo, direito dessa vez. Até aquele momento, ela tinha sido só uma garota de cabelos loiros tingidos que se sentava na outra ponta da estação de trem do bairro toda manhã. Mas agora estávamos conversando e ela estava ali, usando maquiagem, apesar de ser contrário ao Código de Conduta do colégio. Ela era grande, delicada e, de alguma forma, poderosa. Como conseguia ser tão simpática, mas não sorrir? Parecia que ela era capaz de matar alguém, se fosse preciso. Parecia sempre saber o que estava fazendo. De algum modo, eu sabia que aquela não seria a única vez em que conversaríamos. Meu Deus, eu não fazia *a menor ideia* do que aconteceria.

— Não sei — respondi.

ALGUÉM ESTÁ OUVINDO

Mais uma hora se passou até ser aceitável ir à Johnny R's, e eu estava tentando me manter calma, tentando não enviar mensagem a minha mãe pelo Facebook para pedir que ela fosse me buscar porque seria um fracasso. Eu era um fracasso, mas ninguém mais precisava saber disso.

Todos nos levantamos para ir à Johnny R's. Eu estava me sentindo meio zonza e não tinha total controle de minhas pernas, mas ainda assim ouvi Raine dizer "Que legal" e apontar a minha blusa, uma camisa simples de chiffon que escolhi por parecer algo que Maya usaria.

Eu me esqueci quase completamente de Aled, mas enquanto descíamos a rua, meu telefone começou a tocar. Eu o tirei do bolso e olhei para a tela. Daniel Jun estava me ligando.

Daniel Jun tinha meu número porque, como éramos representantes de turma, fazíamos muitos eventos da escola juntos. Ele nunca tinha me ligado e só enviava mensagens de texto algumas vezes com coisas comuns relacionadas à escola, como "você vai montar a mesa do bolo ou eu monto?" e "você recebe os ingressos na porta e eu direciono as pessoas para dentro no portão". Por isso, e por saber que Daniel não gostava de mim, eu não fazia a menor ideia de por que estava me ligando.

Mas eu estava bêbada, então atendi o telefone.

F: Alô?
Daniel: (vozes abafadas e música alta)
F: Alô? Daniel?
D: Alô? (risos) para, cala a boca... *alô?*
F: Daniel? Por que está me ligando?
D: (risos) (mais música)
F: Daniel?
D: (desliga)

Olhei para meu telefone.
— Ok... — falei em voz alta, mas ninguém me ouviu.
Um grupo de caras passou por mim e desci da calçada e comecei a andar na rua. Não queria estar ali. Precisava estar estudando, revisando questões para redação, escrevendo umas anotações de matemática, relendo a mensagem enviada por Rádio, fazendo um esboço com ideias para os vídeos... tinha um monte de coisas para fazer e estar aqui era, para ser sincera, uma completa perda de tempo.
Meu telefone tocou de novo.

F: Daniel, juro pra você...
Aled: Frances? É a Frances?
F: Aled?
A: Franceeeees! (música)

Eu mal conhecia o Aled. Mal tinha conversado com ele antes daquela semana.
Por que...

O quê?
F: Por que você está me ligando?
A: Ah... Dan... Dan tentou passar um trote em você, acho... Acho que não deu certo...
F: ...Sei.
A: ...
F: Onde você está? Daniel está com você?
A: Ah, estamos na Johnny's... que estranho eu nem saber quem é o Johnny... O Dan... (risos, vozes abafadas)
F: ...Você está bem?
A: Estou... desculpa... O Daniel ligou para você de novo e me entregou o telefone... Não sei bem o que aconteceu. Não sei por que estou falando com você! Haha...

Andei um pouco mais depressa para não perder meus amigos totalmente.

F: Aled, se o Daniel está com você, então vou só desligar...
A: Sim, desculpa... é... tá.

Eu senti pena dele. Não entendia por que ele era amigo de Daniel; não entendia se Daniel dava ordens a ele. Daniel era de dar ordens a muita gente.

F: Tudo bem.
A: Não gosto muito daqui.

Franzi o cenho.

A: Frances?
F: Oi?
A: Eu não gosto muito daqui.
F: ... Aqui onde?
A: Você gosta daqui?
F: *Onde?*

Fez-se silêncio por um momento... bom, silêncio, mas a música, as vozes e as risadas continuaram.

F: Aled, por favor, me diga se o Daniel está aí para eu poder seguir com minha noite sem me preocupar com você.
A: Não sei onde o Daniel está.
F: Você quer que eu passe aí para te levar para casa ou coisa assim?
A: Olha... sabe... parece que você está na rádio...

Pensei na hora em *Universe City* e Rádio Silêncio.

F: Meu Deus, você está muito bêbado.
A: (risos) Olá. Espero que alguém esteja ouvindo...

    Ele desligou. Senti o estômago revirar com aquelas palavras.
    — Olá. Espero que alguém esteja ouvindo — falei, baixinho.
    Palavras que tinha passado os últimos dois anos ouvindo sem parar, palavras que eu tinha escrito muitas vezes dentro de

balões de diálogos e na parede do meu quarto. Palavras que eu tinha ouvido serem ditas com uma voz masculina e com uma voz feminina, mudando de poucas em poucas semanas, sempre com aquele sotaque antigo e clássico de rádio da época da Segunda Guerra Mundial.

A frase de abertura de todo episódio de *Universe City*: "Olá. Espero que alguém esteja ouvindo."

CONSEGUI

O segurança na porta não questionou a carteira de habilitação que mostrei para ele, que pertencia à irmã mais velha de Raine, Rita, apesar do fato de Rita ser indiana e ter cabelos lisos e curtos. Eu não sabia bem como alguém podia confundir uma garota indiana com uma garota etíope-britânica, mas estava acontecendo.

A entrada na Johnny's era gratuita antes das 23h, o que foi bom para mim, porque eu detestava gastar dinheiro com coisas que não queria fazer.

Entrei com meus amigos.

Era exatamente como eu esperava que fosse.

Gente bêbada. Luzes piscando. Música alta. Clichês.

— Amiga, você quer beber?! — gritou Raine para mim a quinze centímetros.

Neguei balançando a cabeça.

— Estou me sentindo meio mal.

Maya ouviu e riu.

— Ai, Frances, sua santa. Vamos, só mais uma dose!

— Acho que vou ao banheiro.

Maya já tinha começado a falar com outra pessoa.

— Você quer que eu vá com você? — perguntou Raine.

Balancei a cabeça, recusando.

— Está tudo bem, estou bem.

— Tá. — Raine segurou meu braço e me direcionou para um lugar que não discerni do outro lado da sala. — O banheiro fica ali! Depois encontra a gente no bar, tá?

Assenti.

Eu não tinha a menor intenção de ir ao banheiro.

Raine acenou para mim e se afastou.

Eu ia encontrar Aled Last.

Assim que tive certeza de que meus amigos estavam distraídos no bar, subi a escada. Estavam tocando indie rock nesse andar e estava bem mais silencioso também, o que me deixou feliz, porque o dubstep alto estava começando a me deixar meio em pânico, como se fosse a música tema de um filme de ação e eu tivesse dez segundos para me salvar de uma explosão.

E aí, Aled Last apareceu do meu lado, literalmente.

Eu não tinha planejado ir encontrá-lo até ele fazer uma referência a *Universe City*. Mas isso... não podia ter sido uma coincidência, não é? Ele havia dito a frase *certinha*, palavra por palavra. Com a mesma entonação, sibilando o "s" em "espero", o prolongar do "indo" em "ouvindo" e o tom descontraído no fim.

Ele também ouvia?

Eu nunca tinha conhecido outra pessoa que acompanhasse *Universe City*.

Foi bem surpreendente que Aled não tivesse sido expulso da casa noturna, porque ele tinha apagado. Ou estava dormindo. De qualquer modo, estava sentado no chão, recostado na parede de um jeito que deixava claro que alguém o havia colocado ali. Provavelmente Daniel. O que era surpreendente, já que Daniel costumava proteger Aled. Pelo menos, era o que eu tinha ouvido falar. Talvez fosse o contrário.

Eu me agachei na frente dele. A parede na qual ele estava encostado estava toda úmida devido ao calor no ambiente. Eu o chacoalhei pelo braço e gritei mais alto do que a música.

— Aled?

Eu o chacoalhei de novo. Ele parecia bem adormecido, com as luzes da casa noturna, vermelhas e laranjas, brilhando em seu rosto. Parecia uma criança.

— Não esteja morto. Acabaria com o meu dia.

Ele acordou de repente, se afastando da parede e me acertando na testa.

Doeu tanto que nem sequer consegui dizer nada além de um "filho da puta" baixinho, com uma única lágrima surgindo do canto do olho esquerdo.

Enquanto eu estava me encolhendo para tentar minimizar a dor, Aled gritou:

— Frances Janvier!

Ele pronunciou meu sobrenome corretamente.

Continuou:

— Eu te acertei no rosto?

— Acertar é pouco! — gritei em resposta, me desenrolando.

Pensei que ele daria risada, mas os olhos estavam arregalados e ele claramente ainda estava bêbado, então só disse:

— Ai, meu Deus, sinto muito.

Por estar bêbado, ele levou a mão à minha testa e deu um tapinha, como se estivesse tentando afastar a dor como mágica.

— Desculpa — disse ele de novo, com a expressão de preocupação sincera. — Você está chorando? Nossa, eu pareço a Wendy do *Peter Pan*. — O olhar momentaneamente sem foco e então em mim de novo. — Garota, por que você está chorando?

— Não estou... — falei. — Bem, talvez por dentro.

Foi quando ele começou a rir. Algo nisso também me fez querer rir, então foi o que eu fiz. Ele encostou a cabeça na parede de novo e cobriu a boca com a mão enquanto ria. Estava muito bêbado e minha cabeça latejava e o lugar estava nojento, mas, por alguns segundos, tudo ficou totalmente hilário.

Quando ele terminou, puxou minha jaqueta jeans e usou meu ombro para se erguer do chão. Instantaneamente, bateu uma das mãos na parede para não cair. Eu também me levantei, sem saber bem o que deveria fazer agora. Nem sequer sabia como o Aled havia chegado àquela condição. Não sabia muito sobre ele. Eu não tinha motivos para me importar.

— Você viu o Dan? — perguntou ele, tocando meu ombro e se recostando, semicerrando os olhos.

— Quem é... ah, Daniel. — Todo mundo que eu conhecia o chamava de Daniel. — Não, desculpa.

— Ah...

Ele olhou para os pés e se pareceu com uma criança, com os cabelos compridos mais adequados para um garoto de catorze anos, com a calça jeans e a blusa meio esquisitas nele. Ele só parecia... não sei o quê.

Eu queria perguntar para ele sobre *Universe City*.

— Vamos sair um pouco — falei, mas acho que Aled não me ouviu. Passei o braço por seu ombro e comecei a puxá-lo por entre a multidão, em meio ao som do baixo e ao calor, entre as pessoas, até a escada.

— Aled!

Eu parei de repente, Aled apoiando a maior parte de seu peso contra meu corpo, e me virei para a voz. Daniel estava passando entre as pessoas que dançavam para chegar até nós, segurando um copo cheio de água.

— Ah — disse ele, olhando para mim como se eu fosse um monte de roupas sujas. — Não sabia que você tinha saído hoje.

Qual era o *problema* dele?

— Você literalmente me ligou, Daniel.

— Liguei porque Aled disse que queria falar com você.

— Aled disse que você estava tentando me passar um trote.

— Por que eu faria isso? Não tenho doze anos.

— Bom, por que Aled queria falar comigo? Eu nem o conheço.

— Como *eu* vou saber?

— Porque você é o melhor amigo dele e porque você estava com ele hoje?

Daniel não respondeu nada.

— Ou acho que você não estava — continuei. — É, eu só estava salvando o Aled do chão.

— O quê?

Dei uma risadinha.

— Você simplesmente deixou seu amigo desmaiado no chão de uma casa noturna, Daniel?

— Não! — Ele ergueu o copo de água. — Eu estava buscando água para ele. Não sou um idiota completo.

Isso era novidade para mim, mas parecia ser demais dizer isso a ele.

Então, eu me virei para Aled, que estava se apoiando em mim.

— Por que você me ligou?

Ele franziu o cenho, então deu uma batidinha no meu nariz com o dedo e disse:

— Gosto de você.

Comecei a rir, pensando que ele estava brincando, mas Aled não riu. Ele me soltou e passou o outro braço ao redor de Daniel, que deu um passo para trás com certa surpresa, erguendo a mão para segurar o copo.

— Não é esquisito — disse Aled, com o rosto literalmente a milímetros do de Daniel — que eu fui o mais alto por cerca de dezesseis anos, mas agora você, de repente, ficou mais alto?

— É, muito esquisito — respondeu Daniel, com o mais próximo de um sorriso que eu tinha visto em muitos meses.

Aled apoiou a cabeça no ombro de Daniel e fechou os olhos, e Daniel deu um tapinha carinhoso no peito de Aled. Murmurou algo para Aled, que não consegui ouvir direito, e então deu a água para ele. Aled pegou sem dizer nada e começou a beber.

Olhei para os dois e Daniel pareceu se lembrar de que eu estava ali.

— Você vai para casa agora? — disse ele. — Pode levá-lo para casa?

Enfiei as mãos nos bolsos. Não queria estar ali, de qualquer modo.

— Posso, claro.

— Eu não o deixei no chão — disse ele. — Fui buscar água para ele.

— Você já disse isso.

— É, mas acho que você não acreditou em mim.

Dei de ombros.

Daniel levou Aled até mim, onde ele logo se agarrou aos meus ombros de novo e derramou um pouco de água em minha manga.

— Não deveria tê-lo trazido aqui — disse Daniel, mas estava falando sozinho, eu acho, e vi um pouco de arrependimento ou algo assim no rosto dele ao olhar para Aled, que estava prestes a dormir em meus braços, com as luzes da casa noturna brilhando em sua pele.

— O que... — murmurou Aled quando fomos para a rua. — Onde está Dan?

— Ele disse que eu tinha que levar você para casa — falei.

Fiquei me perguntando exatamente como eu ia explicar isso aos meus amigos. Pensei que deveria enviar uma mensagem para Raine assim que chegássemos à estação de trem.

— Certo.

Olhei para ele, porque ele havia falado muito como o tímido Aled com quem eu tinha conversado na noite da reunião de pais, o Aled com a voz sussurrada e os olhos inquietos.

— Você pega o meu trem — continuou conforme fomos descendo a rua vazia.

— Pego — falei.

— Você e Carys se sentam... se sentavam juntas. Meu coração deu um pulinho ao ouvir o nome de Carys.

— É — falei.

— Ela gostava de você — disse Aled — mais do que... hum...

Ele parecia ter perdido o fio da meada. Eu não queria falar sobre Carys, por isso não o pressionei.

— Aled, você escuta *Universe City*? — perguntei.

Ele parou de andar naquele instante, e tirei o braço do seu ombro.

— O quê? — perguntou ele, com as lâmpadas dos postes o iluminando e a luz neon da placa da Johnny R's brilhando fraca atrás dele.

Hesitei. Por que perguntei aquilo?

— *Universe City?* — perguntou ele, com os olhos meio caídos e a voz alta como se ainda estivéssemos dentro da boate.

— Por quê?

Desviei o olhar. Obviamente ele não conhecia. Pelo menos, ele não se lembraria dessa conversa.

— Não importa.

— *Não* — disse ele, descendo da calçada e quase caindo em cima de mim de novo. Os olhos dele estavam arregalados.

— Por que me perguntou isso?

Fiquei olhando.

— Hum...

Ele esperou.

— Você... pensei que tivesse ouvido você repetir o que é dito na série. Posso ter me enganado...

— Você acompanha *Universe City*?

— Hum... sim.

— Isso é muito... improvável. Eu ainda não tenho nem 50 mil inscritos.

Espere.

— Como é?

Aled deu um passo à frente.

— Como você soube? O Dan me disse que ninguém se ligaria.

— O quê? — perguntei, dessa vez com mais ênfase. — Se ligaria em quê?

Aled não disse nada. Só começou a sorrir.

— Você acompanha *Universe City*? — perguntei, mas a essa altura, já tinha me esquecido por que estava perguntando, se era porque a ideia de que outra pessoa amasse a série tanto quanto eu fizesse com que eu me sentisse um pouco menos esquisita ou se era por querer que Aled dissesse o que aparentemente estava se recusando a dizer.

— Eu *sou Universe City* — disse ele. E eu fiquei ali.

— O quê? — perguntei.

— Sou o Rádio — disse ele. — Sou o Rádio Silêncio. Eu faço o *Universe City*.

Fiquei ali, parada.

Não dissemos nada.

Uma rajada de vento passou por nós. Um grupo de meninas ria num pub perto dali. Um alarme de carro disparou.

Aled desviou o olhar, como se houvesse alguém perto de nós que ele pudesse ver, mas eu, não.

Então, ele olhou para mim de novo, apoiou uma das mãos em meu ombro, inclinou-se para a frente e perguntou com preocupação:

— Você está bem?

— É que...

Eu não sabia muito bem como dizer que por dois anos eu andava obcecada por um podcast no YouTube a respeito das aventuras de ficção científica de um universitário agênero que sempre usa luvas e tem poderes especiais e habilidades de detetive para resolver mistérios por uma cidade cujo nome é o trocadilho mais idiota que já ouvi na vida, e que eu tinha trinta e sete cadernos no meu quarto com rabiscos que eu tinha feito para aquele programa, especificamente, e que eu nunca tinha conhecido ninguém na vida real que tivesse sequer ouvido falar dele, e nunca tinha comentado com nenhum de meus amigos, e, naquele momento, na frente da Johnny R's no último dia de aula antes das férias, eu descobria que uma pessoa cuja irmã gêmea tinha sido minha melhor amiga por um tempo e que morava na minha rua desde sempre, uma pessoa que nunca dizia nada quando estava sóbria, era a criadora do programa.

Aquele garoto de dezessete anos, pequeno e loiro, que nunca dizia nada, na rua comigo.

— Estou ouvindo — disse Aled, com um sorriso bobo. Ele estava *tão* bêbado... fazia ideia do que estava falando?

— Eu demoraria horas para explicar — falei.

— Eu ouviria você por horas — disse ele.

1. TRIMESTRE DE VERÃO
b)

ALED LAST NA MINHA CAMA

Não gosto que outras pessoas entrem no meu quarto porque morro de medo de descobrirem um de meus segredos, como meu hábito de desenhar fanart, meu histórico na internet ou o fato de eu ainda dormir com um ursinho de pelúcia. Principalmente, não gosto de outras pessoas na minha cama, desde os doze anos, quando uma amiga veio dormir em casa e eu tive um pesadelo no qual um Tamagotchi falava com uma voz bem grave. Eu dei um soco na cara dela, o nariz dela sangrou e ela chorou. Uma metáfora adequada para a maioria de minhas antigas amizades.

Apesar disso, naquela noite, acabei com Aled Last na minha cama.

Haha.

Não, não é o que você está pensando.

Quando Aled e eu saímos do trem — ou, no caso de Aled, caiu do trem — e descemos a escada de pedra que ligava a estação ao nosso bairro de interior, Aled disse que Daniel Jun estava com suas chaves, porque Daniel usava a jaqueta dele e as chaves se encontravam no bolso, e ele não podia acordar a mãe porque ela "literalmente arrancaria a cabeça dele". O jeito com que ele disse isso foi bem convincente, e a mãe dele é uma das líderes do conselho de pais da Academy, então, por alguns segundos, eu acreditei. Sempre achei a mãe do Aled intimidadora, como se, com uma palavra, ela pudesse esmagar minha autoestima e servi-la para o cachorro comer. Não que isso seja muito difícil.

Então, pois é. Eu falei:

— Você quer dormir na minha casa ou coisa assim?

Obviamente falei brincando, mas ele apoiou todo o peso no meu ombro e respondeu meio:

— Bom...

Dei uma risada como se soubesse que isso ia acontecer desde o momento em que Aled se abaixou no meio da rua.

Então eu disse:

— Tá, tá.

Ele adormeceria logo, de qualquer modo, e eu não era uma daquelas pessoas estranhas de quarenta anos que acha que meninos e meninas não podem dividir uma cama sem que nada aconteça.

Aled entrou na minha casa e caiu na minha cama sem dizer nada, e quando eu saí do banheiro, onde tinha vestido meu pijama, ele estava dormindo, virado de costas para mim, com o peito subindo e descendo lentamente. Apaguei a luz.

Eu queria estar um pouco mais bêbada também, porque demorei umas boas duas horas para dormir, como sempre acontece, e por duas horas inteiras, por não estar jogando no celular nem fuçando no Tumblr, tive que ficar olhando para a nuca dele sob a luz azul fraca de meu quarto. A última pessoa que tinha dormido comigo na minha cama de casal foi Carys, quando eu tinha quinze anos, algumas noites antes de ela fugir, e se eu estreitasse um pouco os olhos, quase conseguia fingir que a pessoa ao meu lado era ela, com os mesmos cabelos loiros e as orelhas pontudas. Mas, quando abri os olhos de novo, ficou claro que Aled, e não Carys, estava comigo na cama. Por algum motivo, achei isso meio confortante. Não sei.

Aled precisava cortar os cabelos, e sua blusa, logo notei, pertencia a Daniel.

POIS É, EU SEI

Acordei primeiro, perto das onze horas. Parecia que Aled tinha passado a noite toda na mesma posição, então conferi depressa para ver se ele tinha morrido (não tinha) antes de sair da cama. Rapidamente, repassei as decisões da noite anterior. Todas pareciam combinar com minhas expectativas em relação a mim mesma — fracote, me coloco em situações ruins para garantir a segurança de pessoas que mal conheço, faço perguntas esquisitas e me arrependo delas depois... Aled Last estar na minha cama era mesmo uma coisa comum de acontecer com Frances. O que exatamente eu diria quando ele acordasse?

E aí, Aled? Você está na minha cama, provavelmente não se lembra o motivo. Juro que não te trouxe aqui à força. A propósito, sabe aquele podcast esquisito que você faz para o YouTube? Pois é, basicamente eu ando obcecada com ele há anos.

Imediatamente, desci a escada. Era melhor dar a notícia para a minha mãe antes que ela o encontrasse e pensasse que sua filha estava namorando um garoto loiro, pequeno e constrangido sem ter contado para ela antes.

Minha mãe estava na sala de TV, vestindo seu macacão de unicórnio e assistindo a *Game of Thrones*. Ela olhou para a frente quando eu entrei na sala e me encolhi do lado dela no sofá.

— Oi, e aí? — disse ela. Segurava um pacotinho de cereal integral. Enfiou um deles na boca. — Você parece meio cansada.

— Bem... — falei, mas não sabia bem o que dizer depois.

— Você se divertiu na discoteca? — perguntou ela, mas estava sorrindo. Minha mãe fingia não ter ideia de nada a respeito do que adolescentes do século XXI faziam. Além de ser sarcástica com os professores, aquilo era outra coisa que ela gostava de fazer. — Você *curtiu*? Você *badalou*?

— Ah, claro, estávamos felizões e tudo — falei, fazendo uma dancinha.

— Ótimo, ótimo. Assim você vai arrumar um bofe.

Ri alto, mais da ideia de um dia eu "arrumar um bofe" em qualquer situação que fosse, mas então, com uma lentidão exagerada, ela apertou o pause no controle remoto, deixou de lado o saco de cereal e olhou nos meus olhos, entrelaçando os dedos das mãos em seu colo como um diretor de escola podia fazer em cima de sua mesa.

— Por falar nisso — continuou —, eu estava querendo saber quem é, exatamente, o bonitinho que está dormindo na sua cama.

Ah. Tá.

— Pois é — falei rindo. — Sim, é um bonitinho.

— Entrei no seu quarto para pegar a roupa suja e o vi. — Minha mãe abriu as mãos como se revivesse a cena. — Primeiro, pensei que ele fosse um urso de pelúcia gigante. Ou um daqueles travesseiros japoneses dos desenhos que você me mostrou na internet.

— É... não. Ele é de verdade. Um garoto de verdade.

— Ela estava vestido, então imagino que não tenha rolado um pega pra capar.

— Mãe, mesmo quando você usa a expressão "pega pra capar" com ironia, eu sinto vontade de fechar os ouvidos com cola permanente.

Minha mãe não disse nada por um instante, nem eu, e então, nós duas ouvimos uma batida vindo do andar de cima.

— É Aled Last — falei. — O irmão gêmeo de Carys, sabe?

— O *irmão* da sua amiga? — Riu minha mãe. — Ah, que coisa, agora estamos nos transformando em uma comédia romântica, não é?

Foi engraçado, mas eu não ri, e a expressão dela ficou séria.

— O que está rolando, Frances? Pensei que você fosse ficar fora até mais tarde com seus amigos. Você sabe bem que merece alguma comemoração de fim de semestre antes de começar a estudar para as provas.

Ela olhou para mim com solidariedade. Minha mãe sempre achou que eu me importava demais com as tarefas da escola. Minha mãe sempre foi o oposto do que alguém esperaria de uma mãe normal, mas, mesmo assim, ela conseguia ser incrível.

— Aled estava bêbado, por isso tive que trazê-lo para casa. Ele esqueceu as chaves e parece que a mãe dele é meio chata.

— Ah, sim, *Carol Last*. — Minha mãe contraiu os lábios. Desviou o olhar, acessando uma lembrança. — Ela sempre tenta falar comigo no correio.

Ouvimos mais um baque vindo de meu quarto. Ela franziu a testa e olhou para mim.

— Você não o feriu com gravidade, não é?

— Acho melhor eu ir ver o que está acontecendo.

— Sim, vá ver seu gato. Ele provavelmente está saindo pela janela.

— Pare com isso, mãe, meus parceiros românticos nunca tentariam sair pela janela.

Ela abriu aquele sorriso simpático dela que sempre me fazia pensar que ela sabia algo que eu não sabia. Eu me levantei para sair.

— Não deixe que ele escape! — disse ela. — Esta pode ser sua única chance de garantir um marido!

Então me lembrei de outra coisa sobre a qual minha mãe provavelmente devia saber.

— Ah, olha só — falei, virando quando cheguei à porta.

— Sabe *Universe City*?

A risada de minha mãe foi interrompida por uma expressão de confusão.

— Hum... sei, o que tem?

— Pois é, Aled é o criador.

De repente, me dei conta de que Aled provavelmente não se lembraria de ter me dito que era o criador da *Universe City*. Ótimo. Mais uma situação esquisita com a qual eu teria que lidar.

— O quê? — perguntou minha mãe. — O que você está falando?

— Foi ele quem me mandou aquela mensagem no Twitter. Ele é o criador de *Universe City*. Descobri ontem.

Minha mãe ficou só olhando.

— Pois é — falei. — Pois é, eu sei.

ESQUISITO

Quando voltei ao meu quarto, encontrei Aled agachado ao lado da cama, segurando um cabide como se fosse um machado. Quando entrei, ele se virou para olhar para mim, com os olhos arregalados e os cabelos — compridos demais — todos despenteados. Acho que ele estava meio... aterrorizado. Compreensível.

Demorei alguns segundos para decidir o que dizer.

— Você... pretendia me decapitar com um cabide?

Ele piscou uma vez e então abaixou a arma e se endireitou, com o terror diminuindo. Eu o olhei de cima a baixo — claro, ele ainda estava usando a mesma roupa da noite anterior, a blusa cor de vinho de Daniel e a calça jeans escura, mas, pela primeira vez, notei que ele usava calçados de lona excelente, de cor verde-limão, com cadarços roxos fluorescentes, e me deu muita vontade de perguntar onde ele os havia comprado.

— Ah. Frances Janvier — disse ele. E ainda pronunciou o nome certo.

Em seguida, suspirou e se sentou na minha cama.

Foi como se eu estivesse vendo uma pessoa totalmente diferente. Agora que eu sabia que ele era o Criador, a voz de Rádio Silêncio, ele nem mais se parecia com Aled Last — não o Aled Last que eu conhecia. Não a sombra de Daniel Jun, não o garoto que nem parecia ter personalidade. Não o garoto que só sorria e concordava com o que diziam e, de modo geral, para ser sincera, parecia ser a pessoa mais entediante e normal do mundo todo.

Ele era *Rádio Silêncio*. Vinha fazendo um programa no YouTube por mais de *dois anos*. Uma explosão linda, sem limites de uma história.

Eu estava prestes a dar uma de fã louca, meu Deus. Que vergonha.

— Jesus Cristo — disse ele. A voz dele era tão baixa quando estava sóbrio que parecia que não estava acostumado a conversar normalmente ou coisa assim, como se tivesse que se forçar a falar alto. — Pensei que tivesse sido sequestrado.

Ele cobriu o rosto com as mãos, apoiando os cotovelos nos joelhos.

Ficou assim por um bom tempo. Eu fiquei de pé meio sem jeito à porta.

— Hum... desculpa — falei, apesar de não saber bem pelo que estava me desculpando. — Bom, você... você pediu. Eu não te atraí para dentro da minha casa. Não tinha segundas intenções.

Ele olhou para mim, olhos arregalados de novo, e eu resmunguei.

— Ah, sim, parece algo que alguém com segundas intenções diria.

— Isso é muito esquisito — disse ele, entortando a boca num meio sorriso. — Sou eu quem deveria estar me desculpando.

— Sim. Isso é bem esquisito.

— Você quer que eu vá embora e pronto?

— Hum... — Parei. — Bom, não vou te impedir de sair. Sério, não sou uma sequestradora.

Aled ficou me observando.

— Espera — disse ele. — Nós não... nós ficamos?

A ideia me pareceu tão idiota que eu cheguei a rir. Pensando bem agora, pode ter sido meio grosseiro.

— Ah, não. Não. Está tudo bem.

— Tá — disse ele. Olhou para baixo e eu não sabia dizer o que ele podia estar pensando. — Sim, isso seria muito estranho.

Fizemos mais uma pausa. Eu precisava dizer alguma coisa a respeito de *Universe City* antes que ele se fosse. Estava claro que ele não se lembrava de nada a esse respeito. Eu minto muito mal e também não sei guardar segredo.

Finalmente, ele largou o cabide que estava segurando.

— Você tem um quarto bem bacana — disse ele com timidez, apontando meu pôster de *Welcome to Night Vale*. — Eu adoro *Welcome to Night Vale*.

Claro que sim. *Welcome to Night Vale* era mais um podcast da internet que eu adorava, assim como *Universe City*. Mas preferia o *Universe City*, porque gostava mais dos personagens.

— Eu não sabia que você curtia essas coisas — continuou.

— Ah. — Eu não sabia bem o que ele pretendia com aquilo. — Bom, pois é.

— Pensei que você... sabe como é... gostasse de estudar e... hum... gostasse de ser representante de turma e... é.

— Ah, claro. — Dei uma risada esquisita. A escola era a minha vida, minha alma e tudo a meu respeito. Acho que ele tinha razão. — Bom, sim, minhas notas são bem importantes, e também ser representante de turma e coisa e tal... tipo, estou tentando entrar em Cambridge, então preciso... tenho que estudar muito, então... é.

Ele me observou enquanto eu falava, assentindo devagar, e disse:

— Ah, sim, tá certo.

Não parecia que ele se importava tanto com aquilo quanto tinha se importado com meu pôster do *Welcome to Night Vale*. Ele notou que estava olhando fixamente, desviou o olhar e disse:

— Desculpa, estou tornando tudo ainda mais esquisito. — Ficou de pé, ajeitando os cabelos com uma das mãos. — Vou embora. Não vamos mais nos ver com frequência.

— Oi?

— Porque eu saí da escola e tal.

— Ah.

— Haha.

Ficamos nos encarando. Foi muito esquisito. Minha calça de pijama tinha a estampa das Tartarugas Ninja.

— Você me disse que faz o *Universe City*.

Falei tão depressa que imediatamente temi que ele não tivesse me ouvido. Pensei que, como não havia jeito fácil de tocar no assunto, eu poderia simplesmente só dizer. É assim que faço com a maior parte das coisas.

Aled não disse nada, mas ficou sério e se afastou um pouco.

— Eu te disse... — falou ele, mas a voz sumiu.

— Não sei quanto você se lembra, mas, tipo, estou literalmente... — Parei antes de dizer algo que me fizesse parecer bem doida. — Eu adoro, adoro mesmo o seu programa. Eu o acompanho desde o começo.

— Como assim? — perguntou ele, parecendo surpreso de verdade. — Mas faz mais de dois anos.

— Pois é — falei, rindo. — Não é esquisito?

— É muito... — Ele passou a falar mais alto. — Muito legal.

— Sim, eu gosto de verdade, tipo... não sei, os personagens são muito bem-feitos e verossímeis. Principalmente o Rádio, a coisa toda de ser agênero é genial, de verdade, quando a voz feminina apareceu pela primeira vez, eu escutei o episódio umas vinte vezes. Mas é tão bom não ter certeza se é voz de garoto ou de garota, é incrível. Quer dizer... nenhuma voz é de garota ou de garoto, não é? Rádio não tem gênero. Bom, sim, os personagens secundários também são brilhantes, mas não tem aquela tensão sexual de *Doctor Who*, eles são quem são, e é bem legal que eles não sejam todos melhores amigos de Rádio, às vezes são inimigos. E cada história é hilária, não dá para saber o que vai acontecer, mas todos os enredos constantes são bons também, tipo, eu ainda não sei por que Rádio não pode tirar as luvas nem o que é guardado dentro do Prédio Azul-Escuro, nem se Rádio um dia vai conhecer Vulpes, e não vou te perturbar perguntando sobre a conspiração de February Friday porque, tipo, isso estragaria a coisa. Sim, é bem... é muito bom, não sei explicar como adoro tudo. De verdade.

Enquanto eu falava, os olhos de Aled foram ficando cada vez mais arregalados. No meio do que eu dizia, ele voltou a se sentar na minha cama. Quando eu estava terminando, ele cobriu as mãos com as mangas. Quando terminei, me arrependi de tudo na mesma hora.

— Nunca tinha conhecido um fã do programa — disse ele, com a voz baixa de novo, quase inaudível. E então, ele riu. Cobriu a boca com a mão como tinha feito na noite anterior, e eu me perguntei, não pela primeira vez, por que ele fazia isso.

Olhei para um lado.

— Além disso... — continuei, pensando que naquele momento eu contaria a ele que eu era Toulouse, a artista fã com quem ele tinha feito contato pelo Twitter. Pensei que eu contaria a ele, ele ficaria maluco, eu mostraria a ele meus trinta e sete cadernos de desenho, ele ficaria ainda mais doido, eu o chamaria de esquisito, ele fugiria, eu nunca mais o veria de novo.

Balancei a cabeça.

— Hum... eu me esqueci do que ia dizer.

Aled abaixou a mão.

— Tudo bem.

— Você deveria ter visto minha cara ontem quando você me contou — falei, com uma risada forçada.

Ele sorriu, mas parecia nervoso.

Olhei para baixo.

— Pois é... Bem, pode ir para casa agora, se quiser. Desculpa.

— Não se desculpe — disse ele, com aquela voz baixinha.

Precisei me esforçar muito para não pedir desculpas por ter pedido desculpas.

Ele se levantou, mas não caminhou até a porta. Parecia querer dizer alguma coisa, mas não sabia quais palavras usar.

— Ah... você pode tomar o café da manhã aqui, se quiser. Sem pressão, não precisa...

— Ah, eu me sentiria mal — disse ele, mas estava sorrindo um pouco e, pela primeira vez, eu senti que sabia o que ele estava pensando.

— Tudo bem. As pessoas não costumam vir aqui com frequência, então... é legal! — Percebi como parecia triste quando disse aquilo.

— Tudo bem — disse ele. — Se você não se incomodar.

— Legal.

Ele olhou ao redor mais uma vez. Vi que ele viu minha mesa e as tabelas bagunçadas, e também as anotações espalhadas por todos os lados, até no chão. Ele olhou para as minhas prateleiras, que tinham uma mistura de literatura clássica que eu pretendia ler para minha prova de Cambridge e alguns DVDs, incluindo a coleção toda do Studio Ghibli que minha mãe havia me dado em meu aniversário de dezesseis anos. Ele olhou para fora da janela do meu quarto, em direção à casa dele. Eu não sabia qual janela da casa era a do seu quarto.

— Nunca contei a ninguém a respeito do *Universe City* — disse ele, olhando de novo para mim. — Achava que as pessoas pensariam que eu sou esquisito.

Havia uma centena de coisas que eu poderia ter dito em resposta àquilo, mas só disse:

— Mesma coisa comigo.

Voltamos a fazer silêncio. Acho que estávamos apenas tentando absorver o que estava acontecendo. Até hoje não faço ideia se ele estava feliz com aquela revelação. Às vezes eu acho que talvez tudo teria sido melhor se eu não tivesse contado a ele que sabia. Outras vezes, acho que é a melhor coisa que eu tinha dito na vida inteira.

— Então... vamos tomar café? — perguntei, porque não havia como aquela conversa, aquela reunião, aquela coincidência estupidamente extrema terminar.

— Tá, vamos — disse ele, e, apesar de sua voz continuar baixa e tímida, parecia mesmo que ele queria ficar, para que pudesse conversar um pouco comigo.

GANHARÍAMOS MILHÕES

Ele não ficou muito tempo. Acho que percebeu que eu estava tendo um treco por dentro com a situação toda, mas mesmo assim fiz umas torradas para ele e tentei não bombardeá-lo com perguntas, apesar de querer. Depois de perguntar quem sabia sobre *Universe City* (só Daniel), por que ele tinha começado a fazer o programa (ele estava entediado) e como ele fazia todos os efeitos de vozes (com software de edição), pensei que seria melhor eu me acalmar, então preparei um pouco de cereal e me sentei à frente dele na bancada. Estávamos em maio, o verão ainda não tinha chegado, mas o sol da manhã irritava meus olhos pela janela da cozinha.

Conversamos sobre os assuntos comuns, como coisas da escola, férias e o que tínhamos estudado. Nós dois tínhamos feito nossas provas de arte, mas ele ainda tinha literatura inglesa, história e matemática, e eu ainda tinha literatura inglesa, história e política. Ele esperava tirar nota máxima em tudo, o que não surpreendia no caso de alguém que havia entrado em uma das maiores universidades do país, e ele disse que não sabia como, mas não estava estressado com suas provas. Eu não comentei que estava tão estressada que estava perdendo mais cabelos do que o normal na hora do banho.

Em determinado momento, ele perguntou se eu tinha um analgésico, e de repente vi que seus olhos estavam bem vermelhos e lacrimejantes e que ele não tinha comido muito da torrada. Sempre consigo me lembrar dele naquele primeiro dia no café da manhã. À luz do sol, seus cabelos e sua pele pareciam ter quase a mesma cor.

— Você sai muito? — perguntei, dando um pouco de paracetamol e um copo de água para ele.

— Não. — E então deu uma risadinha. — Não gosto muito de sair, para falar a verdade. Sou meio solitário.

— Eu também não saio muito. Ontem à noite foi minha primeira vez na Johnny R's. Estava bem mais quente do que eu esperava.

Ele riu de novo com a mão cobrindo a boca.

— Sim, é nojento.

— As paredes estavam tipo... *molhadas*.

— Pois é!

— Provavelmente teria dado para armar um tobogã. Eu teria me divertido mais se tivesse um escorregador, não vou mentir.

— Fiz um gesto esquisito de deslizar com as mãos. — Escorregar na água estando bêbado. Eu pagaria pra ver.

Aquilo foi esquisito. Por que eu tinha dito aquilo? Esperei que ele me olhasse com aquela cara de "Frances, do que está falando?".

Não aconteceu.

— Eu pagaria por um pula-pula — disse ele. — Sei lá, deveriam reservar um andar que fosse totalmente ocupado por um pula-pula.

— Ou uma sala que fosse só de brinquedos.

— Você já foi ao Monkey Bizz?

— Fui!

— Sabe aquela parte dos fundos com balanços de pneus e um campo? Seria legal algo assim.

— Ah, meu Deus. Sim. Deveríamos criar isso, ganharíamos milhões.

— Ganharíamos, sim.

Fizemos uma pausa enquanto comíamos. Não foi esquisito.

Um pouco antes de ele ir embora, enquanto estávamos parados à porta, perguntei:

— Onde você comprou seus sapatos? São muito legais.

Ele olhou para mim como se eu tivesse dado a notícia de que ele havia ganhado na loteria.

— Na ASOS.

— Ah, bacana — respondi.

— São... — Ele quase não continuou. — Sei que eles são esquisitos. Eu os encontrei na seção feminina.

— Ah, não se parecem com sapatos femininos. — Olhei para os pés dele. — Também não parecem ser masculinos. São só sapatos.

Olhei para ele e sorri, sem saber direito onde aquela conversa daria. Ele estava olhando para mim, com a expressão totalmente indecifrável.

— Tenho um casaco da Topman — continuei. — E vou te dizer uma coisa, a seção masculina da Primark é a melhor para comprar suéteres de Natal.

Aled Last puxou as mangas da blusa para cobrir as mãos.

— Obrigado pelo que você disse a respeito do *Universe City* — disse ele, meio sem olhar nos meus olhos. — Eu... hum... significou muito para mim.

Aquela era a oportunidade perfeita de dizer para ele. Que eu era a artista com quem ele conversou via Twitter. Só que eu não o conhecia. Não sabia como ele reagiria. Eu o considerava a pessoa mais legal que já tinha conhecido, mas não significava que confiava nele.

— Não foi nada! — disse.

Quando ele acenou e se afastou da minha casa, me ocorreu que aquela provavelmente tinha sido a conversa mais comprida que eu havia tido com alguém da minha idade nas últimas semanas, pelo menos. Pensei que talvez pudéssemos ser amigos agora, mas talvez fosse meio esquisito.

Voltei para meu quarto, vi meus cadernos de rascunho aparecendo embaixo da cama e pensei "Se ele soubesse...". Pensei em Carys, e se ela era um assunto que podia ser abordado — Aled sabia que tínhamos sido amigas. Meu Deus, ele sempre esteve no trem, não é?

Pensei que precisava contar para ele que eu era a artista porque, se demorasse muito, talvez ele começasse a me odiar, e eu não queria que isso acontecesse. Nada de bom vem quando mentimos para as pessoas. Eu já devia saber disso.

PODER

Carys nunca mentia sobre nada. Também nunca contava a verdade toda, o que parecia pior, de certo modo. Só percebi isso muito tempo depois de ela sumir. Ela dominava nossas conversas no trem com histórias da sua vida. Discussões com a mãe, com os colegas de escola e com professores. Redações péssimas que ela havia escrito e provas nas quais tinha sido reprovada. Fugir de casa para ir a festas, as vezes em que ficava bêbada e todas as fofocas em sua sala. Ela era tudo o que eu não era: drama, emoção, intriga, poder. Eu não era nada. Nada acontecia comigo.

Ela nunca contava a verdade completa e eu não percebia. Eu ficava tão encantada com o jeito que Carys tinha de brilhar forte, com suas histórias incríveis e cabelos platinados, que não achava estranho o fato de ela e Aled chegarem separados à estação de manhã e de ele caminhar vinte metros atrás de nós na volta da escola. Não achava estranho que eles nunca conversassem nem se sentassem juntos. Eu não questionava nada. Não estava prestando atenção.

Eu estava cega e fracassei. Nunca mais vou deixar que isso aconteça.

UNIVERSE CITY: Ep. 2 — skatista
UniverseCity 84.873 visualizações

Vou aceitar aliados a partir de agora. Até ter notícias de você, a sobrevivência será minha prioridade.

Deslize para baixo para ler a transcrição >>>

[...]
Ele tem uma bicicleta ótima, posso garantir. Três rodas e brilha no escuro. Claro, é útil ter alguém por perto que use as próprias mãos. Não sei explicar como é ruim ter que usar essas luvas o tempo todo.

Ainda não sei bem por que pedi ajuda dele. Já sobrevivi todo esse tempo sem ninguém. Mas desde que falei com você, acho... acho que mudei um pouco de opinião.

Se quiser sair daqui, vou ter que conversar com um pessoal da cidade, de vez em quando. Há coisas na Universe City que não se podem imaginar no mundo real, escondidas sob a poeira metálica. Monstros, demônios e abominações sintéticas.

Todo dia ficamos sabendo do último desastre — algum pobre solitário voltando de uma palestra, um geek cansado no canto escuro da biblioteca, uma menina jovem e triste sozinha na cama.

E é aonde quero chegar, colega:

Cheguei à conclusão de que é impossível sobreviver sem companhia na Universe City.

[...]

ONLINE

Estava assistindo a *O quinto elemento* e comendo pizza com minha mãe quando meu telefone vibrou, indicando que eu tinha recebido uma mensagem no Facebook. Eu o peguei, pensando que seria de meus amigos, mas quase engasguei com a borda da pizza quando li o nome na tela.

(19:31) **Aled Last**
oi frances só queria agradecer de novo por ter me recebido na sua casa ontem, acho que acabei com a sua noite... me desculpa bjo

(19:34) **Frances Janvier**
Oi, tudo bem!! Não se preocupe!! <3
Para ser sincera, eu não queriiiia estar lá... e eu meeeeio que usei você como desculpa para ir para casa, não vou mentir

(19:36) **Aled Last**
ah que bom então!
pensei que seria uma boa ideia ficar bêbado porque estava nervoso por ir à johnny's mas acho que errei na quantidade de bebida haha
nunca fiquei bêbado daquele jeito antes

(19:37) **Frances Janvier**
Não se preocupe!! Você também estava com o Daniel, então tudo bem! quando te encontrei, ele estava buscando água ☺

(19:38) **Aled Last**
é verdade ☺

(19:38) **Frances Janvier**
:D

Nós dois permanecemos online por alguns minutos depois disso. Eu queria dizer mais alguma coisa e sentia que ele também queria, mas nenhum de nós sabia o que era. Apaguei a tela do meu celular e tentei me concentrar no filme, mas não conseguia parar de pensar nele.

STOP-MOTION

O dia seguinte era domingo, o dia em que eu tinha decidido começar a estudar as revisões e também o dia em que recebi um e-mail de Rádio Silêncio – Aled – enquanto respondia a uma questão de matemática sobre diferenciação.

Rádio Silêncio universecitypodcast@gmail.com
para mim
Oi, Toulouse,
Muito obrigado por me responder pelo Twitter! Estou muito feliz por saber que você quer trabalhar com o programa. Há um tempo ando querendo implementar uma identidade visual.

O e-mail continuava por alguns parágrafos e Aled falava sobre todas as ideias que ele tinha para o programa: gifs pixelados e repetidos como aqueles que ele tinha visto no meu blog, ou desenhos stop-motion sobre uma lousa branca, talvez até uma atualização no logo do *Universe City*, se não fosse responsabilidade demais. Ele perguntou se eu tinha certeza de que podia me comprometer, porque não podia decepcionar seus assinantes – se estivesse dentro, estava dentro *mesmo*, não podia sair sem um bom motivo.

Isso me deixou nervosa.

Coloquei o telefone em cima das respostas de matemática que vinha anotando em um caderno. As letras do e-mail e os números do papel se misturaram por um momento.

Eu precisava contar para ele que era eu.

Antes que acabasse estragando outra amizade.

#FLOQUINHODENEVESENSÍVEL

Demorei até a noite de segunda-feira para criar um plano. Pretendia perguntar a ele a respeito dos sapatos. Era assim que eu começaria outra conversa.

De alguma forma, acabaria contando que era Toulouse, a artista a quem ele havia enviado um e-mail para falar do podcast com o qual eu já tinha dito que estava obcecada.
De algum jeito. Não sabia como.
Ficaria tudo bem.
Sou versada na arte de enrolar.

(16:33) **Frances Janvier**
Aled!! É um assunto do nada, mas queria saber onde mesmo você comprou seus sapatos?? Estou meio obcecada com eles e faz uma hora que estou procurando na internet hahaha

(17:45) **Aled Last**
oi! ah hm comprei na ASOS, mas são uns Vans bem velhos, acho que você não vai mais encontrá-los.

(17:49) **Frances Janvier**
Ah droga que penaaa

(17:50) **Aled Last**
sinto muito!! ☹
se te consola, Dan sempre diz que eles parecem sapatos para crianças de 12 anos e faz uma cara de nojo toda vez que eu os uso

(17:52) **Frances Janvier**
Bem, deve ser por isso que gosto deles, a maioria das coisas do meu guarda-roupa parecem roupas de crianças de 12 anos. Sou uma menina de 12 anos por dentro

(17:53) **Aled Last**
mas o queeeee? você sempre se veste de um jeito tão profissional para ir para a escola!!

(17:53) **Frances Janvier**
Ah, sim... bom, preciso manter a fama de máquina de estudar da representante do ensino médio
Em casa, adoro blusas com estampas de hambúrgueres e camisetas dos Simpsons

(17:55) **Aled Last**
blusas com estampas de hambúrguer? preciso ver isso

(17:57) **Frances Janvie**r
[foto da webcam de blusa da Frances, que ela está usando no momento, cheia de hambúrgueres]

(17:58) **Aled Last**
CARA
isso é incrível
Além disso tenho uma blusa do mesmo site?? estou usando agora, literalmente??

(17:58) **Frances Janvier**
COMO É QUE É?
Me mostra agora

(18:00) **Aled Last**
[foto da webcam da blusa de Aled que ele está usando no momento — tem OVNIs nas mangas]

(18:00) **Frances Janvier**
Mddc
Adorei
Não sabia que você usava coisas assim!! Você está sempre usando roupas sem estampa quando não está de uniforme

(18:01) **Aled Last**
é que sempre tenho medo de que as pessoas riam de mim... sl deve ser bobagem minha haha

(18:02) **Frances Janvier**
Não, não é, sou exatamente assim
Todas as minhas amigas andam tão bonitas e arrumadas e elegantes o tempo todo... se eu aparecesse usando uma blusa de hambúrgueres, elas provavelmente me mandariam ir para casa

(18:03) **Aled Last**
mddc suas amigas parecem malvadas

(18:03) **Frances Janvier**
Que nada, elas são legais, é só que... sl eu me sinto meio diferente delas às vezes. Muito #floquinhodenevesensível, né?!

(18:04) **Aled Last**
não, também sei como é! haha

No fim, conversamos no Facebook até mais de 22:00 e eu me esqueci totalmente de contar para ele que eu sou a artista.

Lembrei às 3:00, comecei a entrar em pânico e só consegui dormir umas duas horas depois disso.

SEM JEITO

— Você é uma idiota — disse minha mãe quando contei a ela toda a situação na quarta-feira. — Não uma idiota sem inteligência, mas um tipo de idiota ingênua que consegue entrar em uma situação difícil, mas não consegue sair dela porque fica sem jeito.

— Você acabou de descrever minha vida.

Eu estava deitada no tapete da sala revirando uns trabalhos antigos de matemática enquanto minha mãe assistia a reprises de *How I Met Your Mother*, com as pernas cruzadas no sofá e uma xícara de chá nas mãos.

Ela suspirou.

— Você sabe que só precisa dizer, não é?

— Parece ser um assunto importante demais para ser tratado no Facebook.

— Então, vá à casa dele. Ele mora literalmente do outro lado da rua.

— É esquisito, ninguém bate na porta de alguém do nada.

— Tá. Mande uma mensagem e diga que precisa ir à casa dele para contar algo importante.

— Mãe, assim fica parecendo que quero me declarar apaixonada por ele.

Ela suspirou de novo.

— Bom, então não sei o que dizer. Foi você mesma quem reclamou que isso a está impedindo de se concentrar em seus estudos. Pensei que fosse importante para você.

— Mas é!

— Você mal o conhece! Por que isso está te incomodando tanto assim?

— Conversamos por muito tempo na segunda, fico sem jeito de tocar nesse assunto agora.

— Bom, a vida é assim, né?

Eu rolei no chão para ficar de frente para a minha mãe.

— Sinto que poderíamos ser amigos — falei. — Mas não quero estragar tudo.

— Ah, querida. — Minha mãe me lançou um olhar solidário. — Você tem um monte de outros amigos.

— Mas eles só gostam da Frances da escola. Não da Frances real.

LOGARITMOS

Apesar de ter me saído bem em todas as provas que fiz, sempre entro em pânico por causa delas. Sei que parece normal, mas não me sinto normal quando acabo chorando por causa de exponenciais e logaritmos, o assunto totalmente inútil de uma de minhas provas de matemática. Eu não conseguia encontrar minhas anotações sobre a matéria em minha pasta, e o livro não explicava nada. Hoje em dia, eu não me lembro de absolutamente nada de minhas aulas de matemática do passado.

Eram 22:24 da noite anterior à prova e eu estava sentada no chão da sala com minha mãe, com a maioria das minhas anotações e livros de matemática espalhados no chão ao nosso redor. Minha mãe estava com o laptop no colo clicando para encontrar algum site onde houvesse uma explicação decente a respeito de logaritmos. Pela terceira vez na noite, eu estava tentando não chorar.

A ideia de que eu poderia tirar nota ruim porque não conseguia encontrar uma explicação para um determinado assunto me dava vontade de me esfaquear.

— Tem alguém com quem você possa falar sobre isso? — perguntou minha mãe, ainda pesquisando no Google. — Algum amigo da sua sala?

Maya assistia às aulas de matemática comigo, mas ela era péssima na matéria e saberia menos do que eu. Ainda que ela soubesse mais, eu não tinha certeza de que pudesse falar com ela. Eu nunca tinha enviado mensagem de texto só para ela, só conversávamos nos grupos.

— Não — respondi.

Minha mãe franziu o cenho e fechou o laptop.

— Amor, acho melhor você ir para a cama — disse ela com a voz calma. — Estar cansada para a prova só vai piorar as coisas.

Eu não soube o que dizer porque não queria ir para a cama.

— Acho que você não pode fazer nada. Não é sua culpa.

— Eu sei — respondi.

Então, fui para a cama.

E só chorei.

O que é muito ridículo, para ser sincera. Eu sou ridícula mesmo. Não deveria estar surpresa comigo.

Explicaria por que eu fiz o que fiz naquela noite.

Enviei uma mensagem a Aled de novo.

(00:13) **Frances Janvier**
Está acordado?

(00:17) **Aled Last**
oi sim estou. tá tudo bem??

(00:18) **Frances Janvier**
Ah desculpa por mandar mensagem do nada de novo...
Só tive uma noite meio difícil kkk

(00:19) **Aled Last**
sem problema nenhum!!! o que foi??
se estiver se sentindo mal, é sempre bom falar sobre isso

(00:21) **Frances Janvier**
Tá. Bom, tenho prova de matemática amanhã
E percebi hoje que perdi um assunto inteiro na revisão
E é um dos assuntos mais difíceis... logaritmos?
E queria saber (se você não estiver fazendo nada agora!!) se conhece algum site decente onde eu possa pegar explicação??
Não consigo entender e me sinto péssima com isso

(00:21) **Aled Last**
ai meu deus, que terrível

(00:23) **Frances Janvier**
Tipo... se eu ficar com B em matemática... nem sei se Cambridge vai querer me entrevistar
SI
Sei que parece besteira, eu não deveria estar tão chateada com isso haha

(00:23) **Aled Last**
não... eu entendo totalmente... não tem nada mais estressante do que fazer uma prova sabendo que não estamos preparados
vou ver se consigo encontrar minhas anotações, espera

(00:24) **Frances Janvier**
Só se você não estiver ocupado! Me sinto muito mal por pedir, mas... você é a única pessoa a quem posso pedir

(00:25) **Aled Last**
olha, talvez seja uma ideia doida mas posso ir aí, se você quiser? tipo... agora? para ajudar?

(00:25) **Frances Janvier**
Sério!???? Isso seria literalmente incrível

(00:26) **Aled Last**
é! afinal, moro do outro lado da rua e não tenho que acordar cedo amanhã

(00:27) **Frances Janvier**
Me sinto péssima, tem certeza? Já é mais de meia-noite

(00:27) **Aled Last**
quero ajudar! você me ajudou a voltar para casa semana passada e me sinto péssimo em relação a isso, então... assim ficamos quites? Haha

(00:27) **Frances Janvier**
Tá bom!! Ai, você vai salvar minha vida

(00:28) **Aled Last**
tô indo

Quando abri a porta passando de meia-noite e meia, horas antes de minha prova de matemática, abracei Aled imediatamente.

Não foi esquisito, apesar de eu ter tomado a iniciativa e ele ter se surpreendido e dado um passinho para trás porque não estava esperando aquilo.

— Oi — falei quando o soltei.

— Oi — disse ele, quase num sussurro, e então pigarreou. Estava usando uma blusa com capuz da Corvinal, o short cinza do pijama, meias grossas e os sapatos verde-limão, e segurava um fichário roxo. — Hum, desculpa por eu vir de pijama.

Fiz um gesto para mim mesma, porque eu estava usando uma camisola, uma camiseta listrada e legging dos Vingadores.

— Não julgo. Na verdade, eu vivo de pijama.

Dei um passo para o lado para deixar que ele entrasse e fechei a porta. Ele avançou um pouco no corredor antes de se virar para mim.

— Sua mãe concordou que você viesse? — perguntei.

— É possível que eu tenha pulado a janela.

— Isso é um baita clichê.

Ele sorriu.

— Tá. Então... logaritmos? — Ele ergueu o fichário. — Trouxe minhas anotações do ano passado.

— Pensei que você as tivesse queimado ou coisa assim.

— Eu dediquei esforço demais a elas para *queimá-las*.

Ficamos na sala por mais de uma hora. Minha mãe fez chocolate quente e, com a voz baixa, Aled explicou o que eram exponenciais e logaritmos, além do tipo de pergunta que poderia cair na prova e como responder.

Para alguém tão calado, ele ensinava surpreendentemente bem. Explicou tudo passo a passo e cuidou para fazermos uma pergunta de exemplo para cada tópico. Para alguém como eu, que provavelmente conseguiria falar sem parar até morrer, foi incrível ouvi-lo.

Quando terminamos, senti que tudo ficaria bem.

— Você me salvou, literalmente — falei enquanto o acompanhava até a porta.

Aled parecia um pouco mais cansado naquele momento, com os olhos meio lacrimejantes, e tinha prendido os cabelos atrás das orelhas.

— Não literalmente — disse ele, rindo. — Mas espero ter ajudado.

Eu queria dizer que ele tinha feito mais do que isso, mas seria constrangedor.

Porque então me dei conta do que ele tinha feito por mim. Tinha saído de casa de madrugada, de pijama, pulado a janela para vir me ajudar com uma matéria da prova de matemática. Tínhamos conversado pessoalmente só uma vez antes disso. Por que alguém faria algo assim por outra pessoa? Por *mim*?

— Tenho uma coisa para contar, mas estou com muito medo — falei.

A expressão de Aled mudou.

— Tem uma coisa para me contar? — perguntou ele, ficando nervoso no mesmo instante.

Respirei fundo.

— Sou Toulouse — falei. — Touloser no Twitter e no Tumblr. A artista a quem você enviou mensagem.

Fizemos uma longa pausa.

Depois, ele disse:

— Está mentindo? Está... brincando? Isso foi ideia do Dan... do Daniel... ou coisa assim?

— Não. É... sei que parece piada, mas só não sabia como dizer. Quando você me contou que era o Criador, eu... tipo...

fiquei desesperada por dentro e tipo... estava prestes a contar para você, mas não fazia ideia de como você reagiria e não queria que você me odiasse.

— Porque sou o Criador — interrompeu. — O criador do seu canal preferido no YouTube.

— É.

— Então... tá.

Ele olhou para baixo. Parecia quase triste.

— Então... você... estava só fingindo ser legal todo esse tempo? — perguntou, com a voz baixinha e suave. — Tipo... hum... sabe... me trouxe para a sua casa e... não sei. Você estava mentindo a respeito das roupas, de tudo? E me pedindo ajuda com matemática? Para que pudesse fazer amizade com o criador de seu canal preferido do YouTube e... ter acesso a spoilers secretos ou...

— O quê? Não! Nada disso foi mentira, eu juro.

— Então por que tem conversado comigo? — perguntou ele.

Ele continuou:

— Sou tão sem graça.

Ao mesmo tempo, eu disse:

— Porque você é legal.

Nós olhamos um para o outro. Ele riu um pouco e balançou a cabeça.

— Isso é muito esquisito.

— É...

— Sei lá... essa coincidência é *doida*. Isso não deveria estar acontecendo agora. Moramos na mesma rua. Temos o mesmo gosto por roupas.

Assenti.

— Você é representante de turma e desenha fanart secretamente? — perguntou ele.

Assenti de novo e me controlei para não pedir desculpa.

— Sou a única pessoa que sabe? — perguntou ele.

Assenti pela terceira vez e nós dois compreendemos.

— Certo — disse ele e se abaixou para calçar os sapatos.

Observei enquanto ele amarrava os cadarços e ficava de pé.

— Você... Não tenho que fazer isso, se você não quiser — falei. — Se for muito estranho.

Ele puxou as mangas para cobrir as mãos.

— Como assim?

— Quero dizer, se for estranho me deixar fazer as artes do *Universe City*... Sei lá, eu poderia simplesmente nunca mais te ver, pode pedir para outra pessoa, alguém que você não conheça. Tudo bem, por mim.

Ele arregalou os olhos.

— Não quero deixar de te ver — falou e balançou a cabeça levemente. — Quero que você faça a arte.

Acreditei nele, de verdade.

Ele queria me ver de novo e queria que eu fizesse a arte.

— Tem certeza? Não me importo se você não quiser que eu...

— Eu quero!

Tentei conter um sorriso, mas não consegui.

— Tá bom.

Ele assentiu, nós nos olhamos por um momento e, apesar de eu achar que ele queria dizer mais alguma coisa, ele se virou e abriu a porta. Olhou para trás mais uma vez antes de sair.

— Envio mensagem para você amanhã.

— Tá bom!

— Boa sorte na prova.

Ele acenou e partiu. Fechei a porta e me virei. Minha mãe estava de pé atrás de mim, me observando.

— Muito bem — disse ela, com um sorrisinho.

— O quê? — perguntei, atordoada, tentando repassar o que havia acontecido antes que me esquecesse de tudo.

— Você contou para ele.

— Contei.

— Ele não te odiou.

— Não.

Fiquei bem parada.

— Tudo bem? — perguntou minha mãe.

— Eu só... não faço ideia do que ele está pensando. Não sei o que ele pensa 95% do tempo.

— É, ele é assim.

— Assim como?

— Assim, o tipo de pessoa que não fala espontaneamente. — Ela cruzou os braços. — Que não diz nada se não perguntarem.

— Hum.

— Você gosta dele? — perguntou ela.

Hesitei, sem entender muito bem a pergunta.

— Hum... sim, claro.

— Não, quero saber se você *gosta* dele.

Hesitei de novo.

— Ah. Bom, não pensei nisso.

Então pensei nisso.

Percebi que não gostava dele dessa maneira. Não importava.

— Não. Acho que não — respondi. — Isso é meio irrelevante, não é?

Minha mãe franziu a testa.

— Irrelevante para o quê?

— Não sei, só irrelevante. — Passei por ela e comecei a subir a escada. — Que pergunta do nada.

ANTES DE CONTINUARMOS

Não nos vimos pessoalmente por algum tempo depois daquela noite, mas continuamos trocando mensagens pelo Facebook. Abordagens tímidas com "oi, tudo bem?" se tornaram discursos inflamados a respeito de programas de TV e, apesar de só termos nos encontrado duas vezes, parecia que éramos amigos. Amigos que pouco sabiam um sobre o outro, exceto os maiores segredos.

Só quero dizer algo antes de continuarmos.

Você provavelmente acha que Aled Last e eu vamos nos apaixonar um pelo outro ou coisa assim. Já que ele é um garoto e eu, uma garota.

Só queria dizer que...

Não vamos.

Só isso.

ESTAMOS EM TODOS OS CANTOS

A única pessoa por quem me interessei na vida foi Carys Last. Bem, a menos que você considere as pessoas que eu não conheci na vida real, como Sebastian Stan, Natalie Dormer, Alfie Enoch, Kristen Stewart etc. Não que Carys fosse mais acessível do que qualquer um desses.

Acho que o principal motivo pelo qual me interessei foi porque ela era bonita, e o segundo porque ela era a única garota *queer* que conheci.

O que é meio bobo, quanto mais penso nisso.

— Eu estava conversando com uma menina da Academy, *bem* bonita, e... espera. — Carys fez uma pausa e olhou para mim. Isso provavelmente aconteceu dois meses depois de começarmos a nos sentar juntas no trem. Eu me sentia muito estressada em relação a isso todo dia de manhã e toda tarde, porque ela era muito intimidadora e eu sentia medo de dizer algo idiota na frente dela. — Você sabe que sou gay, não sabe?

Eu não sabia.

Ela ergueu as sobrancelhas, provavelmente por causa da minha expressão de choque.

— Ah, pensei que todo mundo soubesse! — Ela apoiou o queixo na mão, o cotovelo na mesa entre nós, e olhou para mim. — Que engraçado.

— Nunca tinha conhecido nenhum gay — falei. — Nem ninguém bissexual.

Quase completei com "além de mim", mas me contive no último segundo.

— Provavelmente conheceu, sim — disse ela —, só não sabia que a pessoa era gay.

Pelo jeito com que disse, parecia que ela tinha conhecido todas as pessoas do mundo.

Ela ajeitou a franja com uma das mãos e disse com uma voz bem assustadora:

— *Estamos em todos os cantos.*

Ri, sem saber o que dizer.

Ela continuou a história a respeito da menina da Academy e como achava que as pessoas costumavam ser mais homofóbicas na Academy por se tratar de uma escola mista e não de uma escola só de meninas, como era a nossa, mas tive dificuldade para me concentrar porque estava tentando assimilar o que ela havia me dito. Demorei um pouco para perceber que meu primeiro sentimento em relação àquilo foi ciúmes. Ela estava vivendo uma experiência clássica de adolescente e eu estava fazendo lição de casa até meia-noite todos os dias.

Eu a odiei por ter tudo resolvido e a admirei por ser perfeita.

Eu era a fim dela e não conseguia evitar, mas não tinha que beijá-la.

Não tinha e não deveria tê-la beijado.

Isso não me impediu de beijar Carys Last em um dia de verão dois anos atrás e de estragar tudo.

DANIEL JUN

Na manhã de minha primeira prova de história, algo bem surpreendente aconteceu.

Daniel Jun veio falar comigo.

Eu estava na maior sala do ensino médio, pretensiosamente chamada de "Centro de Aprendizado Independente", ou CAI, em vez do que realmente era: uma sala de descanso. Eu estava lendo uns mapas mentais que tinha feito na semana anterior, tentando decorar todos os efeitos da Doutrina Truman e do Plano Marshall (coisa nada fácil de se fazer às 8:20), quando ele se aproximou de mim, passando pelas mesas ocupadas por alunos em pânico estudando de última hora.

Daniel realmente achava que era quem mandava na escola, apesar de sermos *dois* representantes, e com frequência fazia textões sobre capitalismo no Facebook.

Eu achava bizarro que alguém tão calmo e gentil como Aled Last pudesse ser amigo de alguém tão horrendo como Daniel Jun.

— Frances — disse ele quando alcançou minha mesa, e eu desviei o olhar dos meus mapas.

— Daniel — falei, obviamente desconfiada.

Ele se apoiou na mesa com uma das mãos, depois de afastar meus mapas para abrir espaço.

— Você tem conversado com o Aled recentemente? — perguntou, passando a outra mão pelos cabelos.

Aquela com certeza não era a pergunta que eu estava esperando.

— Se eu tenho conversado com o Aled recentemente? — repeti.

Daniel ergueu as sobrancelhas.

— Olha, a gente conversa de vez em quando pelo Facebook — falei. — Ele também me ajudou com uma matéria na semana passada.

Era verdade, ainda que "às vezes" significasse todo dia, e "me ajudou com uma matéria" significasse que ele foi à minha casa e ficou duas horas por lá, de madrugada, de pijama, apesar de só termos conversado pessoalmente uma vez.

— Certo — disse Daniel.

Ele assentiu e olhou para baixo, mas não se mexeu. Eu o encarei. Ele olhou para meus mapas.

— O que é isso?

— É um mapa mental, Daniel — falei, tentando não me irritar muito. Não queria ficar de mau humor porque tinha prova de história. Escrever sobre a divisão da Alemanha por duas horas já era bem triste.

— Ah — disse ele, olhando para o papel como se fosse um monte de vômito. — Tá.

Suspirei.

— Daniel, preciso muito estudar. Seria ótimo se você fosse embora.

Ele se endireitou.

— Tá, tá — disse, mas não se mexeu. Ficou olhando para a minha cara.

— O *que foi?* — perguntei.

— Você...

Ele parou. Eu fiquei olhando. Uma nova expressão surgiu em seu rosto, e demorei um pouco para perceber que era *preocupação*.

— É só que não o vejo há algum tempo — disse ele, e sua voz pareceu mais suave, diferente de como ele costumava falar.

— E daí?

— Ele disse alguma coisa sobre mim?

Daniel ficou parado, sem se mexer, por mais um segundo.

— Não — falei. — Vocês discutiram?

— Não — disse ele, mas eu não sabia bem se ele estava dizendo a verdade.

Ele se virou para sair, mas parou e se virou para mim de novo.

— Quais são as notas de que você precisa? Para entrar em Cambridge?

— Uma nota A* e duas A — falei. — E você?

— Duas A* e uma A.

— Ah, precisa ser mais alta para exatas?

— Não sei.

Ficamos nos olhando por um momento e ele deu de ombros.

— Bom, tchau — disse, antes de ir embora.

Talvez, se eu soubesse o que sei agora, teria dito algo a Aled. Teria perguntado mais a ele sobre Daniel, sobre a relação deles. Ou talvez não. Não sei. Agora já era.

CHATA

— Frances? Oi?

Olhei para a frente. Maya estava olhando para mim do outro lado da mesa de almoço.

Nossas provas tinham terminado e eu estava na escola de novo. Ou seja, estávamos começando as aulas novas e eu não queria deixar que minha concentração sumisse nem queria perder informações importantes, então achava que não teria muito tempo para ver Aled antes das férias de verão. Mesmo assim, tínhamos combinado de nos encontrar no fim de semana e, para ser sincera, eu estava bem animada.

— Você ouviu? — perguntou Maya.

Eu estava resolvendo umas questões de matemática do livro. Lição de casa que a maioria das pessoas não fazia, mas eu sempre fazia.

— Hum, não — falei, envergonhada.

Meus amigos riram.

— Estávamos pensando em ir ao cinema no sábado — disse outra pessoa. — Você quer ir?

Olhei ao redor procurando Raine, mas ela não estava ali.

— Acho... — Fiz uma pausa. — Tenho muita coisa para fazer. Confirmo depois.

Meus amigos riram de novo.

— Frances sendo Frances — disse uma, de modo brincalhão, mas ainda assim doeu um pouco. — Não se preocupe.

A ironia era que eu, na verdade, não tinha trabalho nenhum pra fazer no fim de semana. Tínhamos acabado as provas e só agora começaríamos as aulas novas.

Era só que eu me encontraria com Aled no fim de semana e, para ser sincera, apesar de estar falando com ele há apenas um mês, na maior parte do tempo no Facebook, eu preferia sair com ele.

Eu me sentia chata com meus amigos da escola. Eu era a Frances da Escola, calada, obcecada por trabalhos e chata.

Eu não era assim quando estava com Aled.

BABAR, O REI DOS ELEFANTES

A próxima vez em que nos vimos pessoalmente depois da sessão de logaritmos da madrugada foi na casa dele, no sábado da semana em que as aulas voltaram. Eu nem me senti nervosa, o que achei um pouco esquisito porque, como disse antes, normalmente eu me sentia nervosa até quando via meus amigos de escola, que dirá um cara que eu conhecia há cerca de quatro semanas.

Parei na frente da porta e conferi se não estava vestindo nada de ridículo por acaso antes de apertar a campainha.

Ele abriu a porta em dois segundos.

— Oi! — disse ele, sorrindo.

Sua aparência estava muito diferente da última vez em que o tinha visto. Seus cabelos estavam mais compridos, cobrindo as orelhas e as sobrancelhas totalmente, e ele não vestia mais o capuz sem combinar com o short — tinha voltado a vestir calça jeans e camiseta. Não pareciam combinar com ele.

— Oi — respondi. Eu meio que queria abraçá-lo, mas senti que podia ser um pouco esquisito.

Apesar de ser amiga da irmã gêmea de Aled por um ano, eu nunca tinha entrado na casa deles. Aled fez um tour comigo. Havia um quadro-negro com a lista de afazeres e uma relação de tarefas na cozinha, flores artificiais em vasos cobrindo os parapeitos e as superfícies, e um labrador velho chamado Brian, que pulou atrás de nós até subirmos as escadas. A mãe de Aled não estava em casa.

O quarto dele, por outro lado, era uma caverna do tesouro. Todos os outros cômodos da casa tinham as cores creme e marrom, mas o quarto dele não tinha nenhuma parede visível devido aos pôsteres, às luzinhas cobrindo o teto e a cama, aos vários vasos de plantas, ao quadro branco todo rabiscado, e a nada menos do que quatro pufes. O cobertor sobre a cama tinha a estampa de uma cidade iluminada.

Ele parecia bem nervoso por me deixar entrar no quarto. O chão, a escrivaninha e a mesa de cabeceira estavam vazios, como se ele tivesse organizado e escondido as coisas antes de eu chegar. Tentei não ficar olhando por muito tempo para nenhuma parte do quarto e me sentei à mesa, uma opção mais segura do que a cama. Os quartos são janelas para a alma.

Aled se sentou na cama e cruzou as pernas. A cama era de solteiro, menos da metade do tamanho da minha, mas Aled não era muito alto — tínhamos a mesma altura —, então tudo bem.

— Então! — falei. — *Universe City!* Arte! Planejamento! Coisas!

Fui batendo palmas entre cada palavra e Aled sorriu, olhando para baixo.

— Isso...

Nós tínhamos concordado em nos encontrar naquele dia para fazer uma "reunião" sobre o *Universe City*. Usei especificamente a palavra "reunião" quando sugeri que nos encontrássemos. Eu me sentia meio estranha por pedir para que ele me recebesse porque queria vê-lo. Apesar de ser verdade.

Aled abriu o laptop.

— Eu estava analisando seu blog porque há alguns desenhos em especial que pensei que seriam bem legais para os vídeos... tipo, um bom estilo...

Ele digitou no teclado, mas eu não consegui ver a tela. Eu me virei de lado a lado na cadeira. Ele parou, olhou para mim e fez um gesto para que eu me aproximasse.

— Venha ver.

Fui me sentar na cama.

Analisamos o blog e conversamos um tempo sobre que estilo funcionaria para vídeos de vinte minutos de duração sem que eu tivesse que fazer uma animação de vinte minutos por semana (impossível). Eu comecei a falar sem parar primeiro, mas ele foi ficando mais confiante conforme avançávamos e, no fim, nós dois estávamos falando.

— Mas o lance com desenhar os personagens é que eu acho que a ideia de todo mundo a respeito de como eles são é levemente diferente e sempre haveria gente decepcionada — dizia ele, digitando anotações em seu Evernote. Nós dois estávamos sentados na cama, recostados na parede. — Tipo Rádio, principalmente... se você tentasse desenhar Rádio, enfrentaríamos todo tipo de perguntas. Por exemplo, se a aparência muda com a voz, se é totalmente andrógino, ou como é a androginia total quando gênero não tem nada a ver com aparência e voz.

— Sim, exatamente, não se pode simplesmente colocar Rádio vestindo, tipo, roupas masculinas com corpo magricela e feminino... essa é uma visão muito estereotipada da androginia.

Ele assentiu.

— As pessoas ainda podem ser agêneras se usarem saias e barba, coisas assim.

— Exatamente.

Aled digitou "Rádio — sem aparência física" depois de um novo pontinho e assentiu, olhando para mim.

— Quer beber alguma coisa?

— Claro, com certeza. O que você tem?

Ele listou as opções, eu escolhi limonada e ele foi pegar as bebidas. Não se esqueceu de fechar o laptop, como se temesse que eu começasse a olhar seu histórico de navegação assim que ele saísse. Não posso julgá-lo. Eu também não confiava em mim.

Fiquei parada por um momento.

Então não consegui mais conter minha curiosidade.

Fui primeiro até a estante acima da cama. De um lado, havia uma coleção de CDs gastos, incluindo todos os álbuns de Kendrick Lamar, o que me surpreendeu, e cinco álbuns diferentes do Radiohead, o que me surpreendeu de novo. De outro lado, vi um monte de cadernos usados e pareceu invasivo demais ver o que tinha dentro deles.

Não havia nada sobre a mesa, mas, depois de analisar mais de perto, vi que havia manchinhas de tinta seca e cola PVA. Não ousei abrir nenhuma das gavetas.

Li alguns dos rabiscos no quadro branco dele. Pouca coisa fazia sentido, mas parecia uma mistura de listas de afazeres e de anotações a respeito de episódios de *Universe City* a serem gravados. "Azul-escuro" estava circulado. Do lado direito, ele tinha escrito "estrelas — brilhando sobre algo, metáfora?". Em outro canto, havia as palavras "JOANA D´ARC".

Fui até o guarda-roupa dele, que estava coberto por pôsteres de filmes, e o abri.

Foi uma atitude extremamente invasiva, mas fui adiante mesmo assim.

Acho que eu queria saber se havia alguém como eu no mundo.

Havia camisetas ali. Um monte delas. Camisetas com bolsos estampados, camisetas com desenhos de animais, camisetas cobertas de skatistas, salgadinhos e estrelas. Havia blusas, enormes blusas de lã com gola larga, gola rulê e golas rasgadas, casaquinhos com remendos no cotovelo, moletons largos, uma estampa de barco, um computador nas costas e uma que trazia a palavra "NÃO" em fonte helvética preta. Havia uma calça, azul-clara, com joaninhas bordadas e um boné de aba larga com o logo da Nasa. Havia uma jaqueta jeans larga com Babar, o Rei dos Elefantes, nas costas.

— Você está... inspecionando minhas roupas?

Eu me virei lentamente e vi Aled de pé na porta, segurando um copo de limonada. Ele parecia surpreso, mas não bravo.

— Por que não usa nenhuma destas? — perguntei, me sentindo quase embasbacada, porque o guarda-roupa dele podia ser o meu.

Ele riu e olhou para as roupas que estava vestindo naquele momento. Jeans azul e camiseta cinza.

— Ah, não sei. Dan... Daniel me acha muito estranho. Peguei a jaqueta do Babar do armário e a vesti, então me olhei no espelho.

— Esta é, literalmente, a melhor peça de roupa que já vi na vida. Pronto. Você conseguiu. Você tem a melhor peça de roupa do universo inteiro. — Eu me virei para ele e fiz uma pose. — Provavelmente vou roubá-la. Fique sabendo. — Comecei a mexer no guarda-roupa dele. — Isto... parece o meu guarda-roupa. Eu não sabia se você estava brincando quando me contou no Facebook, eu teria usado algo melhor hoje, mas não sabia. Tenho uma legging com estampa de *Monstros S.A.* Pensei em usá-la, mas não sei... Você precisa me contar onde comprou essas calças porque elas são literalmente... Nunca vi algo como elas...

Fiquei falando sem parar e não conseguia me lembrar da última vez em que tinha falado tanto assim com alguém além de minha mãe. Aled olhou para mim. O sol entrava pela janela e iluminava o rosto dele, então não consegui ver sua cara direito.

— Pensei mesmo que você fosse... — disse ele, quando finalmente parei de falar. — Tipo... aquela pessoa calada que se mata de estudar. Não que haja algo de *errado* em ser assim, mas... não sei. Só... achava que você era muito chata. E você não é.

Ele disse isso de modo tão franco que quase corei. Quase. Ele balançou a cabeça e riu de si.

— Desculpa, isso parecia bem menos cruel na minha mente.

Dei de ombros e voltei a me sentar na cama dele.

— Para ser sincera, também achava que você era chato. Aí descobri que você faz a coisa de que mais gosto no mundo todo.

Ele sorriu, envergonhado.

— *Universe City* é a coisa de que você mais gosta no mundo?

Parei, me perguntando por que tinha dito aquilo. Fiquei me perguntando se era verdade mesmo. Tarde demais para me corrigir.

Ri.

— É.

— Isso... é muito legal de ouvir.

Voltamos a falar sobre *Universe City*, mas logo nos distraímos quando eu comecei a ver o iTunes dele, descobrimos que nós dois gostamos de M.I.A. e começamos a assistir aos shows dela no YouTube, sentados na cama com o cobertor sobre as pernas, bebendo limonada. Acabei recitando a parte toda de rap da música "Bring the Noize" enquanto ele observava bem surpreso. Eu me senti envergonhada até a metade, quando ele começou a mexer a cabeça no ritmo. Depois disso, consideramos voltar a falar de *Universe City*, mas Aled admitiu que estava meio cansado e sugeriu assistir a um filme, então assistimos a *Encontros e desencontros*, porque eu não tinha visto ainda, e Aled acabou dormindo.

Nós nos encontramos de novo no dia seguinte. Pegamos o trem para o centro da cidade para ir ao Creams, um café onde são servidos milk-shakes, com a desculpa de falar sobre *Universe City*. Em vez disso, passamos uma hora falando sobre todos os programas de TV a que assistíamos quando éramos crianças. Nós dois éramos obcecados por Digimon e decidimos assistir ao filme quando chegamos em casa. Eu estava usando a legging com estampa de *Monstros S.A.*, e ele, a jaqueta do Babar.

2. FÉRIAS DE VERÃO
a)

SUA ARTE É MUITO LINDA

— Você fala sozinha? — perguntou Aled. — Em voz alta?

Era fim de julho, as aulas tinham terminado e estávamos no meu quarto. Eu estava no chão, rascunhando ideias para o meu primeiro episódio de *Universe City* no laptop. Sempre levava meu laptop comigo para a casa dele porque Aled tinha uma coisa estranha de não querer que ninguém usasse seu laptop. Ele brincava dizendo achar que sua mãe o vasculhava em segredo enquanto ele estava na escola, e que isso o deixara paranoico. Eu achava bem justo — não ia querer que ninguém visse meu histórico de navegação, nem mesmo o Aled. Algumas coisas realmente precisavam ser mantidas em segredo.

Ele estava sentado na cama, escrevendo o roteiro. O rádio estava ligado e o sol brilhava com um feixe de luz no tapete.

— Hum... às vezes — falei. — Falo. Se não houver ninguém por perto. Acontece por acidente.

Ele não disse nada, então perguntei:

— Por quê?

Ele parou de digitar e olhou para a frente, apoiando o queixo em uma das mãos.

— Eu estava pensando, dia desses... a respeito do fato de eu nunca falar sozinho. Pensei que podia ser normal, mas aí me perguntei se, na realidade, era estranho.

— Eu achava que falar sozinho era esquisito — falei. Minha mãe havia me flagrado fazendo isso várias vezes e riu de mim.

Nós dois nos entreolhamos.

— E aí, quem é o esquisito? — perguntei, sorrindo.

— Não sei — disse ele, dando de ombros. — Às vezes, eu acho que, se ninguém falasse comigo, eu nunca mais falaria.

— Isso parece triste.

Ele hesitou.

— É, sim.

Tudo com Aled era divertido ou bom. Normalmente, as duas coisas. Começamos a perceber que nem sequer importava o que fazíamos juntos, porque sabíamos que, se estivéssemos juntos, nos divertiríamos.

Comecei a me sentir menos envergonhada em relação a todas as coisas esquisitas que fazia, como repentinamente cantar músicas sem nenhum contexto, ou minha base de dados infinita de fatos enciclopédicos aleatórios e aquela vez em que comecei uma conversa por mensagens sobre os motivos pelos quais queijo era comida que durou quatro horas.

Eu implicava com ele por ter cabelos tão compridos até ele dizer, um dia, de um jeito bem claro, que queria usar os cabelos daquele jeito, então parei de perturbá-lo.

Jogávamos videogames ou jogos de tabuleiro, assistíamos a vídeos no YouTube, a filmes ou a programas de TV, assávamos bolos e biscoitos ou pedíamos comida. Só podíamos fazer coisas na casa dele quando a mãe não estava, por isso, na maior parte do tempo, ficávamos na minha casa. Ele aguentava enquanto eu gritava com *Moulin Rouge* e eu aguentava enquanto ele repetia todas as frases de *De volta para o futuro*. Tentei aprender a tocar violão com o violão dele, mas desisti porque era péssima. Ele me ajudou a pintar um mural de uma paisagem noturna da cidade na parede do meu quarto. Assistimos a quatro temporadas de *The Office*. Ficávamos no quarto um do outro com os laptops no colo; caíamos no sono a qualquer hora do dia; eu sempre o convencia de que era uma boa ideia fazer sessões de *Just Dance*; descobrimos que éramos muito apaixonados por Banco Imobiliário. Eu não fazia lição de casa quando estava com ele. Ele não lia nenhum texto da faculdade quando estava comigo.

No centro de tudo isso, estava *Universe City*.

Começamos a rascunhar coisas para a arte do vídeo e a colar todas as nossas ideias na parede do meu quarto, mas havia tantas ideias que demoramos tempo demais para nos decidir em relação a qualquer coisa. Aled havia começado a me pedir conselhos enquanto planejava episódios futuros e a me dar spoilers, e eu me sentia tão pouco merecedora que quase pedi para ele parar. Quase.

— Acho que isso não está dando certo — falei, depois de termos permanecido em silêncio por um tempo, rascunhando e digitando. Aled olhou para mim e eu me afastei para mostrar o que estava desenhando no Photoshop: uma paisagem da Universe City, com as luzes piscando e as ruas escuras. — Acho que as formas estão erradas. Tudo está pontudo e quadrado demais, está muito bidimensional.

— Hum... — disse ele. Fiquei me perguntando se ele sabia do que eu estava falando. Sempre me via, repentinamente, dizendo coisas que não faziam sentido na frente de Aled, e acho que às vezes ele só fingia entender. — É, talvez.

— Não tenho certeza...

Não terminei a frase.

Tomei uma decisão.

Eu me inclinei para a frente, procurei embaixo da cama e peguei meu caderno de rascunhos. Abri, folheei e encontrei o que estava procurando: outro desenho da cidade, mas, nesse, a cidade parecia totalmente diferente. Era mais como uma vista aérea e os prédios eram curvos e suaves, como se estivessem dançando ao vento.

Eu nunca tinha mostrado meus cadernos de desenho a ninguém até então.

— O que acha de algo assim? — falei, mostrando o desenho a Aled.

Lentamente, ele tirou o caderno de minhas mãos. Olhou para o desenho por um instante e disse:

— Sua arte é muito linda.

Tossi, disfarçando.

— Obrigada — falei.

— Algo assim seria ótimo — disse ele.

— É?

— É.

— Tá.

Aled continuou olhando para o caderno. Passou os polegares pelas bordas e se virou para mim.

— Tudo isso é coisa da *Universe City*?

Hesitei e assenti.

Ele voltou a olhar para o caderno.

— Posso dar uma olhada?

Eu sabia que ele ia pedir e me senti absurdamente nervosa por deixar, mas acabei dizendo:

— Claro que pode!

ANJO

Aled pegou uma gripe alguns dias depois, mas ainda estávamos querendo que meu primeiro episódio fosse lançado no dia 10 de agosto, por isso continuei a visitá-lo enquanto estava doente. Além disso, eu estava começando a me acostumar a vê-lo todos os dias e me sentia meio solitária quando não o via. Nenhum de meus amigos da escola andava falando comigo. A mãe de Aled parecia nunca estar em casa. Perguntei o motivo e ele disse que ela trabalhava muito. A única coisa que eu sabia era que ela estabelecia horários rígidos para ele voltar para casa — Aled tinha que voltar até as 20:00 toda noite —, mas só.

Uma tarde, deitado na cama embaixo do cobertor com paisagem de cidade, tremendo, ele disse:

— Não entendo por que você não para de vir aqui.

Eu não soube bem se ele estava se referindo a quando estava doente ou de modo geral.

— Somos amigos — falei. — Sei que sou hilária, mas também sou preocupada.

— Mas isso não é divertido para você — disse ele, com uma risada fraca. — Estou doente.

Os cabelos dele estavam oleosos, separados por tufos. Eu estava sentada no chão, totalmente concentrada no sanduíche que preparava para ele com os diversos itens que eu tinha trazido de casa em uma caixa térmica enorme.

— Não sei, eu estaria sozinha se estivesse em casa. É ainda menos divertido.

Ele resmungou e disse:

— Não entendo.

Eu ri:

— Não é isso o que amigos fazem?

Naquele momento, percebi que eu não tinha certeza. Ninguém nunca tinha feito nada parecido por mim antes. Era esquisito? Eu estava ultrapassando uma barreira, invadindo o espaço pessoal dele, sendo muito grudenta?

— Eu... não sei — murmurou.

— Bom, é você quem tem um melhor amigo.

Eu me arrependi assim que terminei de falar, mas nenhum de nós podia negar que era verdade.

— Dan? Ele não me visitaria enquanto eu estivesse doente — disse Aled. — Não tem motivo. Seria entediante.

— Não estou entediada — falei, porque era verdade. — Tenho você com quem conversar. E sanduíches para fazer.

Ele riu de novo e escondeu o rosto embaixo do cobertor.

— Por que você é tão legal comigo?

— Porque sou um anjo.

— É, sim. — Ele esticou o braço e me deu um tapinha na cabeça. — Estou platonicamente apaixonado por você.

— Isso foi literalmente a versão menino-menina de "sem viadagem", mas valorizo o sentimento.

— Pode me dar o sanduíche agora?

— Ainda não. Acho que o equilíbrio entre batatinhas e queijo não está perfeito.

Depois de comer o sanduíche, Aled adormeceu, então eu deixei uma mensagem no quadro branco dele ("FIQUE BEM LOGO"), com um desenho (eu dirigindo uma ambulância), e voltei para casa, percebendo que o xis da questão era que eu não sabia bem como me comportar com amigos.

MUITO BURRA

Só entendi por que Carys queria andar comigo quando percebi que ninguém queria ser amigo dela e, essencialmente, eu era a única opção. Isso me deixou um pouco triste porque eu sabia que, se ela pudesse escolher, provavelmente teria escolhido outra pessoa. Ela só gostava de mim porque eu a ouvia.

Quando mudamos para a Academy depois que a nossa escola pegou fogo, ela começou a falar menos sobre seus amigos de escola. Apesar de ela não me contar o porquê, eu imaginava que era porque não havia o que ser dito, nem ninguém sobre quem conversar.

— Por que você conversa comigo todo dia? — perguntou ela em um dia de primavera no caminho para a escola.

Eu não sabia se devia dizer que era porque *ela* falava *comigo* todos os dias, ou porque eu não tinha ninguém mais com quem conversar, ou porque eu era a fim dela.

— Por que não? — perguntei, sorrindo.

Ela deu de ombros.

— Muitos motivos, na verdade.

— Tipo quais?

— Sou um pouco irritante, não sou? — disse ela. — E muito burra, em comparação a você.

As notas dela eram péssimas, eu sabia disso, mas não achava que isso a tornava inferior a mim. De muitos modos, parecia que ela transcendia a escola: não se importava, não sentia a necessidade de se importar.

— Você não é irritante nem burra — falei.

Eu achava mesmo que a coisa toda se transformaria em um tipo de romance brilhante. Achava que ela despertaria um dia e perceberia que eu estivera ali ao lado dela desde sempre. Pensava que eu a beijaria e que ela perceberia que eu me importava com ela mais do que qualquer outra pessoa no mundo todo.

Iludida. Eu estava iludida. Eu não estava ao lado dela, de jeito nenhum.

— Acho que você se daria bem com meu irmão — disse ela.

— Por quê?

— Vocês dois são legais demais.

Ela olhou primeiro para baixo, então pela janela e o sol iluminou seus olhos.

UNIVERSE CITY: Ep. 15 — m4g14 d4 1nf0rm4t1c4

UniverseCity   84.375 visualizações

Sobre a Importância da Magia nos Canos Sob Nós
    Deslize para baixo para ler a transcrição >>>

[...]
Um pouco da magia da informática. Só precisamos disso, amigos. Quando se vive em uma cidade grande como esta, como mais devemos nos comunicar, além da magia da informática? Os Governantes consertaram toda a tubulação recentemente — uma das poucas boas coisas que eles fizeram por nós. Juro que consigo sentir algo de ruim neles, mas acho que a ignorância é uma bênção.

Tenho contatos em todos os lugares. Mais úteis do que amigos, na verdade. Tenho olhos e ouvidos por todos os lados, vejo e ouço tudo. Estou pronto para o que colocarem no meu caminho. Sei que colocarão algo em meu caminho. Já vi em meus sonhos e em meu espelho da sorte. Consigo ver a dois quilômetros, a dez quilômetros. Está vindo.

Mas tenho a mágica da informática a meu favor. Tenho meus amigos — não, *contatos*. Muito mais valiosos, caro amigo, como disse. Há magia sob nossos pés, não só em nossos olhos.

[...]

VERDADE

— Frances, minha querida, o que está acontecendo? Minha mãe entrelaçou os dedos e se inclinou para a frente sobre a bancada.

— O qua? — perguntei, porque estava com a boca cheia de cereal.

— Você não fez nenhum dever de férias nem se preparou para Cambridge esta semana. — Minha mãe ergueu as sobrancelhas e tentou parecer séria. Não deu certo porque ela estava usando o macacão de unicórnio. — E você está andando com o Aled cerca de 500% mais do que com seus amigos normais.

Engoli em seco.

— É... verdade.

— Você tem deixado os cabelos soltos com mais frequência. Pensei que não gostasse de deixá-los assim.

— Não tenho paciência de prendê-los o tempo todo.

— Pensei que você preferisse assim.

Dei de ombros.

Minha mãe olhou para mim.

Eu olhei para ela.

— Qual é o problema? — perguntei.

Ela deu de ombros.

— Não é problema. Eu só achei estranho.

— Por quê?

— Porque é diferente e incomum.

— E daí?

Minha mãe deu de ombros de novo.

— Não sei.

Eu não tinha pensado nisso, mas minha mãe tinha razão. Nas férias de verão, eu costumava me ocupar fazendo dever de casa, estudando, estagiando ou trabalhando em um emprego terrível nos restaurantes ou nas lojas de roupas da cidade. Eu não tinha pensado em nenhuma dessas coisas.

— Você não está estressada nem nada assim, não é? — perguntou minha mãe.

— Não — respondi. — Não, não mesmo.

— E é verdade, certo?

— Verdade, sim.

Minha mãe assentiu lentamente e disse:

— Tá bom. Só quis ter certeza. Há algum tempo não vejo a Frances da escola.

— Frances da escola? O que quer dizer?

Ela sorriu.

— Foi algo que você mesma disse há algum tempo. Não se preocupe.

RIR E CORRER

Demorei uma semana em agosto para perceber que Aled estava me impedindo de conversar com sua mãe de propósito.

Eu só sabia algumas coisas sobre Carol Last. Ela era representante do conselho de pais. Era uma rígida mãe solteira. Sempre conversava com a minha mãe quando elas se encontravam no correio do bairro. Quando ela estava em casa, Aled dizia que tínhamos que ir à minha casa ou a outro lugar, porque aparentemente ela não gostava de receber visitas.

Isso parecia ser uma desculpa satisfatória até eu conhecê-la.

Naquele dia em especial, eu estava pensando em ir à casa dele. Tanto eu quanto o Aled dormíamos até tarde, por isso costumávamos nos encontrar às duas da tarde. Desde nossa ida ao Creams, vínhamos usando nossas roupas estranhas: eu com uma coleção grande de leggings de estampa esquisita e jaquetas e blusas grandes demais, e ele com shorts listrados, casacos enormes e camisetas largas, além daqueles sapatos verde-limão. Naquele dia, ele estava usando shorts preto e uma blusa de moletom preta e grande, com "1995" estampado com letras grande e brancas. Os cabelos dele tinham crescido o suficiente para ser repartidos.

Sempre achava que ele era mais estiloso do que eu, mas ele sempre achava que eu era mais estilosa do que ele.

Normalmente, eu teria que bater na porta, mas, naquele dia, ele estava sentado do lado de fora, me esperando. Brian, o labrador idoso de Aled, estava sentado na calçada e trotou na minha direção assim que saí de casa. Brian já me amava, o que era bom para a minha autoestima.

— Oi, oi — falei para Aled enquanto atravessava a rua.

Aled sorriu e se levantou.

— Tudo bem?

Nós só nos abraçávamos na despedida, agora. Acho que era mais especial.

A primeira coisa que eu notei foi que o carro da mãe dele estava na frente da casa. Já sabia o que o Aled diria.

— Pensei que podíamos levar o Brian para dar uma volta — disse ele, puxando as mangas para cobrir as mãos.

Estávamos no meio da rua quando abordei o assunto.

— É esquisito que eu nunca tenha nem sequer falado com sua mãe.

Ele fez uma pausa significativa.

— É? — perguntou, mantendo a cabeça baixa.

— Sim, tipo, nem sequer a vi. Você já falou com a minha mãe muitas vezes. — Imaginei que já éramos próximos o bastante para que eu pudesse fazer uma pergunta constrangedora. Tinha feito isso muito na última semana. — Sua mãe não gosta de mim?

— Como assim?

— Eu já fui umas vinte vezes na sua casa e nunca a vi. — Enfiei as mãos nos bolsos. Aled não disse nada, mas ficou apoiando o peso do corpo em uma das pernas e depois na outra. — Vamos jogar a real. Ela é racista ou algo assim?

— Não, meu Deus, não...

— Certo — falei, esperando que ele continuasse.

Ele parou de andar, boca entreaberta como se estivesse prestes a dizer algo. Mas ele realmente não soube me explicar.

— Ela... ela me odeia ou sei lá? — perguntei, e então ri, pensando que isso suavizaria o tom.

— Não! Não é nada com você, eu juro! — disse ele tão depressa, com os olhos tão arregalados, que eu soube que ele não estava mentindo.

Eu me dei conta de como estava sendo esquisita.

— Tá bem, tá bem. — Dei um passinho para trás, balançando a cabeça no que eu torci para que fosse um gesto casual.

— Você não tem que me contar nada se não quiser. Tudo bem. Estou sendo esquisita, mesmo.

Olhei para baixo. Brian estava olhando para mim, então eu me abaixei e acariciei seu pelo.

— Allie?

Aled virou o rosto e eu também olhei. Ali estava ela. Carol Last, inclinada para fora da janela do carro. Eu nem tinha escutado o carro se aproximando.

Ela estava aterrorizante, naquele estilo clássico de mãe branca de classe média. Cabelos curtos e tingidos, corpo meio arredondado, um sorriso que dizia "Quer uma xícara de chá?" e olhos que diziam "Vou incendiar tudo o que você ama".

— Vai sair, querido? — perguntou ela, com as sobrancelhas erguidas.

Aled estava de frente para ela e eu não consegui ver sua expressão.

— É, vou levar o Brian para passear.

Então, o olhar dela me encontrou.

— Tudo bem com você, Frances querida? — Levantou uma das mãos e sorriu. — Faz um tempo que não te vejo. Eu sabia que nós duas estávamos pensando na Carys.

— Ah, sim, estou muito bem, obrigada — respondi.

— Como foram as provas? Tudo conforme o esperado?

— Espero que sim! — falei, com uma risada forçada.

— Todos esperamos! — Riu. — Aled precisa de umas notas bem altas se quiser entrar na universidade que quer, não é?

— falou olhando para Aled. — Mas ele estudou como um doido, então tenho *certeza* de que vai dar tudo certo.

Aled não disse nada.

Carol olhou para mim de novo, esboçando um sorriso.

— Ele tem se esforçado muito. A família toda está orgulhosa. Nós sabíamos que ele seria inteligente desde que era pequenininho. — Riu de novo, olhando para cima como se revivesse uma lembrança. — Ele conseguia ler livros antes mesmo de começar o ensino básico. Tinha uma habilidade natural, o nosso Allie. Nasceu para ser um acadêmico. — Suspirou e se virou para Aled. — Mas todos sabemos que não conseguimos nada na vida se não *nos esforçarmos muito*, não é?

— Mmm — disse Aled.

— Não podemos nos distrair muito, não é?

— Não.

Carol parou e olhou para seu filho por muito tempo. Falou um pouco mais baixo:

— Você não vai demorar muito, não é, Allie? A vovó chega às quatro e você disse que estaria em casa.

— Voltamos antes das quatro — disse Aled. A voz dele ficou estranhamente monótona.

— Então, tudo bem — disse Carol, com uma risadinha.

— Não deixe o Brian comer lesmas!

Então, ela partiu.

Aled começou a descer a rua imediatamente. Corri para acompanhar.

Caminhamos em silêncio por um minuto.

Quando chegamos ao fim da rua, eu disse:

— Então... ela me odeia ou não?

Aled chutou uma pedra.

— Ela não te odeia.

Dobramos à esquerda e subimos pelo espaço que separava as casas dos campos e da mata à frente. Brian, conhecendo o caminho, já tinha passado por ali e cheirava a grama um pouco mais adiante.

— Nossa, que alívio! — falei, rindo, mas ainda havia algo.

Continuamos caminhando e entramos na trilha pelo milharal. O milho tinha crescido tanto que não conseguíamos ver sobre ele.

Depois de mais alguns minutos, Aled disse:

— Eu só... não queria que você a conhecesse.

Esperei, mas ele não explicou. Não conseguia, não podia.

— Por quê? Ela parece legal...

— Ah, é, ela *parece* legal — disse Aled, com a voz tomada por uma amargura que eu nunca tinha visto vir dele.

— Ela... não é legal? — perguntei.

Ele não estava olhando para mim.

— Tá *legal*.

— Tá.

— Tá.

— *Aled*.

Parei de andar. Depois de mais alguns passos, ele também parou e se virou. Brian estava em algum ponto à nossa frente, cheirando o milho.

— Se estiver se sentindo mal — falei, repetindo exatamente o que ele tinha dito na noite em que me ensinou toda a matéria de matemática em uma hora —, é sempre bom falar sobre isso.

Ele hesitou e também sorriu, como se não conseguisse se conter.

— Nem sei. Desculpa.

Ele respirou fundo.

— É que eu não gosto nada da minha mãe. Só isso.

De repente, percebi por que ele teve tanta dificuldade para me contar. Porque parece algo muito infantil de se dizer. Uma coisa de adolescente. *Ai, detesto meus pais*, esse tipo de coisa.

— Ela é horrível comigo o tempo todo — disse ele. — Sei que ela pareceu legal ali. Ela... ela só... não costuma agir daquele jeito. — Riu. — Isso tudo parece bem idiota.

— Não parece — falei. — Parece complicado.

— Eu só meio que queria manter você longe dela. — O sol passou atrás de uma nuvem, e eu consegui vê-lo direito de novo. Seus cabelos estavam levantados pelo vento. — Tipo... quando estamos juntos, não tenho que pensar nela nem nas coisas da família... nem nos trabalhos. Consigo só me divertir. Mas se ela te conhecer... os dois mundos se cruzarão. — Ele fez um gesto com as mãos, e então riu de novo, mas foi uma risada triste. — Isso é muito idiota.

— Não é, *não*.

— Eu... — Finalmente, ele olhou em meus olhos. — Eu gosto de andar com você e não quero que nada estrague isso.

Eu não soube o que dizer.

Então, só o abracei.

Ele se retraiu um pouco, como da primeira vez.

— Eu literalmente arrancaria uma perna para impedir que isso seja estragado — falei, com o queixo apoiado no ombro dele. — Não estou brincando. Eu abriria mão de navegar na internet por um ano. Eu queimaria meus DVDs de *Parks and Recreation*.

— Cala a boca. — Riu, mas levantou os braços e me envolveu pela cintura.

— Mas não estou brincando — falei e apertei ainda mais.

Eu não permitiria que nada estragasse nossa amizade. Nem pais horrorosos, nem a escola, nem a distância, nem nada. Parece meio idiota e tola, essa conversa toda. Mas eu... não sei o que é. Não sei por que eu me sentia daquele modo sendo que só o conhecia há dois meses. Seria por gostarmos do mesmo tipo de música? Seria porque nossos estilos eram os mesmos? Seria por não haver silêncios desconfortáveis, nem brigas, por ele me ajudar quando ninguém mais ajudava, e por eu tê-lo ajudado quando o melhor amigo dele estava ocupado? Seria por eu adorar a história que ele escrevia? Porque eu adorava *o Aled*? Não sei. Não importa.

Ser amiga do Aled fazia com que eu me sentisse como se nunca tivesse tido um amigo de verdade antes.

Meia hora depois, estávamos falando sobre o novo episódio de *Universe City*. Aled não sabia bem se Rádio deveria matar seu novo companheiro, Atlas, ou se Atlas deveria se sacrificar por Rádio. Aled gostava da ideia do sacrifício, mas eu disse que Rádio matá-lo seria mais triste e, por isso, melhor, já que Atlas tinha sido seu companheiro por mais de três meses. Eu estava meio apegada ao Atlas e achava que ele merecia uma boa morte.

— Poderia ser um caso envolvendo zumbis — falei. — Tipo, Rádio ter que matá-lo antes que ele se transforme em um devorador de pessoas faminto. Isso sempre é emocionante.

— Mas é *tão* clichê — disse Aled, passando a mão pelos cabelos. — Precisa ser algo original, caso contrário, não faz sentido.

— Tá, sem zumbis. Dragões. Dragões, em vez de zumbis.

— Rádio tem que matá-lo antes que ele se transforme em um *dragão*.

— Para ser sincera, é meio chocante que você ainda não tenha colocado nenhum dragão na história.

Aled levou a mão ao coração.

— Credo, sua grosseira.

— Dragões são melhores que zumbis, fala sério.

— Mas dragões não são tão tristes quanto zumbis. Atlas poderia muito bem viver uma vida feliz de dragão.

— Talvez ele *devesse* viver uma vida feliz de dragão!

— Então ele *não* morre?

— Não, só se transforma em um dragão e voa para longe. Ainda é triste, mas também esperançoso. Todo mundo adora um fim triste, mas esperançoso.

Aled franziu o cenho.

— Esperançoso... para uma vida feliz de dragão.

— É. Cuidando de uma princesa ou coisa assim. Queimando uns cavaleiros de meia-idade.

— *Universe City* é ambientado nos anos 2500. Estamos nos enfiando em um universo paralelo.

Entramos em um pasto de ovelhas sem notar que o céu tinha se fechado e, quando começou a chover, levantei a mão para ter certeza de que de fato estava acontecendo. Era verão, fazia uns 22°C e, cinco minutos antes, estava ensolarado.

— Nãããããooooo — reclamei.

Eu me virei para Aled. Ele estava estreitando os olhos para olhar para o céu.

— Nossa!

Olhei ao nosso redor. Duzentos metros à frente, havia um arvoredo: um abrigo.

Apontei na direção dele e olhei para Aled.

— Está a fim de correr?

— Haha... como é que é?

Eu já tinha começado a correr, partindo em direção às árvores no gramado, com a chuva já pesada o suficiente para meus olhos arderem, Brian trotando ao meu lado. Depois de um instante, ouvi Aled correndo também, olhei para trás e estiquei o braço para ele, gritando:

— Vem!

Ele me acompanhou. Esticou o braço, pegou minha mão e corremos juntos pelo campo na chuva. Ele riu e eu me lembrei de uma risada de criança e desejei que as pessoas sempre pudessem rir e correr daquele jeito.

RÁDIO

Meu primeiro episódio de *Universe City* saiu no sábado, dia 10 de agosto.

Tínhamos combinado que eu faria uma pequena animação para cada episódio, nada muito longo, apenas uma para os vinte minutos. Um gif de quatro segundos, repetindo-se sem parar. O que eu fiz para esse episódio foi a cidade — Universe City — saindo do chão, com estrelas brilhando no céu. Analisando agora, até era bem ruim, mas nós dois adoramos naquele momento, e acho que é o que importa.

Ouvi Aled gravar o episódio na noite anterior. Fiquei surpresa por ele ter permitido. Eu sabia que Aled era mais reservado e calado do que eu, apesar de termos jogado o *Just Dance* do *High School Musical* naquela semana e de "dançar", se é que podemos chamar disso, não parecer algo com que ele ficaria bem. Aled apresentando um episódio do *Universe City* era mais pessoal do que qualquer coisa que eu tinha visto ou ouvido antes, incluindo a vez em que batemos um papo, às 2h da manhã, a respeito do nosso funcionamento intestinal.

Mas estava tudo bem para ele.

Ele apagou a luz do quarto. As luzinhas acima de nós pareciam estrelinhas e as pontas dos cabelos dele estavam acesas, todas em cores diferentes. Ele se encolheu a sua mesa e mexeu por alguns minutos em um microfone bonito, que deve ter custado muita grana. Eu estava em um pufe, com o cobertor dele me envolvendo porque sempre fazia frio dentro da casa. Eu estava cansada, o quarto era azul-escuro e etéreo e eu poderia ter adormecido...

— Olá. Espero que alguém esteja ouvindo...

Ele havia redigido o roteiro no laptop. Repetia frases se as errasse. Enquanto gravava, as ondas de som subiam e desciam na tela do computador. Era como se eu estivesse ouvindo uma pessoa totalmente diferente — não, não diferente, só *mais* Aled. Aled 100%. Aled sendo ele mesmo. Eu estava ouvindo o cérebro de Aled.

Eu viajei, como sempre fazia. Eu me perdia na história, esquecia das coisas.

Todo episódio do *Universe City* termina com a apresentação de uma música. A mesma música, toda vez — um rock de trinta segundos que Aled tinha escrito chamado "Não nos resta nada" —, mas uma nova apresentação.

Só percebi que Aled ia apresentá-la quando ele pegou a guitarra e a plugou no amplificador. Baterias e baixo pré-gravados começaram a tocar pelos alto-falantes e, quando ele tocou a guitarra, estava tão alto que levei as mãos às orelhas para tampar os ouvidos. Foi como sempre era, mas muito melhor pessoalmente, como mil guitarras, motosserras e trovões, tudo de uma vez, o baixo fazendo a parede tremer atrás da minha cabeça. Ele começou a cantar daquele jeito meio aos berros e eu poderia ter cantado junto, queria ter cantado junto, mas não cantei porque não queria estragar o momento. Eu já sabia a melodia e a letra.

Não nos resta nada mais
Por que você não ouve?
Por que não está me ouvindo?
Não resta nada.

Quando ele terminou, virou-se na cadeira e disse, com a voz baixa de costume, como se eu tivesse saído de um sonho:
— E aí, qual voz? Alta, baixa ou média?
Eram dez da noite. O teto do quarto dele parecia uma galáxia. Ele me contou que o pintou quando tinha catorze anos.
— Você escolhe — falei.
Ele puxou as mangas para cobrir as mãos. Eu estava começando a entender o que aquilo significava.
Eu disse:
— Hoje é o melhor dia da minha vida inteira.
Ele sorriu.
— Cala a boca. — Virou-se de novo para o laptop, o corpo marcado contra o brilho da tela, e disse: — Acho que a voz média. Gosto mais de Rádio andrógino.

FEBRUARY FRIDAY

Meu Tumblr ganhou mais de mil novos seguidores em um dia. Estava lotado com recados me dizendo o quanto adoravam minha arte e me parabenizando por ter conseguido trabalhar com o programa pelo qual era obcecada. Claro, alguns também diziam o quanto detestavam a arte e me detestavam.

Eu estava em todas as tags de *Universe City* no Tumblr: minha arte, meu blog, meu Twitter, *eu*. Eles ainda não sabiam nada sobre mim, na verdade, e por isso eu me sentia muito grata. O anonimato da internet pode ser algo bom de vez em quando.

Não havia problema em Aled saber que eu era Toulouse, a artista de *Universe City*, mas pensar que outra pessoa poderia descobrir ainda me assustava.

E, claro, quando meu envolvimento com *Universe City* foi revelado, fui bombardeada com tweets e perguntas no Tumblr de pessoas querendo saber quem era o Criador. Eu já esperava isso, mas isso não me impedia de ficar estressada. Não pude postar nada online durante vários dias depois do episódio sem que viesse uma nova avalanche de perguntas a respeito de quem eu era e de quem era o Criador.

Assim que mostrei as mensagens para o Aled, ele entrou em pânico.

Estávamos sentados no sofá da sala da minha casa, assistindo a *A viagem de Chihiro*. Ele leu a mensagem na minha caixa de entrada do Tumblr. Enquanto rolava a página, levou a mão à testa e começou a dizer, baixinho:

— Ai, não, ai, não, meu Deus.

— Está tudo bem, eu não vou sair contando para eles.

— Não podemos deixar que eles descubram.

Eu não sabia muito bem por que Aled queria manter *Universe City* em segredo. Imaginei que fosse apenas porque ele gostava de privacidade, porque não queria seu rosto na internet. Parecia meio invasivo perguntar.

— Tá bom — falei.

— Tenho uma ideia — disse ele.

Ele abriu o Twitter no laptop e digitou um tweet:

RÁDIO @UniverseCity
February Friday — eu ainda acredito, eu ainda ouço.

— February Friday — falei. — Sim, boa ideia.

February Friday, ou a seção "Cartas a February", produz, provavelmente, as maiores teorias da conspiração dentro do fandom de *Universe City*.

A wiki do fandom explicou muito bem.

February Friday e teorias de fandom
Costuma-se acreditar dentro do <ins>fandom de Universe City</ins> que a série toda é um presente do <ins>Criador Anônimo</ins> a uma pessoa por quem se apaixonou.

A grande maioria dos primeiros episódios (2011) e cerca de metade dos episódios mais antigos (a partir de 2012) têm um trecho, normalmente ao final do episódio, dirigido a um personagem que não aparece nem tem grande influência na história, February Friday. Nesses segmentos, Rádio Silêncio costuma lamentar a incapacidade de se comunicar com February Friday, usando imagens abstratas e metáforas indetermináveis.

Normalmente, a seção não faz muito sentido, levando o fandom a acreditar que é composta por piadas internas que o Criador Anônimo divide com a pessoa real representada por February Friday. Uma vez que essas seções em nada contribuem com o enredo de Universe City e não têm enredo sequencial solto, o fandom afirma que devem ter certa importância ao Criador.

Muitas tentativas foram feitas para determinar o sentido do que se tornou conhecido como Cartas a February, mas todas as tentativas são apenas suposições e análises objetivas.

Por isso, Rádio escrever no Twitter sobre February Friday obviamente causou um caos no fandom. De modo breve e inconclusivo, mas, mesmo assim, uma *caos* inegável.

Todo mundo se distraiu o suficiente para parar de me mandar mensagens exigindo saber quem eu sou e quem é Rádio.

Desde que conheci Aled, eu vinha pensando muito sobre a conspiração de February Friday: sobre quem February poderia ser, se era uma representação de alguém que ele conhecia. Pensei logo em Carys, mas rejeitei essa ideia, já que as Cartas a February eram tão românticas. Até cheguei a pensar em mim em determinado momento, antes de perceber que Aled não me conhecia quando começou a fazer *Universe City*.

Claro, ser amiga de Aled agora significava que eu tinha a oportunidade de perguntar a respeito de February Friday.

O que eu fiz.

— Então... só por curiosidade... — Rolei no sofá para ficar de frente para ele. — Posso saber o segredo de February Friday?

Aled mordeu o lábio e pensou um pouco.

— Hum... — Ele se virou para ficar de frente para mim também. — Certo, não se ofenda, mas acho que precisa continuar sendo um grande segredo.

Achei aquilo bem justo.

UNIVERSE CITY: Ep. 32 — barulho cósmico
UniverseCity   110.897 visualizações

Você ainda está ouvindo? Deslize para baixo para ler a transcrição >>>

[...]

Acho que agora, February, nós "perdemos contato", como dizem. Não que já tenhamos mantido contato. No fim, ainda estou procurando onde você procurou, andando por onde você andou, estou em sua sombra azul-escura e parece que você nunca se vira para me ver ali.

Às vezes me pergunto se você já explodiu, como uma estrela, e o que estou vendo é você três milhões de anos no passado, e você não está mais aqui. Como podemos estar juntos aqui, agora, sendo que você está tão longe? Quando você está tão no passado? Estou berrando, mas você nunca se vira para me ver. Talvez eu já tenha explodido.

De qualquer modo, vamos trazer coisas lindas ao universo.

[...]

O GRANDE ESQUEMA DAS COISAS

Quinta-feira, 15 de agosto, era o dia dos resultados. Também era o aniversário de dezoito anos de Aled.

Nossa amizade tinha se tornado isto:

(00:00) **Frances Janvier**
FELIZ ANIVERSÁRIO ESPERO QUE VOCÊ ESTEJA EM CLIMA DE FESTA
TE AMO MUITO SEU LINDO
NÃO ACREDITO QUE MEU AMIGUINHO É UM HOMEM AGORA ESTOU CHORANDO

(00:02) **Aled Last**
por que está me atormentando com mensagens vergonhosas dessas

(00:03) **Frances Janvier**
¯_(ツ)_/¯

(00:03) **Aled Last**
nossa
mas obg t amo (✿♥‿♥)

(00:04) **Frances Janvier**
ISSO que mata de vergonha amg

(00:04) **Aled Last**
foi minha vingança

Eu estava muito estressada com o dia dos resultados, porque é o que sempre faço. Também estava estressada porque não tinha visto nem falado com meus amigos de escola em quase três semanas. Se tivesse sorte, poderia entrar, pegar meus resultados e partir antes que alguém pudesse fazer a temida pergunta: "Como foram os resultados?"

— Tenho certeza de que você se saiu bem, France — disse minha mãe, fechando a porta do carro. Tínhamos acabado de chegar à escola e eu estava morrendo de calor com o uniforme da escola. — Ai, meu Deus, desculpa, essa é literalmente a coisa menos útil que eu poderia dizer.

— Bem isso — falei.

Atravessamos o estacionamento até o prédio do ensino médio e subimos a escada. Minha mãe não parava de olhar para mim. Acho que ela queria dizer alguma coisa, mas, sinceramente, não há nada a dizer quando estamos prestes a ler quatro letras que moldam o resto de nossa vida.

A sala estava cheia porque minha mãe e eu estávamos um pouco atrasadas. Professores em mesas entregavam envelopes de papel pardo. Taças de vinho eram oferecidas na mesa dos fundos para os pais. Uma menina da minha sala de história estava chorando a apenas cinco metros de distância, e eu tentei não olhar para ela.

— Vou pegar um pouco de vinho para você — disse minha mãe. Eu me virei para ela, que olhou para mim e falou:

"É só a escola, não é?"

— É só a escola — repeti, balançando a cabeça. — Nunca é só a escola.

Minha mãe suspirou.

— Mas não importa. No Grande Esquema das Coisas.

— Se você está dizendo — falei, revirando os olhos.

Tirei quatro notas A. É a nota mais alta do meu nível. Eu esperava estar feliz com isso. Esperava pular de alegria e chorar de felicidade. Não senti nada disso. Só não era uma decepção.

O dia de meus resultados do décimo ano foi um dia antes de Carys fugir. Era um dia de resultados obviamente importantes para ela, porque é quando os alunos do ano em que ela estava pegam a maioria dos resultados das provas para se candidatarem à faculdade. Eu sabia que ela nunca tirava notas muito boas, mas aquele foi o único dia em que a vi ficar triste por isso.

Eu havia acabado de receber a nota da prova de ciências que tinha feito um ano adiantado, pela qual recebi um A*, e estava saindo daquela mesma sala, o CAI, com minha mãe, olhando para o pequeno "a*" em letras minúsculas Times New Roman, o primeiro de muitos que viriam. Descemos a escada e estávamos prestes a sair do prédio quando Carys e Carol Last passaram pela porta aberta, seguindo em direção ao estacionamento.

Ouvi as palavras "bem ridícula" e imaginei que tivesse sido a Carol a dizê-las, mas até hoje não tenho certeza.

Carys estava chorando e a mãe dela estava segurando seu braço com tanta força que devia estar doendo.

***

Bebi o vinho que minha mãe roubou para mim praticamente em um gole só, de frente para a parede para que nenhum dos professores me visse. Então, passamos pela dra. Afolayan, que tentou chamar minha atenção, e saímos da sala, descemos a escada e saímos do prédio, indo em direção à luz do sol. Eu segurava o envelope dos resultados com tanta força que o havia amassado e borrado meu nome.

— Tudo? — perguntou minha mãe. — Você não me parece muito feliz.

Ela estava certa, mas eu não sabia por quê.

— Frances!

Eu me virei, torcendo para não ser nenhum dos meus amigos, mas claro que era. Era Raine Sengupta. Ela estava encostada em um corrimão fora do prédio, conversando com alguém que eu não conhecia. Ela se aproximou de mim. O lado direito de sua cabeça tinha sido raspado recentemente.

— Tudo bem, amiga? — perguntou ela, assentindo para o meu envelope.

Sorri.

— Sim! Sim, quatro notas A.

— Minha nossa, parabéns!

— Obrigada, pois é, estou muito feliz.

— Então você está pronta para ir para a Cambridge?

— É, acho que sim.

— Legal.

Fizemos uma pausa.

— E você? — perguntei.

Raine deu de ombros.

— Dois Cs, um D e um E. Não fui ótima, mas acho que Afolayan vai me deixar voltar. Se eu fizer umas reposições.

— Ah... — não fazia ideia do que dizer, e Raine claramente notou.

Ela riu.

— Está tudo bem. Não faço lição nenhuma e meu trabalho de arte foi uma *merda*.

Nós nos despedimos meio sem jeito e eu e minha mãe fomos embora.

— Quem era aquela? — perguntou minha mãe assim que chegamos ao carro.

— Raine Sengupta?

— Acho que você nunca falou dela.

— Ela é do meu grupo de amigos. Não somos muito próximas.

Meu telefone tocou e era uma mensagem de texto de Aled.

Aled Last
4 A*! tô dentro

Minha mãe abaixou o para-sol diante de seu rosto.

— Está pronta para ir para casa? — perguntou.

— Sim — respondi.

BOTAR MEDO

Havia um grande evento no Facebook para a noite pós-provas que aconteceria na Johnny R's no mesmo dia, para o qual todo mundo do ensino médio tinha sido convidado, mas eu não queria ir. Primeiro, porque todo mundo ia encher a cara, o que eu poderia muito bem fazer sozinha na sala de casa enquanto assistia a vídeos no YouTube, em vez de ter que me preocupar em pegar o último trem ou evitar assédio sexual. Em segundo lugar, eu não andava conversando com meus amigos de escola ultimamente, só com a Raine, e acho que, se estivéssemos no *The Sims*, nossa barra de amizade não mostraria quase nada.

Eu sabia que Aled estava ocupado comemorando o aniversário com Daniel, o que era um pouco esquisito, já que eu achava que eles não andavam muito juntos ultimamente, mas Daniel era o melhor amigo dele da vida toda, então tudo bem. Minha mãe havia comprado champanhe e dito que poderíamos pedir pizza e jogar *Master*. Eu daria o presente de Aled a ele no dia seguinte.

O que eu não estava esperando era Daniel Jun batendo à minha porta às 21:43.

Eu estava bem alegrinha, mas teria rido muito mesmo sóbria. Ele estava usando o uniforme antigo da escola: o que usava antes de ir para a Academy no ensino médio. Teoricamente, era totalmente normal — um blazer e calça pretos, uma gravata simples azul-marinho e um brasão com um "T" dourado —, mas, por causa do surto de crescimento de Daniel no último ano, a calça não passava dos tornozelos e o blazer estava tão apertado e curto que ele estava ridículo.

Ele só ficou parado, de sobrancelhas erguidas, enquanto eu ria sem parar.

— Meu Deus, você parece o Bruno Mars!

Lágrimas se juntavam em meus olhos.

Daniel franziu a testa.

— Bruno Mars tem ascendência porto-riquenha e filipina, não coreana, então isso é muito ofensivo.

— Eu estava me referindo ao comprimento da sua calça.

Você vai fazer teste para os *Jersey Boys*?

Ele hesitou.

— Vou. É esse mesmo meu objetivo de vida. Escrevi no meu plano de carreira.

— Seus conhecimentos sobre Bruno Mars são impressionantes, por sinal. — Eu me recostei na porta. — Quer jogar *Master*? Estou no meio de uma partida.

— Bem, por que mais eu estaria aqui, Frances?

Nós nos entreolhamos.

— *Por que* você está aqui? — perguntei. — Não deveria estar com o Aled?

Ele ergueu as sobrancelhas de novo.

— Basicamente, íamos à festa pós-provas na Johnny R's, mas Aled não está muito a fim de ir e disse que seria legal te encontrar no aniversário dele.

— Pensei que vocês dois iam sair.

— Vamos.

— Sem mim.

— Até agora.

— Então, eu estaria meio segurando vela.

Ele riu.

— Pois é, estaria!

Pensei em bater com a porta na cara dele.

— Você vai ou não? — perguntou ele.

— Você vai ser um idiota comigo a noite toda se eu for?

— Provavelmente.

Pelo menos, ele era sincero.

— Então tá. Mas tenho duas perguntas. Primeiro, por que você está usando o uniforme antigo?

— Era o tema da festa na Johnny R's. — Ele enfiou as mãos nos bolsos. — Você viu o evento no Facebook, pelo menos?

— Por alto.

— Sei.

— Em segundo lugar, por que o Aled não está aqui?

— Eu falei para ele que ia mijar.

— Ele acha que você está no banheiro agora?

— Isso.

Fiquei olhando para o Daniel. Aquilo era uma ideia totalmente dele. Ele estava fazendo algo *bacana* por alguém. Claro, se fosse fazer algo legal por alguém, esse alguém provavelmente seria Aled, mas *mesmo assim*. Já era... alguma coisa.

— Beleza, então. Legal — falei. — Mas vai ser esquisito, já que você literalmente me detesta.

— Eu não *literalmente te detesto* — disse ele. — Que drama.

Comecei a falar de um jeito todo afetado.

— Ah, desculpa, quero dizer que não *nos damos muito bem*, exatamente.

— Só porque você me bota medo o tempo todo.

— Desculpa, mas é *você* quem *me* bota medo o tempo todo!

Nós ficamos olhando um para o outro.

— Paradoxo do medo — continuei. — Um ciclo de medo. Medo-ception.

— Você vai assim? — perguntou ele.

Olhei para a minha roupa. Eu estava usando um macacão do Batman.

— Sim. Algum problema?

— Muitos — disse ele, virando-se. — Muitos problemas.

Entrei e disse a minha mãe que ia à casa do Aled, e ela disse que tudo bem, já que tinha que assistir a *The Great British Bake Off*, e pediu para que eu não fizesse muito barulho quando entrasse. Peguei minhas chaves da tigela perto da porta, o cartão e o presente do Aled de cima da mesa da cozinha, calcei os sapatos e dei mais uma olhada no espelho da entrada. Minha maquiagem estava uma porcaria e os cabelos tinham começado a se soltar do coque, mas eu não me importei muito com isso. O que íamos fazer, encher a cara na sala de Aled? Era só o que podíamos fazer, aparentemente. Sei lá. Então, é, beber, tá bom, sei lá.

USINA ELÉTRICA

— Não sei se você sabe — falei enquanto descíamos a rua na direção totalmente oposta à da casa de Aled —, mas este não é o caminho para a casa do Aled.

— Você é tão inteligente, até impressiona — disse Daniel.

— Você tirou seus quatro As?

— Tirei. E você?

— Também.

— Legal — falei e sacudi a cabeça. — E aí, aonde estamos indo? Não estou vestida para sair.

Daniel andava alguns passos à minha frente. Ele se virou e começou a andar de costas, olhando para mim, com o rosto iluminado pelas lâmpadas dos postes da rua.

— Pensamos em acampar no campo — disse ele.

— É permitido?

— Provavelmente não.

— Ah, você está infringindo a lei! Que orgulho.

Ele só se virou de costas para mim. Hilário.

— Não vi você e o Aled andando juntos nesse verão — comentei.

Ele não olhou para mim.

— E daí?

— Não sei. Você estava viajando?

Ele riu.

— Quem me dera — respondeu.

— Você disse que não tem visto o Aled.

— Quando eu disse isso?

— Hum... — Eu estava com a impressão de que entrava em território perigoso. — Lembra, antes da minha prova de história, você foi conversar comigo...

— Ah. Não, só estamos ocupados. Eu trabalho cerca de cinco dias por semana no Frankie & Benny's, no centro. E você sabe que ele não é muito bom em responder a mensagens.

Ele sempre respondia às minhas mensagens, mas não disse isso ao Daniel.

— Como vocês ficaram tão próximos, afinal? — perguntou ele, franzindo o cenho.

— Eu o salvei de uma casa noturna — falei, e Daniel não disse nada. Desviou o olhar e enfiou as mãos nos bolsos.

O céu ainda não estava preto, só meio azul-escuro e nebuloso, mas dava para ver a lua e algumas estrelas, o que era agradável. Pulamos a cerca para entrar no campo vazio ao lado do vilarejo e eu fiquei surpresa ao notar como era silencioso. Não havia vento, nem carros, *nada*. A impressão que eu tinha era de que não tinha estado em nenhum lugar tão silencioso a vida toda, apesar de eu morar ali, no interior, desde que tinha nascido.

Em um pedaço de terra seca no meio do campo, estava uma fogueira pequena e, ao lado dela, uma barraca grande e, ao lado dela, Aled Last, com o corpo todo iluminado pelo fogo. Ele estava usando o uniforme da escola, que servia bem nele, porque o havia vestido nos últimos dois meses, mas ainda ficava meio esquisito, provavelmente porque eu estava acostumada a vê-lo usando shorts de cores interessantes e blusas largas.

Como era possível que ele tivesse dezoito anos? Como era possível que alguém que eu conhecesse tivesse dezoito anos? Passei por Daniel com sua calça curta, corri pela grama e caí em cima do Aled.

Uma hora depois, já tínhamos bebido três quartos de uma garrafa de vodca, o que não era bom para mim porque o álcool faz com que eu durma.

Aled tinha aberto seu presente, um rádio em forma de arranha-céu. As janelas piscavam no ritmo do som quando o rádio estava ligado. Ele me disse que aquela era a melhor coisa que ele já tinha visto na vida, o que provavelmente era mentira, mas fiquei feliz por ele ter gostado. Funcionava a pilha, então sintonizei a Rádio 1 ao fundo e um programa com temática eletrônica estava sendo transmitido, com sintetizadores e baixo. As luzes da cidade e da usina elétrica brilhavam ao longe.

Daniel deu uma olhada e disse:

— Meu Jesus do céu. Você sabe sobre o *Universe City*, não sabe?

Daniel Bêbado era mais sarcástico, falava mais palavrões e era mais mandão do que o Daniel Sóbrio, mas, de algum modo, era mais fácil rir dele do que dar na cara dele.

— Hum — falei.

— Hum — disse Aled.

— Não enrolem, eu sei qual é a de vocês. — Daniel jogou a cabeça para trás e riu. — Bom, era só questão de tempo até alguém descobrir. — Ele se inclinou na minha direção. — Há quanto tempo você ouve? Você já ouvia quando eu tocava baixo na música-tema?

Eu ri.

— Você toca baixo?

— Não mais.

Aled interrompeu antes que eu pudesse dizer algo mais. Há meia hora, ele estava balançando um graveto em chamas no ar, fazendo formas com o fogo.

— Ela é a nova artista.

Daniel franziu o cenho.

— Artista?

— É, ela fez o gif do episódio da semana passada.

— Ah. — A voz de Daniel ficou mais baixa. — Não ouvi o da semana passada ainda.

Aled sorriu.

— Você é um fã fajuto.

— Cala a boca, é claro que sou fã.

— Fã fajuto.

— Fui a primeira pessoa a sequer *me inscrever*.

— Fã fajuto.

Daniel jogou um punhado de terra em Aled e Aled riu e se virou para não ser acertado.

A noite toda foi boba assim. Eu não entendia bem por que estávamos juntos. Aled não era da minha turma; ele não frequentava a minha escola. Daniel nem gostava de mim. Que tipo de grupo de amigos é formado por dois meninos e uma menina?

Daniel e Aled começaram a falar sobre suas notas.

— Só estou... muito aliviado — dizia Daniel. — Tipo... entrar em uma boa universidade para estudar biologia... Eu quero isso há uns seis anos. Eu me odiaria se estragasse tudo agora.

— Estou muito feliz por você — disse Aled, que estava deitado de lado, ainda enfiando um graveto no fogo.

— Você deve estar muito feliz por *você*.

— Haha, é, não sei — disse Aled, o que eu não entendia muito bem. Por que ele não ficaria feliz com as notas? — É bom. Só acho que não me importo com nada *tanto* assim.

— Você se importa com *Universe City* — falei.

Aled olhou para mim.

— Ah, é. Tá, verdade.

Eu estava cansada, sentia meus olhos se fechando. Pensei em Carys — tínhamos nos embriagado desse jeito no mesmo dia dois anos atrás, na noite de resultados, naquela festa. Tinha sido uma noite ruim.

Quando exatamente eu ia falar sobre Carys com Aled?

— Bem, vi *muita* gente chorando por causa das notas hoje cedo, então acho que vocês deveriam estar comemorando — disse Daniel. Ele passou as garrafas de vodca e de Coca-Cola a Aled. — Beba, aniversariante.

Eu sabia que chegaria ao nível seguinte de embriaguez logo, no qual eu diria coisas das quais me arrependeria depois. Talvez eu acabasse dormindo antes disso, talvez não. Arranquei um pouco de grama do chão e comecei a jogá-la no fogo.

KANYE NÃO TERIA GOSTADO

Estávamos em um campo, depois não estávamos mais e depois voltamos a ele. Eu tinha conseguido um cobertor e Aled e eu estávamos cantando uma música de Kanye West. Aled sabia a parte toda do rap, mas eu não, então ele fez uma apresentação dramática na frente das estrelas. Estava quente e o céu estava lindo. Kanye não teria gostado.

Estávamos na barraca e Daniel tinha dormido depois de vomitar no mato e de voltar com um arranhão enorme no braço. Aled dizia:

— Por um lado, estou pensando que esse trabalho é importante, tipo... é muito importante que eu receba boas notas e seja aceito, mas, por outro lado, meu cérebro está meio... não sei, não me importo, vai ficar tudo bem no fim ou algo assim. Então estou chegando a um ponto no qual não faço nenhum trabalho se não tiver, só faço as coisas que tenho que fazer, mas não me importo? Não sei, isso não faz o menor sentido...

Por algum motivo, fiquei assentindo, sorrindo e concordando.

— Quem é February Friday? — pergunto a Aled.

— Não sei! — responde ele.

— Mas somos amigos! — digo.

— Isso é irrelevante! — diz ele.

— É alguém por quem você está apaixonado? Como diz o fandom?

Ele ri e não responde.

Estamos no meio do campo vendo quem grita mais.

Tiramos fotos borradas e escuras e postamos no Twitter.

Fico me perguntando se é uma boa ideia, apesar de eu saber que ninguém conseguiria ver nosso rosto, mas não consigo fazer nada a respeito.

RÁDIO @UniverseCity
@touloser toulouse espontânea [foto borrada de seu queixo duplo]

toulouse @touloser
@UniverseCity Rádio revelado [foto borrada dos sapatos de Aled]

Estamos deitados na grama.

— Acho que estou ouvindo uma raposa — digo.

— A voz dentro da minha mente é a voz de Rádio — diz Aled.

— Como pode você não estar com frio? — digo.

— Parei de sentir qualquer coisa há muito tempo — diz Aled.

Estamos deitados na barraca.

— Eu costumava ter pesadelos bem pesados chamados terrores noturnos, quando acordamos ainda achando que estamos em um pesadelo — digo.

— Toda noite, sinto dor no peito e tenho certeza de que vou morrer — diz Aled.

— Não acontecem mais na adolescência — digo.

— As dores no peito ou os terrores noturnos? — diz Aled.

Estamos tentando gravar um episódio de *Universe City* há dez minutos, mas a única coisa que aconteceu até aqui é que Aled e eu estamos brincando de pega-pega, o que me faz cair em cima dele de novo (sem querer, dessa vez). Passei vários minutos sendo um personagem que criei na hora e chamei de "Toulouse", como minha identidade na internet, e agora nós três estamos brincando de Eu Nunca.

— Eu nunca... — Aled toca seu queixo. — Eu nunca peidei e culpei outra pessoa.

Daniel resmunga e eu dou risada, e nós dois tomamos um gole de nossa bebida.

— Você nunca fez isso? — pergunto a Aled.

— Não, não sou tão descarado. Assumo a responsabilidade por minhas atitudes.

— Certo. Eu nunca... — Olho para os dois. — Nunca desrespeitei a hora de voltar para casa.

Daniel ri.

— Você é muito fraquinha — diz, tomando um gole da bebida.

Aled olha para mim e diz:

— Então eu também sou fraquinho.

No mesmo instante, Daniel parece se sentir culpado.

— Eu nunca... — Daniel dá um tapinha na garrafa —... disse que amava alguém sem de fato amar.

Digo um "aaaaahhhh". Aled levanta o copo como se fosse tomar um gole, mas então aparentemente muda de ideia e esfrega os olhos, ou talvez só precisasse esfregar os olhos. Nenhum de nós bebe.

— Tá, eu nunca... — Aled faz uma pausa, e seu olhar perde o foco. — Eu nunca quis fazer faculdade.

Daniel e eu ficamos calados por um tempo, então Daniel ri como se Aled estivesse de brincadeira e Aled ri como se estivesse mesmo de brincadeira, mas não sei o que fazer, porque não parece nem um pouco que Aled está de brincadeira.

Eu cochilo pouco tempo depois na barraca e acordo com Daniel dormindo ao meu lado. Aled não está em lugar nenhum, então saio da barraca e o encontro caminhando em círculos na grama, com o telefone perto da boca, murmurando coisas que não consigo ouvir direito.

Vou até ele e pergunto:

— O que você está dizendo?

Ele olha para a frente e seu corpo todo se retrai.

— Meu Deus, não vi que você estava tão perto.

Nós dois nos esquecemos do que estávamos falando.

Daniel acorda para cantar "Não nos resta nada" com a gente. O vídeo é borrado: nós correndo pela paisagem no escuro, imagens de olhos, de pele. Postamos o episódio no YouTube antes de mudar de ideia.

Daniel e eu estamos deitados, um ao lado do outro, e ele diz:

— Um dia, quando eu tinha cinco anos, uma menina riu do meu nome de verdade, tipo, *o dia todo*. Ela ficou correndo pelo parquinho gritando "DAE-SUNG, DAE-SUNG, DAE-SUNG, DAE-SUNG TEM UM NOME IDIOTA" com uma voz bem idiota e me deixou *muito* triste, tipo, eu comecei a *chorar*, e minha professora teve que chamar minha mãe. Eu ainda estava chorando quando minha mãe foi me buscar. Minha mãe com certeza é a mulher mais doce do mundo, então ela me levou para casa e disse: "O que acha de ganhar um nome inglês de verdade? Moramos na Inglaterra agora e você é um menino inglês." Aquilo me deixou muito feliz na época. Ela pediu para a escola mudar meu nome no registro para Daniel e foi isso.

Concordo com a cabeça.

— Você queria que as pessoas te chamassem de Dae-Sung?

— Queria. Sei que minha mãe teve boa intenção, mas "Daniel" parece uma mentira. Pode ser que eu use meu nome verdadeiro quando entrar na faculdade...

— Às vezes eu queria ter um nome etíope — digo. — Ou outro nome do leste africano... Queria ser mais próxima de minha etnia, na verdade.

Daniel vira o rosto para mim.

— E seus pais? Eles não são...?

— Minha mãe é branca. Meu pai é etíope, mas ele e minha mãe se divorciaram quando eu tinha quatro anos e ele mora na Escócia agora, tem outra família. Ainda conversamos por telefone com frequência, mas eu só o vejo algumas vezes por ano, e quase nunca vejo meus avós, tios, tias e primos daquele lado da família. Eu só queria me sentir mais próxima deles... às vezes eu tenho a impressão de que sou a única pessoa negra que conheço. Tipo... o sobrenome do meu pai é Mengesha. Queria ser Frances Mengesha.

— Frances Mengesha. Parece bom.

— Eu sei.

— Suas iniciais seriam FM. Como rádio FM.

Ainda consigo ouvir a raposa. Parece que alguém está sendo brutalmente assassinado.

Aled se deita ao lado da fogueira e fecha os olhos e Daniel rola, se ajoelha, coloca as mãos espalmadas na grama, uma de cada lado do rosto do Aled, e se inclina para ele. Aled abre os olhos, mas não estabelece contato visual. Seus olhos se encolhem quando ele ri e rola para o lado, afastando Daniel.

Vou ver a raposa, seguindo em direção ao som, em direção à trilha na mata. Eu imaginaria que sentiria medo ou coisa assim, na mata escura à noite, mas não sinto.

Estou chegando quando uma pessoa começa a caminhar na minha direção, aí eu fico assustada, assustada *demais*, e quase me jogo no chão ou viro e corro, mas ilumino a pessoa com a luz do meu celular e é realmente Carys Last, caminhando no escuro no meio da noite.

— Jesus Cristo — digo.

Não, espere. Não é ela, é só um sonho.

Espera, estou dormindo agora?

— Não é ele — diz Carys. — Sou eu.

Eu não me surpreenderia se fosse Jesus, porque parece que ela saiu do céu, ou talvez seja apenas a luz do meu celular brilhando na pele dela e em seus cabelos platinados.

Eu não estava sonhando. Aquilo realmente aconteceu, dois anos atrás, na noite do dia dos resultados.

Estávamos em uma festa em uma casa. Ela foi para o mato. Por que estou me lembrando disso agora?

— Você é tipo... uma mulher-raposa? — perguntei a ela.

— Não, só gosto da vida selvagem — disse ela. — À noite.

— Você não deveria andar no escuro à noite.

— Nem você.

— Bom, você me pegou agora.

Talvez não estivesse acontecendo nada.

Estávamos bebendo. Eu, principalmente. Tínhamos ido a várias festas antes daquela. Eu estava me acostumando a ver as pessoas apagando ou simplesmente vomitando em vasos de plantas. Estava me acostumando com o grupo de garotos que sempre se reunia no jardim para fumar maconha porque, bem, não sei ao certo por que eles faziam isso. Eu estava me acostumando com as pessoas que ficavam umas com as outras sem pensar duas vezes, ainda que me desse nojo só de ver.

Voltamos juntas para a festa. Eram duas ou três da madrugada.

Entramos pelo portão dos fundos e passamos por alguns corpos na grama.

Ela estava tão quieta naquela dia. Quieta e triste.

Nós nos sentamos em um sofá na sala. Estava tão escuro que mal conseguíamos nos ver ali.

— O que foi? — perguntei.

— Nada — disse ela.

Não insisti, mas, depois de um tempo, ela continuou.

— Tenho inveja de você — disse Carys.

— O quê? Por quê?

— Como você simplesmente... *desliza* pela vida? Amigos, escola, família... — Ela balançou a cabeça. — Você desliza pela vida sem errar.

Abri a boca para dizer algo, mas não tive o que dizer.

— Você tem muito mais força do que pensa ter — disse ela. — Mas você desperdiça isso. Só faz o que todo mundo manda.

Eu ainda não sabia do que ela estava falando, então só disse:

— Você é esquisita para alguém de quinze anos.

— Ha. Você parece uma adulta falando.

Franzi o cenho.

— É você quem está se fazendo de superior pra *cacete*.

— Você fica boca-suja quando bebe.

— Sempre sou boca-suja na minha mente.

— Todo mundo é diferente dentro da própria mente.

— Você é muito...

De repente, estamos perto do fogo, e Aled está dormindo ao lado de Daniel na barraca e o tempo vai passando. Como chegamos aqui? Carys está mesmo aqui? À luz dourada do fogo, ela parece demoníaca.

— Por que você é assim? — pergunto a ela.

— Eu quero... — Ela está segurando uma bebida. De onde tirou o copo? Isso não pode estar acontecendo. Não está acontecendo de verdade. — Só quero que alguém me ouça.

Não me lembro quando ela foi embora nem de mais nada que ela disse, exceto dois minutos depois, quando ela se levantou.

— Ninguém me escuta.

MONTE DE COBERTORES

Estávamos deitados no tapete da sala de estar de Aled. A barraca tinha sido uma má ideia — estava frio, ficamos sem água e nenhum de nós queria fazer xixi ao ar livre —, por isso entramos. Acho que entramos. Não me lembro desse momento, só de Aled murmurando algo a respeito de sua mãe ter viajado com a família por uns dias, o que era esquisito, porque, afinal, como uma mãe não passaria o aniversário do filho com ele? Daniel adormeceu de novo no sofá e Aled e eu nos deitamos no chão. Havia cobertores em cima de nós, todas as luzes estavam apagadas e eu só conseguia ver os olhos claros de Aled, só ouvia um burburinho baixo vindo do rádio arranha-céu. Não conseguia acreditar no quanto eu amava Aled Last, ainda que não fosse da maneira ideal que tornasse socialmente aceitável que morássemos juntos até a morte.

Aled se virou para ficar de frente para mim.

— Você saía muito com a Carys? — perguntou ele, a voz apenas um murmúrio. — Tirando o trem.

Não tínhamos falado sobre a Carys ainda.

— Para falar a verdade, não éramos muito amigas — menti. — Saíamos juntas quando eu estava no primeiro ano, mas não éramos muito amigas.

Aled continuou olhando para mim. Ele remexeu a sobrancelha de leve.

Eu queria perguntar por que ele nunca se sentava com a irmã no trem que nos levava à escola. Queria perguntar se Carys tinha falado sobre mim durante aquele verão em que todos tínhamos quinze anos. Queria perguntar o que ela havia dito quando chegou em casa na noite em que a beijei, se ainda estava brava, se contara a ele que tinha gritado comigo, se havia dito que me detestava agora, se sempre tinha me detestado.

Queria perguntar se ele tinha notícias dela, mas não consegui, então não o fiz. Queria dizer para ele que ela foi embora por minha causa.

Queria contar para ele que eu já tinha sido a fim da irmã dele e que um dia a beijei quando ela estava triste porque pensei ser a coisa certa a se fazer, apesar de ter sido a coisa errada.

— Sabia... — A voz de Aled falhou e ele ficou sem falar por meio minuto. — Minha mãe não me conta onde ela está. Nem como ela está.

— O quê? Por que não?

— Ela não quer que eu a veja. Minha mãe a *odeia*. Odeia *mesmo*. Não é só reprovação materna nem nada assim. Minha mãe não quer vê-la nunca mais.

— Isso é bem... doido.

— Hum.

Às vezes eu levava um baque com o peso de todas as coisas que não sabia, não só em relação a Carys, mas em relação a tudo, qualquer coisa. Como é ter uma mãe de quem a gente não gosta ou que não gosta da gente? Como é fugir de casa? Não sei, nunca saberei. Sempre vou me sentir péssima por não saber.

— Acho que pode ter sido minha culpa — falei.

— O que foi sua culpa?
— A partida de Carys.
Aled franziu o cenho.
— O quê? Por que você diria isso?
Eu precisava contar para ele.
— Eu a beijei. Acabei com nossa amizade.
Alex hesitou, assustado.
— O que... você...?
Assenti, suspirei e me senti como se tivesse acabado de sair do mar.
— Aquilo... não foi sua culpa — disse ele. — Não foi... — Ele pigarreou. — Não foi sua culpa.
Eu me detestei. Eu me detestei tanto que queria mergulhar no chão e ir para o centro da Terra.
— Não sou sua amiga por causa dela — falei.
— Não pensei isso.
Ele me abraçou nesse momento. Foi um pouco difícil, porque nós dois estávamos deitados no chão, mas basicamente deixamos de ser dois montes de cobertores e passamos a ser um monte gigante de cobertores.
Não sei quanto tempo ficamos assim. Passei muito tempo sem checar meu telefone.
Então ele disse:
— Você acha que seremos famosos um dia?
— Não sei — respondi. — Acho que não quero ser famosa.
— Deve ser estressante ver pessoas tentando desvendar nossa identidade o tempo todo. O fandom... eles são malucos. Lindos e intensos, mas.... malucos.
Sorri.

— É meio divertido. Parece que fazemos parte de um mistério enorme.

Ele sorriu.

— *Fazemos* parte de um mistério enorme.

— Você quer ser famoso?

— Eu só... quero ser especial.

— Você é especial.

Ele riu e disse:

— Ah, cala a boca.

AZUL-ESCURO

Só me lembro de ter acordado no carpete, morrendo de frio no escuro — devia ser três da madrugada, talvez quatro — com um gosto esquisito na boca, como algum produto que usaríamos na aula de química, com tudo morto ao meu redor, com a poeira flutuando no ar, sem Aled e Daniel.

Precisava muito fazer xixi, por isso deixei o monte de cobertores e saí da sala em direção ao banheiro, mas parei no instante em que ouvi vozes vindas da cozinha.

Eles não me viram na porta porque estava quase totalmente escuro. Mal conseguia vê-los também — eram só manchas iluminadas precariamente pelo luar —, mas não precisava. Estavam sentados à mesa da sala de jantar, Aled encostando a cabeça no braço, Daniel apoiando o queixo em uma das mãos, um olhando para o outro. Daniel tomou um gole de uma garrafa dentro da qual devia haver vinho, não tive certeza.

Eles demoraram para falar.

— É, mas não tem a ver com as pessoas saberem ou não — disse Aled. — Não tem a ver com ninguém, não me importo mesmo com o que os outros vão pensar.

— Está claro que você tem me evitado — disse Daniel. — Mal nos vimos durante todo o verão.

— Você... você andou ocupado. Estava trabalhando...

— Estava, mas eu conseguiria tempo para você se você quisesse. Mas parece que você não quer.

— Quero, sim!

— Então pode me dizer o que está acontecendo? — Daniel parecia incomodado.

A voz de Aled ficou mais baixa.

— Não tem nada acontecendo.

— Se não gosta de mim, é só falar. Não tem motivo para mentir.

— É claro que gosto de você.

— Estou falando em outro sentido.

Aled ergueu a mão e tocou o braço de Daniel, mas, quando respondeu, parecia estar falando sozinho.

— Olha, por que estaríamos assim se eu não gostasse de você em outro sentido?

Daniel se mantinha parado.

— Pois é.

— Pois é.

Acho que foi quando percebi o que estava acontecendo. Segundos antes de acontecer. Lembro que nem fiquei surpresa. Não sei o que senti. Talvez tenha me sentido meio solitária.

Aled levantou a cabeça e os braços. Daniel se acomodou neles e encostou a cabeça no peito de Aled, que o abraçou com força, passando a mão lentamente pelas costas de Daniel. Quando eles terminaram de se abraçar, Aled ficou ali, esperando acontecer. Daniel levantou uma das mãos, passou os dedos pelos cabelos de Aled e disse:

— Você precisa cortar o cabelo.

Então Daniel se inclinou e o beijou. Eu me virei. Não precisava ver mais nada.

Acordei um pouco depois no tapete, congelando de frio no escuro, e Aled respirava como se fosse um astronauta sem oxigênio, sentado ao meu lado com a cabeça inclinada para a frente e o rosto totalmente coberto pelas mãos. Daniel não estava ali. Aled continuou respirando, respirando e com as mãos na cabeça. Eu me sentei, pousei a mão no ombro dele e disse:

— Aled.

Ele não olhou para mim, só continuou tremendo, e de repente eu notei que ele estava *chorando*. Tentei me movimentar para que ele pudesse olhar para mim e repeti:

— Aled.

Nada aconteceu até ele emitir um gemido horroroso. Não foi só um choro, foi pior, era o tipo de choro em que queremos arrancar os olhos e esmurrar uma parede. Eu não aguentei ver, não suporto quando as pessoas choram, muito menos quando choram assim. Eu o abracei e o mantive ali. O corpo inteiro dele tremia e eu não sabia mais o que fazer, então só fiquei ali e perguntei:

— O que foi?

Perguntei bilhões de vezes, mas ele continuou balançando a cabeça e eu não sabia o que aquilo significava. Quando consegui fazer com que ele se deitasse e perguntei de novo, ele disse:

— Desculpe... Desculpe...

Minutos depois, acrescentou:

— Não quero fazer faculdade.

Acho que ele ainda estava chorando quando eu adormeci.

Quando acordei de novo, Daniel estava no sofá, dentro do saco de dormir, como se estivesse acampando sob as estrelas.

Percebi, de repente, que Daniel era February Friday.

Claro que sim. Romance secreto, melhor amigo de infância... dava para ser mais romântico do que isso? Não que eu entendesse dessas coisas. Pensei que ficaria feliz por finalmente saber, mas não senti nada. Olhei para o teto, meio esperando encontrar umas estrelas ali, mas não havia nada.

Senti muita vontade de fazer xixi de novo, então me sentei e olhei para Aled, que estava dormindo de novo, deitado ao meu lado no chão, com a cabeça virada para mim, uma das mãos embaixo do rosto. Estreitei os olhos e achei a pele sob os olhos dele meio arroxeada, o que era esquisito, mas pensei que podia ser a luz, que parecia estar presa em um estado azul-escuro permanentemente.

2. FÉRIAS DE VERÃO
b)

O PIOR EPISÓDIO

Eu já tinha acordado muitas vezes enquanto dormia na casa de alguém, mas nunca com uma pessoa me abraçando, que era o que Aled estava fazendo quando acordei às 11:34 da manhã seguinte com a sensação de que fogos de artifício estouravam dentro da minha cabeça.

Não me lembrava de muita coisa, mas sim de que Aled e Daniel estavam ficando, de que Daniel era February Friday, de que Aled tinha começado a chorar sem motivo e de que tínhamos gravado e postado, bêbados, um episódio de *Universe City*. Parecia que alguma coisa ruim tinha acontecido, ainda que tudo estivesse igual.

Quando voltei para a sala com uma tigela de cereal, Aled e Daniel estavam sentados lado a lado no chão. Fiquei me perguntando se eles poderiam ter discutido na noite passada, o que explicaria o choro repentino de Aled, mas eles estavam quase encostados um no outro, vendo um vídeo no telefone de Aled. Demorei um pouco para entender o que era.

Eu me sentei ao lado deles e observei em silêncio.

Quando terminou, Daniel disse:

— Nossa, que coisa vergonhosa.

Aled disse:

— É o pior episódio que já fizemos.

Eu disse:

— Vejam as visualizações.

As visualizações, que normalmente eram de cinco ou seis mil para cada episódio novo, tinham sido 30.327.

5 COISAS ESTRANHAS COM AS QUAIS SOU OBCECADO

Um YouTuber famoso tinha promovido *Universe City* em seu canal. O vídeo se chamava "5 COISAS ESTRANHAS COM AS QUAIS SOU OBCECADO" e, além de um cofre em formato de porquinho vestindo um tutu, um app de Doge, um jogo chamado *Can Your Pet?* e um telefone em formato de hambúrguer, o YouTuber falava sobre como gostava de um podcast esquisito e pouco valorizado chamado *Universe City*.

O canal tinha mais de três milhões de inscritos. O vídeo, quatro horas depois de postado, tinha 300 mil visualizações, e continha um link para o episódio do *Universe City* na descrição.

Demorei dois minutos no Tumblr para descobrir que isso tinha acontecido e, ainda sentados no tapete, Aled, Daniel e eu assistimos ao vídeo no telefone de Aled.

"Por último, queria falar sobre um canal *bizarro* pelo qual sou maluco...", disse o YouTuber, levantando uma das mãos. Uma imagem do logo do *Universe City* apareceu na tela. "*Universe City*. É um podcast sobre um estudante que envia mensagens com pedidos de socorro de uma universidade futurista dentro da qual está preso. O que eu adoro é que ninguém sabe quem faz o programa e tem um monte de teorias conspiratórias malucas a respeito dele, tipo as pessoas se questionando se os personagens são mesmo pessoas reais na vida real. Só pensei em acrescentar o podcast neste vídeo um pouco antes de gravá--lo porque o criador do programa postou um novo episódio há cerca de meia hora — provavelmente há algumas horas, para quem estiver assistindo a este vídeo — e alcançou um nível totalmente novo de esquisitice. Mal dá para entender o que está rolando: uma hora a gente ouve sons esquisitos e gritos, depois ouvimos pessoas brincando de Eu Nunca, e o personagem principal, Rádio Silêncio, está surtando... é *tão* esquisito e eu adoro simplesmente não ter ideia do que está acontecendo na maior parte do tempo. Uma vez, fiquei acordado até as seis da manhã lendo a respeito de todos os mistérios e conspirações no programa. Se você gosta das minhas histórias esquisitas nesse canal, *precisa* conferir. Vou deixar um link na descrição!"

— Isso é muito surreal — disse Aled.

— É — falei. Eu assistia aos vídeos daquele YouTuber desde os meus catorze anos.

— Queria que ele tivesse postado o link para o primeiro episódio — disse Aled. — Eu ia apagar este episódio.

Franzi a testa.

— Você quer apagar o episódio?

— Quero. Está ridículo e uma porcaria. — Ele fez uma pausa. — E nem foi postado numa sexta-feira. Sempre posto às sextas.

— Bom, pelo menos atraiu mais gente para o programa. É bom!

— Hum — disse ele. Resmungou de novo e apoiou a cabeça na mão. — Por que eu postei isso?

Daniel e eu não dissemos nada. Acho que não sabíamos o que dizer. Pensei que deveríamos ficar felizes em relação a isso, mas talvez fosse errado. Aled não parecia feliz. Ele se levantou e disse que prepararia uma torrada e Daniel e eu nos entreolhamos. Daniel se levantou e foi atrás dele e eu fiquei ali, assistindo ao episódio de novo.

UNIVERSE CITY: Ep. 126 — escola fantasma

UniverseCity   598.230 visualizações

??? quê

Deslize para baixo para ler a transcrição >>>

[...]

Você se lembra de como os coelhos nos olhavam quando descemos a rua? Com inveja, talvez, ou assustados. Eu estava sempre atrás dela esperando o vidro descer. O nome em latim da raposa é *Vulpes vulpes*. Você sempre gostou do nome. Esses problemas da escola fantasma me irritam. "Problemas" parece ser pouco. Você vai fumar seus cigarrinhos enquanto se inclina para fora da janela sob as estrelas? Você sempre teve coragem suficiente para arder no Fogo. Queria saber se você se arrepende de sua obsessão com Bukowski. Eu me arrependo e nem era eu quem tinha a obsessão. Pelo menos, você era despreocupada o suficiente para dizer que tinha obsessão por algo. Só digo coisas horrorosas porque sinto culpa. Não quero ter nada a ver com isso, detesto quando me dizem o que tenho que fazer. Por que preciso ir só porque todo mundo está mandando? Minha m-mãe? Ninguém poderia tomar decisões por mim. Estou aqui agora, estou esperando e vai acontecer. Havia escolha, por acaso? Parece que eu me importo com a escola, por acaso? Não me lembro de quando aconteceu. Não me lembro de nada que tenha feito, nem do porquê. Tudo é muito confuso. Tudo fica melhor sob as estrelas, acho. Se tiver outra vida depois da morte, te encontro lá, colega...

[...]

VAI DORMIR

Sexta-feira, 16 de agosto
(21:39) **Aled Last**
frances temos 50.270 agora
socorro

(23:40) **Frances Janvier**
É... caramba aquele youtuber tem muita influência
Bem impressionante

(23:46) **Aled Last**
de todos os episódios que poderiam ter viralizado...
tinha que ser bem esse, né?
kkk ótimo

(23:50) **Frances Janvier**
Ah cara... Que pena
Dá para apagá-lo, né? É seu programa, você tem controle

(23:52) **Aled Last**
não posso perder isso
já me deu mais de 3 mil novos inscritos

(23:53) **Frances Janvier**
Sério mesmo???

(23:54) **Aled Last**
pois é
muitos comentários do youtube dizem que eles gostaram muito de Toulouse

(23:55) **Frances Janvier**
Sério??? Mas eu estava péssima meu deus

(23:55) **Aled Last**
sinceramente, há muito tempo não recebo uma reação tão positiva assim para um parceiro
quer participar do próximo?

(23:56) **Frances Janvier**
SIM certeza???

(23:57) **Aled Last**
eu não teria perguntado se não tivesse certeza haha

(23:58) **Frances Janvier**
<3 <3 <3 <3 <3 <3 <3 <3 <3 <3 <3 <3 <3 <3

Terça-feira, 20 de agosto
(11:20) **Aled Last**
CINQUENTA MIL INSCRITOS isso pede uma ida à pizza hut. você tem grana?

(11:34) **Frances Janvier**
PARABENS CARA tenho, a gente se encontra em cinco minutos

Quarta-feira, 21 de agosto
(02:17) **Aled Last**
ei, você quer cantar não nos resta nada quando gravarmos amanhã?
sozinha

(02:32) **Frances Janvier**
Sozinha!???!?????
Você sabe que não canto nada, certo?
Sou totalmente desafinada

(02:34) **Aled Last**
certo, isso vai tornar as coisas mais interessantes

Sexta-feira, 30 de agosto
(04:33) **Aled Last**
SETENTA E CINCO MIL INSCRITOS
COMO
POR QUÊ
LITERALMENTE FICAMOS BÊBADOS E RESMUNGAMOS PARA UMA CÂMERA

(10:45) **Frances Janvier**
TÔ INDO NA SUA CASA AGORA
cara, você tá dormindo, né
Levanta ou vou ficar tocando a campainha sem parar

(11:03) **Aled Last**
pare de tocar a campainha pfv

Domingo, 1º de setembro
(00:34) **Frances Janvier**

Não quero ir à escola amanhã
Posso ir para a faculdade com você?

(00:35) **Aled Last**
não
vai dormir

(00:36) **Frances Janvier**
Tá na cara que você não me conhece

(00:37) **Aled Last**
precisa parar de ir para a cama às 4h agora que o verão acabou

(00:37) **Frances Janvier**
☹

(00:38) **Aled Last**
quer que eu cante uma canção de ninar para você?

(00:38) **Frances Janvier**
Sim, pfv

(00:39) **Aled Last**
vá dormiiiiiiiiir
vá dormiiiiiiiiir
vá dormiiiiiiiiir pequena frances
é só isso

(00:41) **Frances Janvier**
Que lindo, vou me lembrar desse momento para sempre

(00:42) **Aled Last**
cala a boca e vai dormir

3. TRIMESTRE DE OUTONO
   a)

ALUNOS CONFUSOS DE TERNO

— Não acredito que não vejo você há *dois meses*! — disse uma de minhas amigas no primeiro dia do trimestre do outono.

Estávamos de volta à mesa do almoço, agora todos alunos do último ano, nos sentindo menos como alunos confusos de terno e mais como veteranos velhos do sistema de educação.

— O que você tem feito? — perguntou ela.

Também não conseguia acreditar. Só percebi que já fazia tudo isso quando cheguei à escola no primeiro dia da volta e três das minhas amigas tinham mudado a cor dos cabelos e uma estava tão bronzeada que quase chegara à minha cor.

— Ah... nada de mais! — falei, sem querer. Nada de mais. Até parece.

Ela esperou que eu dissesse mais alguma coisa, mas eu não sabia o que era. O que eu falava ano passado quando estava com meus amigos da escola? Falava alguma coisa? Ou nada?

— Oi, Frances — disse outra amiga. — Você não estava com Aled Last nas férias?

— Quem é Aled Last? — perguntou a primeira amiga.

— Acho que ele é amigo de Daniel Jun, estudava na escola dos meninos.

— E Frances está saindo com ele?

As amigas olharam para mim e esperaram.

— Hum... não — falei, e ri com nervosismo. — Somos só amigos.

Nenhuma delas acreditou em mim. Olhei ao redor à procura de Raine, mas ela não estava ali.

— O que você fazia com ele, então? — perguntou uma amiga, sorrindo.

Aled havia me dito, semanas atrás, que ninguém podia saber que ele fazia *Universe City*. Ele disse isso com muita veemência, na verdade, com um certo pânico no olhar, um contraste a seu ar inquieto. Segundo ele, se alguém soubesse, o conceito, o mistério e a intriga do programa acabariam arruinados. Então, ele riu e brincou dizendo que não queria que a mãe dele descobrisse, porque seria vergonhoso e ele se sentiria esquisito se soubesse que ela estaria ouvindo.

Dei de ombros.

— Só passamos tempo juntos! Moramos na mesma rua...

Eu sabia que não parecia convincente e elas sabiam que não parecia convincente, mas aceitaram mesmo assim. Começaram a falar de outras coisas e fiquei em silêncio porque não tinha nada com que contribuir, o que não era nada incomum perto de minhas amigas da escola, mas foi estranho, porque eu tinha me esquecido de que costumava me comportar assim.

TOULOSER

— Eu me sentia tão confuso a respeito de como as amizades eram nessa altura do campeonato que simplesmente aceitei que não tinha amizades verdadeiras, colega — disse Aled no microfone com sua voz de Rádio, e olhou para mim e me deu um tapinha na mão porque não li minha fala. — É sua vez.

Estávamos gravando o episódio de meados de setembro em uma quinta-feira à noite, duas semanas depois da volta às aulas. O quarto de Aled estava escuro, com exceção do brilho da tela do laptop e das luzinhas ao redor da cama. Eu não estava prestando atenção porque andava olhando para o meu telefone. Estava olhando para o meu telefone porque tinha acabado de receber um e-mail me avisando que alguém tinha enviado uma mensagem anônima pelo Tumblr. A mensagem anônima no Tumblr dizia o seguinte:

Anônimo disse:
seu nome verdadeiro é frances janvier?

Fiquei olhando. Aled olhou também. Meu telefone vibrou quando um segundo e-mail chegou.

Anônimo disse:

Oi, não sei se você viu, mas um monte de gente na tag de *Universe City* no Tumblr está dizendo que você é uma garota chamada Frances. Não se sinta pressionada a dizer algo sobre isso, mas pensei que você deveria ser avisada

— Merda — disse Aled, que raramente falava palavrão.

— Pois é — concordei.

Sem dizer nada, Aled abriu uma aba na internet e entrou direto no Tumblr. Ele tinha uma conta, mas nunca postava nada, só a usava para espiar o fandom.

O post principal da tag de *Universe City* no Tumblr, com mais de cinco mil comentários, era um post comprido dedicado a me identificar como a voz de Toulouse, a artista do programa, e a dona do blog touloser, conhecida online apenas como "Toulouse".

Alguém — talvez da escola ou da cidade, não sei — havia feito um post no Tumblr comparando um vídeo meu apresentando um discurso para os representantes dos pais em um evento (divulgado no site da escola) com minha voz nos últimos episódios e algumas capturas de tela borradas do episódio da escola fantasma.

Por baixo das provas, a pessoa tinha escrito:

MINHA NOSSA! Você acha que a Toulouse é essa tal de "Frances Janvier"!!?? Elas se parecem e as vozes são as mesmas! Kkkk! XD @touloser @touloser @touloser

O "XD" me fez ranger os dentes.

— Eles estão literalmente a um passo de me encontrar — disse Aled.

Olhei na direção dele e vi que estava mexendo nas mangas da blusa.

— O que você quer que eu faça? — perguntei com sinceridade. — O que devemos fazer? Eles provavelmente me respeitariam se eu pedisse para que não procurassem você.

— Não vai impedi-los — disse ele e esfregou a testa.

— Eu poderia negar...

— Não vão acreditar em você — resmungou. — Tudo isso por causa daquele episódio idiota... como sou imbecil...

Eu me remexi na cadeira.

— Bom... quero dizer, não é sua culpa, mas se eles descobrirem que é você... não vai ser um *desastre*, né? Sei lá, provavelmente vai acabar acontecendo em algum momento, principalmente se você continuar ganhando inscritos...

— *Não*, seria um mistério para sempre! É o que torna o programa tão bom! — Aled balançou a cabeça, com os olhos fora de foco encarando a tela a sua frente. — É o que torna especial... é tão... está tudo ali, é só... uma coisa meio etérea, uma bola mágica e especial de felicidade pairando no ar acima da cabeça de todos, que ninguém consegue tocar. É só minha e ninguém pode interferir, nem o fandom, nem minha mãe, *ninguém*.

Eu me senti perdendo o fio da meada do que ele estava dizendo, então não respondi. Olhei meus e-mails de novo e encontrei dez novas mensagens.

Fui em frente e fiz um post de qualquer modo.

touloser
é, vocês acertaram kkkk
  então, nos últimos dois anos no tumblr, vocês me conhecem como toulouse ou touloser, e tenho certeza de que vocês adivinharam ser um nome falso. eu me mantive no anonimato porque ninguém sabia que eu fazia esses desenhos ou estava tão vergonhosamente obcecada com esse canal lindo do youtube.
  acho que subestimei a capacidade que as pessoas têm de relacionar vozes e rostos, e correram muitos boatos a meu respeito por aí nas últimas duas semanas.
  então, sim, meu nome real é Frances Janvier, e sou a artista do universe city e a voz de toulouse. eu era só uma grande fã do programa, e agora, de repente, estou ajudando a fazer o programa, o que é esquisito, mas é isso.
  não, não vou contar quem é o Rádio. por favor, parem de perguntar. também seria legal se vocês pudessem parar de me stalkear.
  certo. tchau.
  #universe city #Rádio Silêncio #universe citizens #kkk por favor parem de mandar as mesmas perguntas #valeu #vou voltar a desenhar agora

A essa altura, eu já tinha cerca de quatro mil seguidores no Tumblr.

Até o fim de semana, eram 25 mil.

Até a segunda-feira seguinte, cinco pessoas diferentes me abordaram na escola para perguntar se eu era a voz da Toulouse de *Universe City* e, claro, eu tive que dizer que era.

Uma semana depois, todo mundo na escola sabia que eu, Frances Janvier, a representante de turma chata e extremamente estudiosa, estava fazendo algo esquisito no YouTube, em segredo. Ou não mais em segredo, acho.

SER ARTÍSTICO ERA DECEPCIONANTE?

— Você provavelmente está ciente do motivo pelo qual eu precisava conversar com você, Frances.

Eu estava sentada no escritório da dra. Afolayan na terceira semana de setembro, em uma cadeira posicionada de um jeito torto na lateral da sala, por isso tive que virar a cabeça para olhar para ela. Eu não fazia ideia do motivo pelo qual ela queria falar comigo, e talvez por isso tenha me sentido tão chocada quando recebi um bilhete me chamando para ir à sala dela no intervalo.

Afolayan era uma diretora muito boa, não vou mentir. Era conhecida, principalmente, pelo discurso que fazia anualmente contando que tinha deixado um pequeno vilarejo na Nigéria e conseguido o doutorado na Universidade de Oxford. Ela expunha o diploma de doutora na parede do escritório em uma moldura de madeira para lembrar a todos que entravam ali que é inaceitável ter mau rendimento.

Para ser sincera, nunca gostei muito dela.

Ela cruzou as pernas e entrelaçou os dedos sobre a mesa. Lançou a mim um sorrisinho de decepção.

— É... não estou — falei com um sorrisinho vago no fim, como se isso fosse melhorar as coisas.

Ela ergueu as sobrancelhas.

— Certo.

Fizemos uma pausa quando ela se recostou na cadeira e uniu as mãos sobre uma das pernas dobradas.

— Parece que você está envolvida em um vídeo que viralizou na internet que passa uma imagem muito ruim do que fazemos aqui na Academy.

Ah.

— Ah — falei.

— É, é um vídeo muito divertido — disse ela, sem qualquer expressão. — E tem muita... "propaganda".

Não sei bem que cara eu estava fazendo naquele momento.

— Ele chamou muita atenção, não é? — continuou. — Quase 200 mil visualizações agora? Alguns pais têm feito perguntas.

— Ah. Quem... quem contou a vocês?

— Ouvi um aluno contar.

— Ah — repeti.

— Então, eu estava querendo saber, realmente, por que você postaria algo como aquilo. Suas opiniões são as mesmas do... — ela olhou para uma anotação em um Post-it —... *Universe City*? Acha que devemos abolir o sistema escolar para viver no mato e aprender a fazer fogo? Comprar comida permutando galinhas e cultivar nossos legumes? Pôr fim ao capitalismo?

Havia muitos motivos pelos quais eu não gostava da dra. Afolayan. Ela era desnecessariamente grosseira com os alunos e acreditava piamente nas "ferramentas do pensamento". Apesar disso, eu não conseguia me lembrar da última vez em que havia desprezado alguém tanto quanto a desprezava naquele momento. Se tem uma coisa que detesto muito é quando alguém tenta ser superior a mim.

— Não — falei, porque se tivesse tentado dizer outra coisa, teria começado a gritar ou a chorar.

— Então por que você postou o vídeo?

Eu estava bêbada.

— Achei que ficou artístico — falei.

— *Certo.* — Ela sorriu. — Bem, isso... bem, tenho que dizer que é muito decepcionante. Esperava mais.

Ser artística era decepcionante? Eu estava perdendo o foco da conversa. Estava me esforçando bastante para não chorar.

— É — falei.

Ela olhou para mim.

— Vou ter que tirar você do posto de representante de turma, Frances — disse ela.

— Ah — falei, mas já imaginava que aconteceria, imaginava desde o começo.

— Você simplesmente não tem apresentado uma boa imagem para a escola. Precisamos de representantes que realmente *acreditem* na escola e que *se importem* com seu sucesso, o que, claramente, não é seu caso.

Eu me cansei.

— Acho isso um pouco injusto — falei. — O vídeo obviamente foi um erro, e sinto muito por isso, mas, para ser sincera, a senhora só sabe que participei dele porque alguém contou, nem sequer estava ligado a uma conta que pertença a mim, e a senhora está apenas imaginando que eu compartilho das mesmas ideias. Além disso, o que eu faço fora da escola não deveria afetar meu papel de representante, de qualquer modo.

A expressão de Afolayan mudou assim que comecei a falar. Ela parecia *brava*.

— Se as coisas que você faz fora da escola afetam a escola, então afetam seu papel de representante — disse ela. — O vídeo viralizou entre muitos de nossos alunos.

— Então eu devo basear minha vida e tudo o que eu faço no fato de eu ser representante e de alguém ver, por acidente, o que estou fazendo?

— Acho que você está sendo muito imatura.

Parei de falar. Não tinha motivo para tentar argumentar. Ela nem sequer ouviria o que eu tinha a dizer.

Eles nunca ouvem, não é? Nunca nem sequer *tentam* ouvir.

— Está bem — eu disse.

— Não foi um começo muito bom para o último ano, não é?

Ela ergueu as sobrancelhas de novo e esboçou um sorrisinho de pena como se dissesse "Você deveria sair agora antes que eu tenha que pedir para que saia".

— Obrigada — falei, mas não sei por quê, já que não tinha nada a agradecer. Saí de minha cadeira e caminhei em direção à porta.

— Ah, vou precisar de seu crachá de representante de volta — disse Afolayan. Eu me virei e ela estava estendendo a mão.

— Meu Deus, Frances! O que aconteceu? Você está bem?

Só uma de minhas amigas, Maya, estava sentada à nossa mesa quando cheguei ali. Eu estava chorando, o que era constrangedor. Não estava chorando alto nem nada, mas meus olhos estavam marejados e eu tinha que secá-los o tempo todo para que o rímel não escorresse.

Expliquei para ela o que tinha acontecido. Maya parecia meio desconfortável em relação ao fato de eu estar chorando. Nenhuma delas já tinha me visto chorar.

— Tudo bem... não vai afetar nada, de fato, né? — Maya riu de um jeito esquisito. — Sei lá, pelo menos você não vai ter que fazer aqueles discursos nem eventos!

— Afeta minha candidatura à faculdade... tipo, um parágrafo todo de minha carta de apresentação era sobre meu papel como representante. Era, literalmente, o único motivo pelo qual eu quis ser representante, pra começo de conversa, algo que eu podia dizer que eu fazia... Não tenho nenhum outro passatempo nem... Cambridge espera ver o aluno em algum tipo de... em algum tipo de papel de liderança...

Maya ouviu e fez cara de solidária, passou a mão em minhas costas e tentou ser solícita, mas percebi que ela não entendia. Eu disse que ia ao banheiro para ajeitar a maquiagem, mas acabei entrando em um dos reservados para tentar me acalmar, me odiando por ter chorado na frente dos outros e, acima de tudo, por deixar que outras pessoas me fizessem chorar.

RAINE

— Então, Frances — disse uma menina que eu conheci na aula de história, Jess, inclinando-se sobre a cadeira para conversar comigo de uma outra mesa —, se você é a Toulouse de *Universe City*, quem faz a voz de Rádio Silêncio? É o seu amigo Aled?

Era a quarta semana de setembro. Uma quarta-feira. Aled partiria para a universidade em três dias.

Todo mundo do último ano tinha sido forçado a passar o primeiro tempo no CAI para escrever as cartas de apresentação para a candidatura à universidade, mas ninguém estava se esforçando. Minha carta de apresentação estava muito boa, e quando digo "muito boa", quero dizer que eram as mais eloquentes 500 palavras de besteiras que já escrevi, mas eu ainda estava tentando decidir o que incluir no meu parágrafo de "atividades extracurriculares", agora que não podia mais me gabar de ser representante de turma.

— Foi por isso que vocês passaram tanto tempo juntos nas férias?

Aparentemente, muitas pessoas tinham tomado conhecimento a respeito do tempo que eu andava passando com Aled nas férias. Só achavam isso interessante porque acreditavam que eu era uma espécie de ermitã obcecada com a escola. O que era verdade em boa parte do tempo, então tudo bem.

Pensei em mentir para a Jess, mas entro em pânico sob pressão, então só disse:

— Hum... não posso... não tenho permissão para contar.

— Vocês não moram no mesmo bairro? — perguntou outra garota, que estava sentada perto de Jess.

— Moramos mesmo — respondi.

De repente, todo mundo dentro de um raio de cinco metros estava olhando para mim.

— Porque, tipo, como você está trabalhando no programa agora, deve ser bem próxima do criador.

— Hum... — Senti minhas mãos começando a suar. — Bom, não é bem assim.

— É o que todo mundo no Tumblr está dizendo, pelo menos.

Eu não disse nada porque ela tinha razão. Todo mundo no Tumblr parecia pensar que eu e o Criador éramos melhores amigos.

Bem, acho que eles não estavam muito longe da verdade.

— Por que você não pode nos dizer? — perguntou Jess, sorrindo como se estivesse se divertindo como nunca na vida. Nunca fui muito próxima de Jess, e ela era conhecida por sempre ostentar os piores bronzeados artificiais. No primeiro ano do ensino médio, um professor foi advertido por tê-la chamado de "pernas de bacon" durante a aula.

— Porque... — parei antes de dizer "ele" — a pessoa que faz o programa não quer que ninguém saiba. — Ri para tentar diminuir a tensão. — Tipo... faz parte do mistério.

— Ele é seu namorado?

— O que... quem? Rádio?

— Aled.

— Hum, não.

Jess continuou sorrindo. As pessoas que estavam ouvindo tinham começado a desviar o olhar, conversando entre elas.

— Espere, vocês estão falando sobre Aled Last? — interrompeu alguém do outro lado da mesa. Olhei na direção da voz e percebi que era Raine Sengupta, recostada na cadeira contra a parede e batendo uma régua na mesa. — Não acho que é ele, porque ele é tipo a pessoa mais calada do mundo.

Ela olhou para mim e ergueu as sobrancelhas, esboçando um sorriso, e eu de repente percebi que ela estava mentindo.

— Além disso, Daniel Jun não gostaria dessas porcarias — continuou. — Tipo... todo aquele lance de arte. Acho que ele não seria melhor amigo de um YouTuber.

— Hum... verdade — disse Jess.

Raine balançou as pernas, ainda perigosamente inclinada na cadeira.

— Provavelmente é alguém que nem conhecemos.

— Eu só quero *saber* — disse Jess alto demais. O professor acabou percebendo que ninguém estava estudando, se levantou e deu uma bronca em todo mundo.

Raine fez um sinal de paz e amor para mim assim que Jess se virou e eu não sabia se era o gesto mais idiota ou o mais bacana que já tinha visto. Olhei de relance para o papel na frente dela, que deveria ser um rascunho de sua carta de apresentação, mas na verdade estava totalmente em branco. Quando fui conversar com ela no fim da aula, ela já tinha saído da sala.

Só voltei a vê-la no fim do dia, quando ela estava descendo a rua, literalmente três passos à minha frente. Eu ia naquela direção, de qualquer modo, para a estação de trem. Normalmente, evitaria qualquer possibilidade de encontrar pessoas que conhecia vagamente, mas... não sei. Talvez o sinal que ela tinha me dado na aula de história fosse coisa da minha cabeça.

— Raine!

Ela se virou. Eu faria qualquer coisa para ter os cabelos como os dela. Meus cabelos são bem encaracolados e ficariam péssimos curtos, apesar de eu prendê-los todos os dias.

— Oi! — disse ela. — Tudo bem, amiga?

— Sim, tudo certo, valeu. E você?

— Arrasada, na real.

Ela parecia mesmo arrasada, mas a maioria de nós estava daquele jeito.

— Eu te procurei na hora do almoço...

Ela riu. Seu sorriso era o de alguém que sabia algo que não deveria saber.

— Ah, desculpa, eu fico suspensa meio que todo almoço.

— O quê? Por quê?

— Bom, sabe que minhas notas foram meio ruins?

— Sei.

— Basicamente, me obrigam a estudar na hora do almoço e nos tempos livres para compensar.

— Até na hora do *almoço*?

— É, tenho dez minutos para comer e aí tenho que me sentar na frente da sala da dra. Afolayan por quarenta minutos e fazer a lição de casa e tal.

— Isso... é moralmente errado.

— E eu não sei? A hora do almoço é um direito humano básico.

Dobramos uma esquina e começou a chover. O cinza do céu se misturou ao cinza da calçada. Abri meu guarda-chuva e cuidei para que ele cobrisse nós duas.

— Pois é... e aí, por acaso você conhece o Aled Last? Ficou parecendo que você estava mentindo descaradamente para a Jess, o que foi hilário, diga-se de passagem.

Ela riu e confirmou.

— Ai, Deus, na verdade, não suporto aquela menina. Espera... — Olhou para mim. — Você não é amigona dela, né?

— Não falo muito com ela. Só sei daquela história das pernas de bacon.

— Ai, meu Deus... as *pernas de bacon*. Fiquei sabendo. É assim que vou chamá-la daqui pra frente, com certeza absoluta. — Ela balançou a cabeça devagar, sorrindo. — Pois é, detesto que ela queira saber todas as fofocas o tempo todo. Não está nem aí para os sentimentos das pessoas. Bem a cara da Pernas de Bacon.

Fizemos uma pausa. De repente, percebi que Raine estava olhando com atenção para o outro lado da rua. Segui seu olhar e vi que ela observava um Golden Retriever na calçada com seu dono.

Olhei de novo para ela e ela voltou a atenção para mim.

— Ah, desculpa, é que eu adoro cachorros, sério. Se pudesse escolher alguma coisa, seria um cachorro. *Mas*...

Dei risada. Ela dizia o que queria sempre que queria. Incrível.

— Aled Last...

— Sim.

— Daniel Jun me contou a respeito desse lance do YouTube.

Olhei para ela, surpresa.

— Sério?

— Sim. — Raine riu. — Ele estava bem mal. E eu sempre cuido das pessoas quando elas ficam muito, tipo, *muito* bêbadas. Sabe quando você precisa de alguém para te ajudar a não sufocar com o próprio vômito? Estávamos em uma festa e ele simplesmente começou a me contar.

— Meu Deus... você sabe se Aled sabe?

Raine deu de ombros.

— Não faço ideia, não converso com ele. Nem sequer assisto aos vídeos, então... acho que não importa. Sei que ele não quer que ninguém saiba, então não vou sair contando por aí.

— Isso foi... recente?

— Ah, foi, tem uns dois meses. — Raine fez uma pausa. — Daniel parecia meio chateado com o Aled, sei lá. Foi a impressão que me deu. Aled gostava do canal no YouTube um pouquinho mais do que gostava de Daniel, sabe?

Eu pensei no que tinha visto no dia dos resultados. Aled e Daniel juntos e, depois, Aled chorando tanto que pensei que ele fosse derreter.

— É muito triste, se for verdade — falei. — Eles são melhores amigos.

Raine me observou.

— É, *melhores amigos*.

Paramos de falar.

Olhei para ela.

— Você... sabe de alguma coisa?

Ela abriu um sorrisão.

— Se eu sei que Aled e Daniel estão se comendo? Sei, amiga.

Ela disse isso de um jeito tão blasé que acabei rindo de nervoso. Nem tinha passado pela minha cabeça que eles andavam transando. A ideia meio que me assustava, porque sempre pensei que Aled e eu tínhamos o mesmo nível de experiência sexual.

— Ah, não sabia que mais alguém sabia disso.

— Só eu, acho. Por causa do dia em que Daniel ficou bêbado.

— Certo...

Havíamos chegado à avenida. Eu tinha que entrar à esquerda para ir à estação de trem; ela tinha que continuar reto. Eu não sabia para onde ela estava indo.

— Bom, obrigada — falei. — Você basicamente me salvou. Falo demais sob pressão.

— Ah, amiga, tudo bem. — Ela sorriu. — Qualquer coisa para impedir que a Pernas de Bacon espalhe merda por aí. E você anda meio calada ultimamente. Parece que está com a cabeça longe daqui.

Fiquei surpresa por ela ter notado alguma coisa a meu respeito. Raine, Maya e nossas amigas mal prestavam atenção em mim.

— Ah, bom, sabe como é. Coisas acontecendo — falei.

— Essas coisas todas de *Universe City*?

— É... é muita coisa. On-line. E agora as pessoas na vida real. É estressante.

— Ai. — Ela lançou a mim um olhar de solidariedade. — Não se preocupe. As pessoas vão acabar parando de falar disso um dia.

Eu ri.

— É, *um dia*.

Ela se afastou com um vago "até mais" e mais um sinal de paz e amor meio esquisito, mas não consegui responder. Senti duas coisas: em primeiro lugar, surpresa por Raine saber tantas coisas, apesar de aparentar ser a pessoa mais superficial que eu conhecia; em segundo lugar, uma certa tristeza por ter chegado a pensar que ela era superficial.

ASSIM

Na noite de quinta-feira, eu estava na casa de Aled até mais tarde do que o normal porque a mãe dele tinha viajado por alguns dias para visitar outros parentes. Eram só 21:30 e eu sei que Aled tinha dezoito anos, mas nós dois ainda nos sentíamos meio bebezinhos, para falar a verdade. Nenhum de nós sabia usar a máquina de lavar.

Estávamos sentados à mesa da cozinha da casa dele, esperando nossas pizzas congeladas ficarem prontas. Eu, obviamente, falava sobre algo totalmente ridículo, e Aled só escutava, calado, e contribuía com um comentário de vez em quando. Tudo estava normal.

Bom, não estava.

— Está tudo bem? — perguntou Aled, quando fizemos uma pausa natural na conversa. — Na escola, coisa e tal?

Isso me surpreendeu porque Aled raramente fazia perguntas genéricas como aquela.

— Sim, sim — respondi rindo. — Mas estou muito cansada. Juro que quase não durmo mais.

O timer do forno apitou e Aled bateu as mãos e foi pegar as pizzas do forno. Eu comecei a cantarolar a palavra "pizza" sem parar.

Ele partiria para a universidade em dois dias.

Quando estávamos comendo, eu disse:

— Preciso te contar uma coisa meio importante.

Por um segundo, Aled parou de mastigar.

— O que é?

— Você conhece Raine Sengupta?

— De vista.

— Ontem, ela me disse que sabe sobre *Universe City*. Sabe que você é o Criador.

Aled parou de comer totalmente e olhou em meus olhos. Ai. Eu provavelmente tinha dito algo que não deveria ter dito. De novo. Por que isso sempre acontecia? Por que eu sempre acabava descobrindo aquelas coisas?

— Nossa. — Aled passou uma das mãos pelos cabelos.

— Jesus...

— Ela disse que não contaria para ninguém.

— É, ela *disse*.

— E também disse...

Parei. Eu estava prestes a dizer que ela sabia sobre Aled e Daniel, mas então me lembrei que ele nem sequer sabia que *eu* sabia.

Aled estava olhando fixamente para mim e até parecia meio assustado.

— Ai, meu Deus, o que foi?

— Bom, ela sabe sobre... você e o Daniel.

Aled ficou parado, em um silêncio aterrorizante.

— O que tem nós dois? — perguntou ele, lentamente.

— Você sabe... — Mas não consegui terminar a frase.

— Ah — disse Aled.

Eu me ajeitei na cadeira.

Aled soltou um suspiro e olhou para baixo, para seu prato.

— Você já sabia?

Eu não fazia ideia de por que ainda não tinha contado a ele. Acho que simplesmente detesto falar de coisas que deixam as pessoas machucadas e envergonhadas.

— Vi vocês dois se beijando no seu aniversário — falei, depois segui com uma pressa! — Nada mais! Era isso. E então, um pouco mais tarde eu acordei e você estava... tipo... soluçando.

Aled correu uma das mãos pelos cabelos.

— Ah, é. Pensei que você estivesse bêbada demais para se lembrar.

Esperei que ele dissesse mais alguma coisa, mas ele não disse, então eu perguntei.

— Por que não me contou?

Ele olhou em meus olhos de novo e eu vi a tristeza grande dentro deles. Ele riu.

— Sinceramente, pelo mesmo motivo que não deixei você conhecer minha mãe. Você está em... um ponto à parte de todas as... coisas difíceis que estão rolando na minha vida... — Ele riu. — Ah, meu Deus, que coisa mais *idiota* de se dizer. Desculpa.

Eu também ri, porque parecia mesmo uma coisa idiota, mas entendi o que ele quis dizer.

Não era tão simples como "Daniel e eu temos um relacionamento".

Não existia nada simples, certo?

— Por que você estava chorando? — perguntei.

Aled olhou para mim por mais um instante, mas voltou a olhar para a comida, pegando a borda da pizza com a mão.

— Não me lembro. Provavelmente só estava muito bêbado. — Ele riu, mas eu percebi que era um riso falso. — Fico emotivo quando bebo.

— Ah.

Não acreditei nele, mas estava claro que ele não queria me contar.

— Então o Daniel é gay? — perguntei, porque não tinha como não perguntar.

— É — disse ele.

— Hum. — Eu ainda estava bem chocada por não ter me dado conta. — Sabe... Eu sou bissexual.

Aled arregalou os olhos.

— O que... você é?

— Haha, sou. Eu te contei que beijei a Carys, não?

— É, contou, mas... — Aled balançou a cabeça. — Não sei. Não pensei muito nisso. — Ele fez uma pausa. — Por que não me contou isso antes?

— Não sei — comecei, mas era mentira. — Nunca contei a ninguém.

De repente, Aled pareceu bem triste.

— Não?

— Não...

Nós dois comemos pizza.

— Quando você descobriu que era bi? — Aled perguntou com a voz tão baixa que quase não escutei enquanto mastigava.

Eu não estava esperando aquela pergunta. Quase senti vontade de não responder.

Mas então, meio percebi por que ele estava perguntando.

— Não houve um momento certo — falei. — Foi tipo... bom, eu descobri o que era ser bi pesquisando na internet e as coisas meio que fizeram sentido... — Nunca tentei explicar isso a ninguém. Nem mesmo a mim mesma, na vida. — Tipo... pode parecer muito idiota, mas sempre consegui me imaginar com garotos e também com garotas. Claro que eles são um pouco diferentes, mas tipo... os sentimentos, de modo geral, são os mesmos... isso faz sentido? Nada disso faz sentido...

— Não, faz sentido, sim — disse ele. — Por que você não contou aos seus amigos de escola?

Olhei para ele.

— Não havia ninguém a quem valesse a pena contar.

Ele arregalou os olhos um pouco. Talvez se desse conta de que era, basicamente, meu único amigo. Eu meio esperava que ele não percebesse. Só fazia com que eu sentisse pena de mim mesma.

Continuei:

— Tipo, é um dos motivos pelos quais eu adorei *Universe City*, pra começo de conversa. Porque Rádio se apaixona por pessoas de todos os tipos, meninos, meninas, outros gêneros e... tipo... alienígenas e tal.

Dei risada e ele sorriu também.

— Acho que todo mundo está meio cansado desses romances de meninos com meninas — disse ele. — Para ser sincero, acho que o mundo já se cansou disso.

Eu queria muito perguntar para ele.

Mas é o tipo de coisa que não se pergunta.

É a pessoa quem tem que contar.

Quando a porta da casa se abriu, nos assustamos tanto que eu quase derrubei a jarra de limonada.

A mãe de Aled entrou na cozinha e olhou para mim, com uma sacola de pano a tiracolo e a chave do carro na mão.

— Ah, oi, Frances, querida — disse ela, erguendo as sobrancelhas. — Não pensei que encontraria você aqui tão tarde.

Olhei para o relógio na parede da cozinha. Eram quase 22:00. Pulei da cadeira.

— Ah, meu Deus, sim, desculpa, melhor eu ir para casa.

Ela mal parecia ter me ouvido, mas, depois de colocar a sacola no balcão da cozinha, me interrompeu:

— Deixe de bobagem, você está comendo!

Eu não soube o que dizer, então só me sentei de novo, lentamente.

— Pensei que você estivesse na casa do vovô, mãe — disse Aled, e a voz dele estava meio esquisita. Meio... *forçada*.

— Eu estava, querido, mas eles têm umas coisas para fazer no fim de semana...

Ela começou a dar uma explicação desnecessariamente longa a respeito dos planos para o fim de semana dos avós de Aled. Eu fiquei tentando chamar a atenção de Aled, mas ele estava olhando para Carol como um animal selvagem tentando se manter escondido.

Ela começou a lavar as mãos e, pela primeira vez desde que havia entrado na cozinha, olhou na direção do filho.

— Seu cabelo está ficando meio comprido, não é, Allie? Quer que eu marque um corte?

Fez-se um silêncio insuportavelmente longo.

— Hum... na verdade, gosto dele assim — disse ele.

Ela franziu o cenho e fechou a torneira. Começou a limpar as panelas como se estivesse tentando gastá-las.

— O quê? Não acha que fica meio desleixado, querido? Você está parecendo um pouco com aqueles viciados que a gente sempre vê na rua.

— Gosto assim — disse Aled.

Carol secou as mãos no pano de prato.

— Posso cortá-los para você, se quiser. — Ela olhou para mim. — Eu cortava os cabelos dele quando ele era pequeno.

Aled não disse nada. Totalmente horrorizada, vi Carol Last pegar uma tesoura de cozinha do balcão e começar a caminhar em direção a Aled.

— Não, mãe, tudo bem...

— Olha — disse ela. — Eu podia só aparar as pontas para você, não demoraria nada.

— Está bom assim, mãe.

— Você ficaria com cara de mais inteligente, Allie.

Eu não achei que fosse acontecer. Via que era possível que acontecesse, mas não acreditava que aconteceria. Aquilo era a vida real, não um drama na TV.

— Não, não, não, não, mãe! *Não*...

Ela literalmente pegou um punhado dos cabelos de Aled e cortou cerca de dez centímetros.

Aled se jogou para trás e se levantou tão depressa que ficou claro que ele também não pensou que fosse acontecer. De repente, percebi que eu também tinha me levantado — quando fiz isso?

Ela havia acabado de cortar os cabelos dele.

Que merda foi aquela?

— Mãe... — Aled tentou dizer algo, mas Carol o interrompeu.

— Ah, querido, vamos, está comprido demais, não é? Você será maltratado se aparecer na faculdade assim! — Ela se virou para mim de novo. Segurava a mecha de cabelos em uma das mãos e a tesoura aberta na outra. — Concorda, Frances?

Eu literalmente não consegui dizer nada.

Aled mantinha a mão no lugar onde antes estava a mecha de cabelos. Lentamente, como um zumbi, ele disse:

— Frances... tem que ir para casa agora...

Carol sorriu. Ela sorria de um jeito que indicava total falta de noção ou uma maldade absolutamente psicótica.

— Ah, é, já deve estar na hora de dormir!

— Sim... — falei, como se estivesse sufocada. Aled me levou depressa até a porta, segurando um dos meus braços, antes que minhas pernas conseguissem se mexer sozinhas. Abriu a porta sem olhar para mim e meio que me empurrou para fora.

A noite estava limpa. Era possível ver muitas estrelas.

Eu me virei para olhar para ele.

— O que exatamente... acabou de acontecer?

Aled tirou a mão dos cabelos e, como se as coisas já não estivessem bem ruins, o loiro-escuro estava manchado de vermelho. Peguei a mão dele e a virei. Vi um corte pequeno no meio da palma da mão, feito quando ele tentou afastar a tesoura.

— Ele puxou a mão de volta.

— Tudo bem. Ela é sempre assim.

— Ela te machuca? — perguntei. — Me diga se ela te machuca. Agora mesmo. Estou falando sério.

— *Não*, juro que não. — Ele balançou a mão ferida. — Foi um acidente.

— Isso não está certo. Ela não pode simplesmente... Ela... Mas que *porra* é essa?

— Tudo bem. Vá pra casa, mando mensagem mais tarde.

— Tá, mas por que ela...

— Ela é assim, está só fazendo um jogo. Mando mensagem mais tarde.

— Não, quero falar sobre isso agora, Aled...

— Mas eu *não quero*, porra.

Aled Last nunca falava palavrões, só quando realmente era necessário.

Ele bateu a porta na minha cara.

Eu não pude fazer nada.

Nada.

UNIVERSE CITY: Ep. 132 — telefone
UniverseCity   98.763 visualizações

Ataque de ciborgues (de novo)
                Deslize para baixo para ler a transcrição >>>

[...]

Eu me escondi por exatamente quarenta e sete minutos — meu cronômetro lunar estava comigo — na caixa telefônica perto da usina elétrica na rua Tomsby. Ninguém nunca procura ali. Todo mundo sabe que a caixa é mal-assombrada. Não quero falar a respeito do que vi.

Enquanto me escondia e esperava, também pensava e decidia. Eu deixaria o ciborgue me perseguir para sempre? Teria que olhar para trás de dois em dois minutos para ver aquelas luzes e os circuitos barulhentos? Não. Isso não é vida. Nem mesmo nas barricadas cruéis e horrorosas da Cidade do Universo.

Consigo aguentar umas agressões de vez em quando, colega, pode acreditar. Parece que estou nesta Cidade desde sempre. Nem sequer me estressa mais — pelos deuses, se tivesse alguém ouvindo, eu já teria tido notícias suas.

Consigo aguentar umas agressões de vez em quando. Sou forte. Sou uma estrela. Tenho peito de aço e olhos de diamante. Ciborgues vivem e se desfazem, mas eu nunca vou me desfazer. Mesmo quando o pó de meus ossos sobrevoar os muros da Cidade, estarei vivendo e estarei voando, e vou acenar e rir.

[...]

NO ESCURO

Recebo um e-mail sempre que alguém me manda uma mensagem no Tumblr e fiquei no mínimo surpresa quando conferi meu e-mail durante o intervalo na escola no dia seguinte e vi vinte e sete e-mails do Tumblr indicando que eu tinha recebido perguntas.

Abri o aplicativo do Tumblr e dei uma olhada.

Anônimo disse:
você é February Friday???

Fiz uma careta, mas continuei lendo.

Anônimo disse:
O que acha dessa história de ser February Friday? xx

Anônimo disse:
NÃO MAS VOCÊ TEM QUE DIZER SE É FEBRUARY É SUA OBRIGAÇÃO COMO DEUSA DO FANDOM

Anônimo disse:
vc eh mesmo february friday??

Anônimo disse:
Seu nome quer dizer janeiro em francês, vc é amiga do Criador e sua escola foi incendiada numa sexta de fevereiro... COINCIDÊNCIA? explique pfv bjs

Havia mais de vinte e sete mensagens. O Tumblr obviamente desistiu de me mandar e-mails em determinado momento. Todas as mensagens falavam de February Friday. Gastei cinco minutos procurando pela fonte dos boatos.

univers3c1ties
Possível February Friday?
Certo, pessoal, não passa de especulação, mas e se a Frances Janvier (touloser) for February Friday? Eu tenho feito uma pesquisinha (kkk juro que não sou stalker) e acho que temos argumentos para isso
- Frances frequentava uma escola que pegou fogo numa sexta-feira, 4 de fevereiro de 2011 (fonte)
- Ela é fã do programa desde o começo — ela foi a primeira a saber sobre ele?? O Criador contou para ela?
- O fato de ela ser um dos maiores nomes no fandom e de agora, de repente, estar *trabalhando* no programa?? Ela tem, sim, alguma relação com o Criador e com o programa, e não está revelando tudo para nós.
- *O nome dela literalmente significa janeiro em francês?? Coincidência??*
- Além disso, estes tweets falam por si só:

toulouse @touloser
acho que as cartas para february são minha parte preferida de todo programa, o criador é um gênio!!!
13 abr 11

toulouse @touloser
queria que houvesse mais cartas a February, elas não aparecem mais no programa ;_; sinto falta da bagunça das palavras
14 dez 11

toulouse @touloser
Universe City salvou minha vida <3
29 ago 11

Sei lá. Quando o governo vai nos contar a verdade? kkk Tudo especulação, claro...
#universe city #cidadãos universe #Rádio silêncio #toulouse #frances janvier #touladio #february friday #cartas a february

Nada disso me surpreendia. Aled e eu tínhamos passado do conforto da privacidade havia muito tempo, só nós dois sentados em uma sala e rindo ao microfone no escuro.

Bem, nada disso convenceu. *Universe City* havia começado antes de eu conhecer Carys, então eu nem sabia de Aled na época. Então, eu ser February Friday era impossível.

E eu já sabia que February Friday era Daniel.

Estava começando a ficar meio irritante.

Decidi não mostrar isso a Aled. Ele não podia fazer nada a respeito.

Pensei que deveria responder a pelo menos uma mensagem; caso contrário, as pessoas não parariam de perguntar.

Anônimo disse:
O que acha dessa história de ser February Friday? xx

touloser respondeu:
Não sou February Friday. O grande lance com February Friday é que ninguém sabe quem é. Por que todo mundo está tão obcecado querendo transformar February Friday em uma pessoa da vida real? Na vida do Criador?? Pensei que uma das regras do fandom fosse respeitar a privacidade do Criador. Obviamente se mantém anônimo por um motivo. E nem sei por que vocês acham que sou amiga do Criador. Há mais de cinquenta mensagens perguntando se sou February. Parem. Aproveitem o programa e parem de me perguntar isso, porque não tenho respostas.

Eu estava exausta. Sempre me sentia cansada na sexta-feira, mas dessa vez foi pior. Eu me lembro que foi pior porque dormi no trem para a escola e acabei sonhando com dois melhores amigos que viviam em uma caverna de gelo.

Aled não havia falado comigo ainda e eu estava preocupada.

Não sabia exatamente o que estava me estressando. Não era uma coisa só. Era tipo um bilhão de coisinhas, todas unidas para formar uma onda enorme de estresse. Eu me sentia me afogando.

Chequei o aplicativo mais uma vez antes de a campainha tocar e indicar o fim do intervalo. Foi quando vi uma mensagem.

Anônimo perguntou:
Você diz que "não sabe por que achamos que você é amiga do criador" sendo que literalmente temos prova de que o criador é seu amigo Aled Last?

FAMOSO NO YOUTUBE

— Você almoça a mesma coisa todo dia?

Olhei para a frente, deixando de me concentrar em meu panini de queijo e presunto. Raine Sengupta se sentou ao meu lado na mesa que sempre ocupávamos no refeitório do ensino médio. Ela carregava uma bolsa laranja chamativa em um braço e o telefone na outra mão. Nossos outros amigos não tinham chegado ainda.

— Sou muito pouco criativa — falei. — Não gosto de mudança.

Ela assentiu brevemente, como se fosse uma explicação razoável.

— Como você sabia disso, afinal? — perguntei.

— Você meio que se destaca, amiga. Fica aqui numa mesa, sozinha, por cerca de dez minutos até o resto das pessoas chegar.

— Ah. — Ótimo. — É exatamente o contrário do que eu pretendia.

— Não é seu estilo de almoço?

— Eu queria seguir uma linha mais "garota invisível quer comer o sanduíche em paz".

Ela riu.

— O maior sonho de todo mundo!

Também dei risada e ela colocou a bolsa no banquinho à minha frente. Fez um barulho que sugeria que ela tinha pelo menos metade do meu peso corporal.

Eu estava tentando não pensar a respeito da mensagem sobre Aled. Não tinha checado o Tumblr desde o intervalo.

Raine se inclinou sobre a mesa, apoiando-se em uma das mãos.

— Só queria te dizer que tem alguma coisa acontecendo na frente da escola, envolvendo Aled Last.

— O quê?

— É, acho que ele veio encontrar o Daniel para almoçar e está sendo... tipo... bombardeado por crianças.

Coloquei meu panini na mesa.

— O quê? — perguntei.

— Estão fazendo perguntas sobre *Universe City*. É melhor você dar um pulo até lá para ver o que está rolando. Tipo... antes de acabarem com ele.

Eu me levantei imediatamente.

— Meu Deus... tá, vou lá.

— Não sabia que vocês eram tão bons amigos — disse ela, tirando uma lancheira da bolsa. — Surpreendente.

— Por quê? — perguntei, mas ela só deu de ombros.

O uniforme do ensino fundamental é preto e amarelo, então parecia que o Aled estava sendo atacado por um enxame de abelhas.

Cerca de quinze adolescentes o cercavam na frente do portão de entrada da escola, fazendo perguntas como se ele fosse uma celebridade. Um menino mais velho estava tirando fotos com o telefone. Um grupo de meninas do sétimo ano ria sempre que ele dizia alguma coisa. Um menino do sétimo ano gritava perguntas sem parar, como "Como você ficou famoso no YouTube?", "Como ganhar mais seguidores no Instagram?" e "Você pode me seguir no Twitter?".

Parei a poucos metros da multidão.

Como eles sabiam?

Como sabiam que ele era Rádio Silêncio?

Não era isso o que nós queríamos que acontecesse.

Não era isso o que *ele* queria que acontecesse.

Aled finalmente me viu.

Ele havia cortado os cabelos. Parecia meio normal agora.

Ele estava usando jeans e blusa de lã também.

Parecia arrasado.

— Você fez isso? — perguntou ele para mim, mas não consegui ouvi-lo, só vi seus lábios se mexendo. Eu não consegui ouvi-lo e me sentia tão incomodada com tudo que senti vontade de empurrar a multidão e gritar para todo mundo, fazer com que todos o deixassem em paz.

— Você contou para eles?!

Ele parecia *irado*.

E decepcionado.

Não demorou muito para eu acreditar que eu era decepcionante, apesar de não ter feito nada. Eu não tinha exposto o maior segredo de todos.

— TÁ BOM, PESSOAL.

Comecei a gritar sem conseguir me conter.

Os adolescentes se viraram para olhar para mim, um pouco menos barulhentos.

— Não sei o que vocês pensam que estão fazendo, mas só alunos do ensino médio podem sair da escola no intervalo. Como nenhum de vocês é, sugiro que entrem.

Todo mundo ficou olhando para mim.

Fiz uma cara feia e tentei encarar cada uma das pessoas.

— *Agora.* Posso não ser mais a representante, mas ainda posso relatar tudo isso a Afolayan.

Deu certo. Deu mesmo.

Não sei se vocês sabem, mas quando somos alunos, é muito difícil fazer com que outros alunos nos obedeçam.

Os adolescentes foram embora, deixando Aled e eu sozinhos na frente da escola. Aled olhava para mim como se nem me conhecesse.

Acho que eu estava bem diferente, com meu uniforme, gritando com outros alunos.

Ele começou a balançar a cabeça. Mais do que qualquer coisa, parecia assustado.

— *O que está acontecendo?*

A voz de Daniel interrompeu nosso silêncio. Eu me virei e o vi saindo do portão da escola e caminhando na nossa direção.

— Eles... — Senti minha voz falhando. — Eles descobriram que Aled é o Criador. Todo mundo.

— Foi você? — perguntou Aled de novo, como se Daniel nem estivesse ali.

— *Não,* Aled, eu juro...

— Não entendo — disse Aled, que parecia prestes a começar a chorar. — Isso... precisava ser um segredo. Tem certeza de que não contou para eles? Você deve ter feito isso sem querer...

— Não! Perguntaram, mas eu não... não disse nada. *Juro*.

Aled balançou a cabeça de novo, mas não parecia estar indignado comigo.

— Acabou — disse ele.

— O quê? — perguntei.

— Acabou. Minha mãe vai descobrir e vai me fazer parar.

— Espera... *O quê?* Por que ela faria isso?

— Acabou — disse ele, como se não tivesse me ouvido, e então não focou o olhar em mais nada. — Vou para casa.

Ele se virou e se afastou com Daniel, e eu não fazia ideia se ele acreditava em mim ou não.

É MAIS FÁCIL MENTIR NA INTERNET

É mais fácil mentir na internet.

touloser
olha, gente... o Criador não é Aled Last. Sim, Aled Last é meu amigo na vida real, mas isso não quer dizer nada. O Criador é alguém que conheço da internet. E mais uma vez, não, não sou February Friday. Parem de stalkear o Aled, parem de postar fotos dele. parem de enviar mensagens irritantes ao Criador sobre ele. Aled é um bom amigo e vocês não estão fazendo nenhum favor a ele.

valeu, tchau
#já cansei desses boatos #tipo vocês precisam se acalmar pfv #queria que vocês nunca tivessem descoberto quem sou #universe city #cidadãos do universo #Rádio Silêncio #touloser

Não sei por que não tinha conseguido dizer isso a Jess nem a outra pessoa antes.

Imediatamente fui bombardeada com mensagens dizendo que eu estava mentindo.

Anônimo disse:
kkkk sabemos que você tá mentindo

Anônimo disse:
Pra que você postou isso? kkkk

Anônimo disse:
AGORA você acha que sabe mentir.

Eu não fazia ideia de como eles sabiam que eu estava mentindo, só soube quando enviei uma mensagem ao Aled com um link para o post. Ele me respondeu quase imediatamente.

Aled Last
não adianta, eles sabem que sou eu

Frances Janvier
Como??? Eles não têm prova!!!

Ele me enviou um link para outro posto do Tumblr.

universe-city-analysis-blog
Aled Last = o Criador?
Há muito a ser dito na tag *Universe City* hoje para determinar se o adolescente chamado "Aled Last", de Kent, Inglaterra, é a voz e o Criador de *Universe City*. Pensei em facilitar para todo mundo compilando as provas que temos, a maioria delas da artista de *Universe City*, Frances Janvier (touloser), e acho que a conclusão é fortemente sustentada.
• Quem conhece Frances touloser (também conhecida como a artista de *Universe City* e a voz de Toulouse) confirmou que ela se aproximou de Aled Last no verão. Eles foram vistos juntos na cidade em que vivem e têm fotos juntos em suas páginas

pessoais no Facebook. Foi daí que começou a especulação a respeito de Aled Last.

- Quando confrontamos Frances, na vida real, sugerindo que Aled Last é o Criador, ela respondeu "Não posso dizer" [fonte — claro que temos que considerar a palavra dessa pessoa]. Se Aled Last não é o Criador, qual seria o problema em dizer que ele não era?
- De modo parecido, Frances não tem respondido às perguntas sobre Aled Last em seu Tumblr ou em seu Twitter, apesar de as pessoas dizerem que enviaram mensagens. Repito: por que Frances não poderia confirmar que Aled Last não é o Criador? Bem, nada disso é prova concreta de que Aled Last é o Criador. A evidência que confirma isso aconteceu mês passado:
- Na noite do agora infame episódio da "escola fantasma", a conta do Twitter de Frances, @touloser, postou uma foto borrada de dois sapatos verde-limão, com a legenda "Rádio revelado" [link]. Aled Last pode ser visto usando esses sapatos em diversas fotos de sua página pessoal no Facebook.
  - [foto]
  - [foto]
  - [foto]
- Esses sapatos são um modelo antigo e clássico da Vans que não é mais produzido há vários anos [fonte]. Pela página do Facebook de Aled, dá para supor que ele tem esses sapatos há três ou quatro anos. Obviamente, são tênis muito raros, já que a maioria das pessoas já teria se livrado deles — poucas pessoas usam o mesmo par de sapatos continuamente por vários anos.
- Além disso, de algumas capturas de tela do episódio da "escola fantasma", é possível ver uma pessoa loira com cabelos compridos, que se parece com algumas fotos de Aled:

- [foto]
    - [captura de tela]
    - [captura de tela]

Fique à vontade para tirar suas conclusões, claro. Mas para mim, está quase definido que Aled Last é o Criador de *Universe City*.

O post tinha mais de dez mil comentários.

Era nojento. Pessoas que conheciam Aled na vida real tinham pegado coisas de seu Facebook *privado*. Elas tinham escutado minha conversa com Jess e me *citado*. O que estava acontecendo? Quem elas achavam que eu era? Uma celebridade?

O pior era que eles estavam certos.

Aled Last era o Criador. Eles tinham juntado as provas e descoberto.

Era totalmente minha culpa.

Frances Janvier
Merda... sinto muito Aled não sei nem o que dizer

Aled Last
tudo bem

VÓRTICE DO TEMPO

Eram 18:00 quando recebi uma mensagem de Raine no Facebook.

(18:01) Lorraine Sengupta
Oi, o que aconteceu com o aled afinal?? Ficou tudo bem??

(18:03) Frances Janvier
Todo mundo sabe que ele é o criador. Descobriram no tumblr :\

(18:04) Lorraine Sengupta
E ele ficou chateado??

(18:04) Frances Janvier
Muito

(18:05) Lorraine Sengupta
Por quê??
Ele não está só reclamando por ter ganhado um monte de seguidores na internet? Kkk
Meio tô querendo dizer para ele medir esse privilégio...

(18:07) Frances Janvier
É que acho que ele queria mesmo que ficasse em segredo
Você entenderia se ouvisse o programa, é muito pessoal para ele

(18:09) **Lorraine Sengupta**
Tá, mas há coisas piores do que ficar famoso na internet
Kkkk

Senti vontade de dizer para ela que o problema não era aquele. O que Aled tinha dito? Que a mãe dele faria com que ele parasse? Teria sido um exagero? Ou realmente aconteceria? Por que ela faria isso?

(18:04) **Lorraine Sengupta**
Por que você tá tão obcecada com aquele garoto branco? Kkk

(18:15) **Frances Janvier**
Não sou obcecada haha
Acho que só gosto muito dele

(18:16) **Lorraine Sengupta**
Tipo você quer dar pra ele??

(18:16) **Frances Janvier**
NÃO mddc
Não posso gostar de um cara sem querer ficar com ele?

(18:17) **Lorraine Sengupta**
Claro que pode! Kkkk Só queria ter certeza :D
Então por que gosta tanto dele?

(18:18) **Frances Janvier**
Ele faz com que eu me sinta um pouco menos esquisita, acho

(18:18) **Lorraine Sengupta**
Pq ele também é esquisito?

(18:19) **Frances Janvier**
É haha

(18:20) **Lorraine Sengupta**
Ah, que fofo
Bem, acho que você é uma boa amiga, então parabéns para você
Mas não acho que aled tenha direito de ficar triste... ele está literalmente triste por ser famoso
Sem falar que ele é tipo uma das pessoas mais inteligentes da escola dele!! Pra qual universidade ele vai? Tipo aquela logo abaixo de Oxbridge na classificação? Dane-se isso!!!
Ele não tem direito de reclamar de nada. Ele está literalmente vivendo a vida perfeita. Melhor universidade, tem um canal de YouTube de sucesso, do que ele está reclamando?? Só porque uns alunos querem fazer perguntas? Literalmente a coisa mais idiota que já ouvi. Eu faria qualquer coisa para ser ele, na real, a vida dele é perfeita

Eu não soube o que dizer de novo e, sinceramente, só queria que a conversa terminasse. Queria sair voando, me agarrar a um avião e desaparecer.

(18:24) **Lorraine Sengupta**
Seu ídolo é problemático kkk

(18:24) **Frances Janvier**
Haha acho que sim

(18:27) **Lorraine Sengupta**
P.S.: Você vai lá no lance do spoons hoje à noite?

(18:29) **Frances Janvier**
Lance?

(18:30) **Lorraine Sengupta**
É, com a galera do último ano. É a última noite antes de a maioria ir para a faculdade

(18:32) **Frances Janvier**
Não conheço ninguém
Ficaria no canto comendo salgadinhos

(18:32) **Lorraine Sengupta**
Você me conhece!! E pode ser que o Aled vá?

(18:33) **Frances Janvier**
É?

(18:33) **Lorraine Sengupta**
Bom... talvez... mas eu vou, com certeza!!

Eu não queria ir mesmo. Queria ficar em casa, pedir pizza, assistir a sete episódios de *Parks and Recreation* e enviar setenta mensagens de texto a Aled.

A essa altura, seria esquisito demais dizer não e eu queria muito que ela gostasse de mim porque poucas pessoas gostavam. Sou fraca, esquisita, solitária e idiota.

— Ah, meu Deus, Frances, sua *jaqueta*.

Raine estava dentro do carro — um Ford Ka roxo que parecia perigosamente perto de entrar em combustão espontânea — na frente da minha casa às 21h, observando enquanto eu caminhava na direção dela. Minha jaqueta era de jeans preto, estampada com a palavra "moleca" nas mangas, de branco. Eu estava ótima (ridícula). Normalmente, quando saía com minhas amigas, tentava me vestir de um jeito um pouco mais normal, mas eu estava num humor péssimo e com dificuldade para me preocupar com qualquer coisa que não fosse o que eu tinha feito com Aled. As roupas são uma janela para a alma.

— Isso aí é um "Meu Deus, você está totalmente ridícula?" — perguntei, sentando-me no banco do carona. — Porque seria uma reação compreensível.

— Não, quero dizer que não sabia que você era tão... pop punk. Pensei que teria que corromper a nerd, mas... você não é uma nerd, exatamente, certo?

— This is real, this is me... É real, sou assim — falei.

Ela hesitou.

— Você acabou de usar uma frase de *Camp Rock* comigo? Não é muito punk pop.

— I've got to be I aaam... Vou ser do jeito que eu sou.

— Certo, primeiro, isso é *High School Musical*...

Saímos do vilarejo. Raine estava usando tênis plataforma branco e meias listradas, uma camiseta cinza comprida e uma jaqueta Harrington. Ela sempre parecia linda sem fazer esforço, como uma modelo de alguma revista indie que só se compra on-line.

— Você não queria vir, não é? — perguntou Raine, sorrindo ao virar o volante. Ela era uma motorista surpreendentemente boa.

— Haha, o que mais teria para fazer? — perguntei, sem falar que estava literalmente suando de nervosismo por estar prestes a ir ao Spoons de novo, porque haveria muitas pessoas da escola ali, incluindo gente do último ano que eu só conhecia um pouco, e seria muito esquisito. Haveria um monte de grupos de caras assustadores e eu com certeza deveria ter escolhido algo mais simples para vestir. Só estava fazendo aquilo, só queria fazer aquilo tudo de novo, porque poderia pedir desculpas a Aled e poderíamos fazer as pazes antes de ele ir para a faculdade amanhã, encontrar um monte de amigos novos e se esquecer de mim.

— Exatamente — disse Raine.

Tínhamos chegado à estrada. Com uma das mãos, Raine ligou o rádio, tirou um iPod do bolso e mexeu nele. A música começou a tocar nos alto-falantes do carro — seu iPod tinha uma espécie de transmissor de FM preso a ele.

Bateria eletrônica e baixo começaram a tocar.

— Quem está tocando? — perguntei.

— Madeon — disse ela.

— É bom.

— É ótimo para dar umas bandas.

— Bandas?

— Uns rolês de carro. Você não dá rolê de carro?

— Não dirijo. Não tenho dinheiro para isso.

— Arranje um emprego, amiga. Trabalhei quarenta horas por semana numa loja durante todo o verão para comprar esse lixo. — Ela deu um tapa no volante. — Meus pais são pobres, não tem como eles me darem um carro, e eu *precisava* ter um. Precisava sair da minha cidade.

— Onde você trabalhou?

— Na Hollister. Eles são preconceituosos pra cacete, mas pagam direitinho.

— Pelo menos isso.

Raine aumentou a música.

— É, esse cara do Madeon tem a mesma idade que eu. Acho que é por isso que gosto tanto da música dele. Ou só acho que nunca fiz nada com a minha vida.

— Parece que você está no espaço — falei. — Ou em uma cidade futurística na qual tudo é azul-escuro. Você está usando prata, e há naves espaciais nos sobrevoando.

Ela olhou para mim.

— Você é mesmo fã de *Universe City*, né?

Dei risada.

— Sou, até morrer.

— Ouvi alguns episódios hoje cedo. Alguns dos recentes dos quais você participa.

— É mesmo? O que achou?

— Muito legal. — Ela parou para pensar. — É... tem *alguma coisa*. As histórias não são obras da literatura nem nada assim, mas tipo, os personagens, o mundo e a linguagem meio que nos hipnotizam. É, é bom.

— Então você shipa Rádio e Toulouse?

O interesse dos fãs em Rádio e Toulouse como casal tinha aumentado exponencialmente naquele mês, o que fazia com que eu me sentisse meio esquisita, já que éramos Aled e eu, e muitas pessoas achavam que os personagens representavam pessoas na vida real. Pelo menos três pessoas na escola tinham me perguntado se Rádio e eu estávamos namorando na vida real. Não estávamos nem sequer tentando tornar a relação entre Rádio e Toulouse romântica.

Ela pensou naquilo por um segundo.

— Hum... não sei. Não tem a ver com isso, tem? Tipo... se eles ficarem juntos, vai ser bom, mas se não ficarem, não vai estragar nem mudar nada. O programa não é exatamente um romance.

— É exatamente e literalmente o que acho.

A música de repente ficou mais alta. Raine trocou de marcha e pegou a pista da ponta.

— Gostei muito da música — falei, tocando o display do rádio.

— O quê? — perguntou Raine. A música estava alta demais.

Só ri e balancei a cabeça. Raine abriu um sorriso confuso para mim. Meu Deus, eu mal conhecia a Raine, mas mesmo assim estava ali, me divertindo um pouco. A estrada se estendia à nossa frente, azul-escura, com luzes piscando. Parecia um vórtice do tempo.

Raine conhecia literalmente todo mundo que estava no Spoons, todo mundo que tinha deixado as escolas da cidade quatro meses atrás e que estava enchendo a cara uma última vez antes de partir para a universidade e, gradualmente, parar de manter contato com os amigos.

Precisei de apenas três conversas esquisitas para precisar beber. Raine buscou uma bebida para mim, já que eu ainda tinha dezessete anos. Ela estava bebendo água porque ia dirigir, mas, em determinado momento, disse para mim:

— É, eu parei de beber há muito tempo, costumava fazer umas coisas bem idiotas.

Fiquei tentando entender a que ela se referia. Eu deveria ter parado de beber, mas as conversas esquisitas com pessoas que eu não conhecia provavelmente teriam me destruído emocionalmente.

O Spoons estava lotado. Foi assustador.

— É, eu e minha namorada íamos para a Disney mês passado — disse um cara enquanto eu esperava pelo terceiro drinque. — Mas decidimos economizar grana para a facul porque, tipo, a gente não conseguiu bolsa, então preciso de dinheiro para me manter enquanto tento arrumar um emprego.

— Como é? Pensei que todo mundo conseguisse bolsa — falei.

— Conseguem os *financiamentos*. Mas eles não cobrem todos os gastos do aluguel, a não ser que a pessoa esteja morando num muquifo. Só dá para conseguir bolsa se você for pobre, se seus pais forem divorciados, ou algo assim.

— Ah — falei.

— É, todo mundo pensou que o representante da escola dos garotos ia entrar em Cambridge — disse uma garota, meia hora depois.

Eu estava na quarta bebida, sentada a uma mesa redonda, enquanto Raine falava com quatro pessoas diferentes de uma vez. A menina balançava a cabeça, incrédula.

— Ele sempre foi o melhor aluno do ano. Mas aí ele não passou. Tipo, sete outras pessoas passaram, mas ele, não. E todo mundo ficou meio "Nossa, *claro* que ele vai entrar" por muito tempo. Foi terrível

— Que triste — falei.

— Sinceramente não sei o que estou fazendo — disse outro cara, que estava usando uma jaqueta jeans com uma camiseta do Joy Division por baixo. Ele tinha uma postura esquisita, como se sentisse envergonhado por alguma coisa. — Não sei como passei no primeiro ano. Não fiz nada. E agora estou indo para o segundo ano e... sinceramente não sei o que estou fazendo. — Ele parecia cansado ao olhar para mim. — Queria poder voltar no tempo e fazer as coisas de outro jeito. Gostaria de voltar e mudar tudo... fiz algumas coisas idiotas... Fiz algumas coisas idiotas...

O Spoons virou a Johnny R's, como sempre acontecia, e nenhum de nós percebeu. Nem sei como consegui entrar sem documento, mas de repente estava ali, recostada na ponta esquerda do bar da Johnny R's com uma bebida que parecia água, mas com certeza não era, a julgar pelo gosto.

Olhei para a esquerda e vi uma garota sentada que parecia estar exatamente como eu: encostada no bar, com uma bebida a sua frente, olhando sem qualquer expressão para a multidão. Ela me flagrou olhando-a e se virou. Tinha uma beleza clássica, com olhos grandes e boca larga, e também os cabelos mais lindos que eu já tinha visto: chegavam até sua cintura e as partes que não eram roxas eram de um tom lilás-acinzentado desbotado. Fez com que eu me lembrasse de Aled.

— Tudo bem? — perguntou ela.

— Hum, tudo — falei. — Tudo bem.

— Você parece um pouco atordoada.

— Não, só estou entediada.

— Haha, eu também.

Fizemos uma pausa.

— Você estuda na Academy? — perguntei.

— Não, não, estou na faculdade. Estudei na outra.

Ela havia estudado na outra. É o que as pessoas dizem quando frequentavam minha escola de antes, aquela que se incendiou, e então tiveram que se mudar para a escola de meninos.

— Ah, entendi.

Ela bebericou a bebida.

— Mas detesto. Devo largar.

— Detesta o quê?

— A faculdade. Vou começar o segundo ano, mas... — Ela parou de falar.

Eu franzi o cenho. Por que alguém detestaria a faculdade?

— Acho que vou para casa — disse ela.

— Seus amigos não estão aqui?

— Estão, mas... não sei. Acho que não sou o tipo de... não sei.

— O quê?

— Eu gostava de vir aqui, mas não acho que... — Ela riu de repente.

— O quê? — perguntei.

— Uma de minhas amigas... ela sempre disse que eu me cansaria um dia. Tipo, ela sempre dizia não quando eu tentava trazê-la na época da escola, quando nós duas tínhamos uns dezoito anos. Ela sempre dizia não, porque detestaria, e então dizia que eu também detestaria no final e que ela só estava se adiantando. — Ela riu de novo. — Bom, ela tinha razão. Como sempre.

— Ah. Ela está aqui agora?

A garota olhou para mim.

— Não...

— Ela parece ser bacana.

A garota passou uma das mãos pelos cabelos compridos. A luz deixou o roxo tão lindo que ela se parecia com uma fada.

— Ela é. — Ela olhou além de mim. Não consegui ver seus olhos no escuro. — Não acredito que ela esteve certa o tempo todo — disse ela.

Não consegui ouvir direito porque a música estava alta demais e eu estava prestes a pedir para ela repetir, mas então ela ergueu as sobrancelhas, forçou um sorriso e disse:

— Até mais tarde.

Nunca mais a vi na vida. Ela desapareceu e eu fiquei me perguntando se pararia de andar com o Aled quando ele se fosse, e um dia eu estaria sozinha em uma casa noturna com uma bebida, olhando para outros amigos dançando, rostos sem traços que ainda não conheci, todos se afogando sob o som.

Terminei meu copo num só gole.

ME DESCULPE

— Frances, Frances, Frances, Frances, Frances... — Raine correu até mim no meio do terceiro andar, onde tocava um remix de "White Sky", do Vampire Weekend.

Eu estava bêbada e não fazia ideia do que estava fazendo nem do porquê. Só estava.

Raine segurava um copo de plástico com líquido transparente e, por um segundo, acreditei mesmo que fosse um copo todo de vodca.

Ela me viu olhando.

— Amiga, é água! — Ela riu. — Estou dirigindo!

"Teenage Dirtbag" começou a tocar acima de nós.

Raine levantou uma das mãos e apontou o teto.

— Maaaaano! Frances, temos que dançar essa.

Eu ri. Fiquei rindo, sempre ria muito quando estava bêbada. Eu a segui até onde as pessoas estavam dançando. Estava abafado e quatro caras tentaram me encoxar. Um cara apertou minha bunda e eu fui contida demais para reagir, então Raine jogou água nele e ele gritou. Eu ri. Raine riu. De qualquer modo, danço muito mal. Raine dançava bem. Também era linda. Eu estava bêbada e fiquei me perguntando se estava apaixonada por ela, o que me fez rir muito. Não, não estou apaixonada por ninguém.

Aled aparecia e sumia da minha frente, como se estivesse se teletransportando. Ele era mágico de muitas maneiras, mas eu não estava apaixonada por ele, apesar de ele estar sempre lindo de camisa e com os cabelos despenteados porque estávamos todos suados. Mais tarde, dancei com a Maya ao som de uma música doida do London Grammar.

— Frances, você está outra pessoa, totalmente diferente! — disse Maya.

Vi Aled no canto, conversando com alguém — ah, sim, claro que era Daniel. Eu precisava falar com Aled de novo, mas não queria que ele me odiasse. Queria desesperadamente que tudo ficasse bem, mas não sabia como fazer isso.

Agora que sabia que Aled e Daniel estavam juntos, notei todas as coisinhas que não tinha notado antes, como a maneira com que Daniel olhava para Aled enquanto falava, com que Daniel puxava Aled pelo braço e Aled acompanhava sem questionar, com que, quando conversavam, ficavam tão próximos que era como se estivessem prestes a se beijar. Eu era mesmo uma idiota.

Maya, Jess e uns dois caras, Luke e Jamal, estavam bêbados também e reclamando de Raine enquanto dançávamos, multitarefa. Eles disseram que ela era fácil, ou coisa assim, e fazia todos eles se sentirem bem estranhos. Maya lançou um olhar estranho para mim enquanto estavam falando, e eu percebi que era por eu ter fechado a cara para eles.

Eu ainda estava pensando no que aquela garota de cabelos roxos tinha dito a respeito de querer sair da faculdade. Estava pensando naquilo porque não entendi nada, nunca tinha ouvido alguém sugerir algo daquele tipo, mas aí... *obviamente* nem todo mundo gostava da faculdade. Mas eu sabia que gostaria. O que ela tinha dito não importava. Eu era a estudiosa Frances Janvier. Eu estudaria em Cambridge, conseguiria um bom emprego, ganharia muito dinheiro e seria feliz.

Não é? É, sim. Faculdade, emprego, dinheiro, felicidade. É assim que se faz. É a fórmula. Todo mundo sabe disso. Eu sabia disso.

Pensar nisso estava me dando dor de cabeça. Ou talvez a música estivesse alta demais.

Observei Aled e Daniel caminharem em direção à escada. Claro que eu acompanhei, sem nem me dar ao trabalho de contar para a Raine aonde eu estava indo; ela ficaria bem, ela conversa com todo mundo. Eu não sabia o que ia dizer, mas sabia que tinha que dizer alguma coisa. Não podia simplesmente deixar as coisas daquele jeito, não queria ficar sozinha assim. Daniel sempre estivera ali antes de mim, eu tinha sido uma idiota por pensar que Aled poderia sequer me considerar sua melhor amiga sendo que ele já tinha um há muito tempo, apesar de ele ter sinceramente sido o melhor amigo que eu tive na vida toda. Talvez eu passasse a vida toda sem conhecer outra pessoa tão brilhante quanto ele.

Quase os perdi na multidão porque todo mundo estava começando a ficar igual a todo mundo, muitos jeans justos, vestidinhos, cabelos curtos e sapatos plataforma, além de óculos Wayfarer, elásticos de cabelo de veludo e jaquetas jeans. Saí, fui até a área de fumantes e fiquei surpresa com o frio que fazia — não estávamos no verão? Espera... não, é quase outubro. Como passou tão depressa? Estava tão silencioso do lado de fora, tão frio, calmo e escuro...

— Ah — disse Aled quando eu praticamente trombei com ele. Nenhum de nós estava fumando, claro, mas estava tão quente lá dentro que pensei que acabaria derretendo. Não que eu teria reclamado se tivesse derretido. Teria resolvido muitos de meus problemas.

Aled parecia estar sozinho, com uma bebida na mão. Vestia uma de suas camisas de mangas curtas sem graça e jeans skinny bem comuns. E o *cabelo* dele... ele não parecia ele mesmo. Senti vontade de abraçá-lo, como se isso pudesse fazer com que ele voltasse ao normal.

Estava escuro e cheio de gente ali fora, e todos os bancos estavam ocupados. Um remix de "Chocolate" do The 1975 tocava no térreo da Johnny R's e quase revirei os olhos.

— Me desculpe — falei imediatamente, apesar de parecer muito *infantil*. — Sinceramente, Aled, estou tão... não sei dizer quanto...

— Tudo bem — disse ele, sem mudar a expressão, obviamente mentindo. — Só fiquei surpreso. Está tudo bem.

Não parecia que ele só estava surpreso.

Parecia que ele queria morrer.

— *Não* está tudo bem. Não está. Você não queria que ninguém soubesse e agora todo mundo sabe. E sua mãe, sei lá... você disse que pode ser que ela faça você parar de fazer o programa, ou coisa assim...

Ele estava de pé com as pernas cruzadas. Não estava usando os sapatos verde-limão. Estava usando apenas um par de sapatos brancos comuns que eu não tinha visto antes.

Ele balançou a cabeça de leve.

— É que... não entendo por que você não poderia apenas *mentir*. Não entendo por que você não negou quando perguntaram se era eu.

— Eu... — Eu não sabia por que não menti. Mentia o tempo todo. Minha personalidade toda era uma mentira sempre que eu entrava na escola, não era? Espera, não... a Frances da escola não era uma *mentira*, ela era só... Não sei... — Eu... me desculpe.

— Sim, tá, eu *sei* — rebateu Aled, irritado.

Eu só queria que ele ficasse bem. Só queria que a gente ficasse bem.

— Você está bem? — perguntei.

Ele olhou para mim.

— Estou bem — disse ele.

— Não — falei.

— O quê? — perguntou ele.

— Você está bem? — perguntei de novo.

— Já falei que estou *bem*! — Ele falou mais alto e quase dei um passo para trás. — Jesus, é o que é. Não podemos fazer nada a respeito, pare de fazer disso algo maior do que já é!

— Mas é importante para você...

— Não importa — disse ele, e eu tive a sensação de que me quebraria em mil pedaços. — É ridículo ficar triste por isso, então não importa.

— Mas você *está* triste por isso.

— Pare de tocar nesse assunto! — Ele falou ainda mais alto, parecia quase em pânico.

— Você é meu amigo mais importante — falei de novo.

— Você não tem suas coisas com as quais se preocupar? — perguntou ele.

— Não. — Ri de novo, mas podia ter começado a chorar.

— Não, minha vida é fácil, totalmente chata e fácil. Nada acontece comigo. Tiro boas notas, tenho uma boa família, e pronto. Literalmente não tenho nada do que reclamar. Não posso me preocupar com os problemas de meus amigos?

— Minha vida está *bem* — disse ele, mas sua voz estava rouca.

— Beleza! — falei, ou devo ter gritado, talvez eu estivesse mais bêbada do que pensava. — Beleza, beleza, beleza, beleza, beleza. Está tudo beleza. Estamos todos bem.

Aled deu um passinho para trás e parecia *magoado*. Eu sabia que tinha feito algo errado, *de novo*. Por que sou tão idiota?

— O que acha que está tentando fazer? — perguntou ele, a voz mais alta agora. — Por que está tão obcecada comigo?

Aquilo doeu como uma punhalada no peito.

— Só... vou te ouvir!

— Não preciso que você me ouça! Não quero falar sobre nada! Pare de me *perturbar*!

Foi isso.

Ele não me disse nada.

Não queria.

— Por que... você fez aquilo? — perguntou ele, cerrando as mãos em punhos.

— Por que eu fiz o quê?!

— *Disse a todo mundo que sou o Criador!*

Comecei a balançar a cabeça sem parar.

— Eu... eu não, juro que não...

— Está *mentindo!*

— O que... o que...

Ele se aproximou de mim e eu cheguei a dar um passo para trás. Talvez ele tivesse bebido, mas eu tinha bebido muito, então não sabia.

— Você simplesmente... queria me usar para ser popular na internet, né?

Eu não conseguia falar.

— Pare de fingir que se importa comigo! — Agora ele estava gritando sem parar. As pessoas começaram a olhar para nós. — Você só se importa com *Universe City!* É só mais uma fã tentando me expor e tirar de mim a *única coisa* com que me importo! Nem sequer sei qual é sua personalidade real, você age de modo tão diferente perto das outras pessoas. Literalmente planejou tudo isso desde o começo, fingindo gostar de ficar comigo, dizendo que não se importava em ser famosa na internet e coisa e tal...

— O que... Não! — Minha mente estava meio vazia. — Não é verdade!

— Então o que é? Por que está tão obcecada comigo?

— Desculpe — falei, mas não sabia se estava conseguindo falar.

— Pare de dizer isso! — O rosto de Aled estava todo retorcido e os olhos estavam marejados. — Pare de mentir! Você está presa em alguma ilusão de novo, como esteve com Carys. De repente, tive a sensação de que acabaria vomitando.

— Sou só o substituto. Você está *obcecada* comigo, assim como esteve com Carys, e conseguiu estragar a única coisa que eu tinha, a única coisa boa que tenho, porra, assim como conseguiu acabar com a Carys. Você também está a fim de mim?

— Eu não... Isso é... Não estou a fim de você.

— Então por que vai à minha casa todo dia? — Ele falava como se outra pessoa estivesse falando por ele. Deu um passo à frente de novo, estava muito bravo. — Admita!

Minha voz estava descontrolada.

— Não estou a fim de você!

Você acredita em mim?, pensei. *Alguém acredita em mim?* Eu achava que podia ser a única pessoa que acreditava em mim.

— *Que merda é essa? Por que fez isso comigo?*

Lágrimas tinham começado a escorrer por meu rosto.

— Eu... Foi um acidente...

Aled deu um passo para trás.

— Você mesma me disse que é o motivo pelo qual a Carys se *foi*.

Ele disse a última palavra tão alto que dei um passo para trás de novo, agora chorando mesmo. *Meu Deus*, como eu me detestava, eu me detestava demais. Me desculpe, me desculpe, me desculpe, me desculpe, me desculpe...

Quando me dei conta do que estava acontecendo, Daniel estava na minha frente, quase me empurrando para trás, dizendo:

— Vá embora, Frances, deixe-o sozinho.

Em seguida, Raine apareceu na minha frente dizendo:

— Sai fora, cara! O que você disse para ela?

Eles começaram a gritar um com o outro, mas eu não estava ouvindo nada até Raine dizer:

— Ele não é sua *propriedade*!

Eles sumiram e eu saí da casa noturna e me sentei na calçada, tentando impedir que as lágrimas saíssem de meus olhos, mas elas não paravam...

— Frances, meu Deus.

— Me desculpe, me desculpe, me desculpe, me desculpe...

— Você não fez nada, Frances!

— Fiz! Estraguei tudo de novo...

— Não foi você.

— Foi, foi tudo minha culpa.

— Não é importante, ele vai superar, eu prometo.

— Não... Não é só isso, é a Carys também, Carys... foi minha culpa, é minha culpa que ela sumiu... e ninguém sabe onde ela está e Aled ficou sozinho com a mãe dele, é tudo minha culpa...

De repente, eu estava sentada em um banco com a cabeça no ombro da Raine. Na mão dela, estava o telefone, tocando uma música que parecia estar saindo da mão dela mesmo, mas a saída de som do telefone era uma porcaria e a música parecia menos com música e mais com o burburinho do rádio de um carro na estrada às duas da madrugada. O cara cantava "I can lay inside" e a música tocava como a escuridão do céu e tocava comigo. Eu me sentia bêbada e confusa e não conseguia me lembrar do que ia dizer.

3. TRIMESTRE DO OUTONO
b)

JOGAR TUDO PARA O ALTO

- No dia seguinte, enviei uma mensagem de texto para o Aled. Depois, enviei uma mensagem pelo Facebook. Depois, liguei para ele. Não tinha resposta, e às quinze para as sete da noite, saí da minha casa com a intenção de bater à porta dele, mas o carro da mãe não estava, nem ele.
- No fim de semana, enviei a ele um pedido de desculpas bem longo pelo Facebook, que pareceu ridículo enquanto eu o escrevia e continuou ridículo quando o li. Enquanto escrevia, percebi que não havia nada que pudesse fazer para melhorar a situação e era possível que eu tivesse acabado de perder o único amigo de verdade que já tinha tido na vida toda.
- Meu comportamento pelo resto do mês de outubro foi mais ridículo do que pensei que seria possível. Eu chorava todos os dias, não conseguia dormir direito e ficava muito irritada comigo mesma por causa disso tudo. Engordei, mas não me incomodei muito. Nunca tinha sido magricela mesmo.
- Outubro foi um mês cheio de trabalho da escola também. Estava passando a maior parte das noites fazendo lição. Eu tinha muito trabalho de arte para fazer e precisava escrever redações de inglês *toda semana*. Eu estava tentando ler alguns livros para minhas entrevistas de Cambridge, mas não

conseguia me concentrar. Eu me forcei a ler mesmo assim. *Os contos da Cantuária*, *Filhos e amantes* e *Por quem os sinos dobram*. Se eu não entrasse em Cambridge, tudo o que eu tinha tentado ser ao longo da minha vida escolar seria um desperdício total.

- Uma noite, vi Aled descendo a rua, vindo da estação, levando uma mala. Imaginei que passaria o fim de semana em casa. Quase corri para fora para falar com ele, mas ele teria respondido às minhas mensagens se quisesse retomar a amizade. Queria saber o que estava achando da faculdade. Ele tinha sido marcado em algumas fotos de calouradas no Facebook, com outros calouros, sorrindo, bebendo e às vezes até fantasiado. Eu não sabia se deveria me sentir feliz ou triste, mas ver as fotos fez com que eu me sentisse péssima.
- Obviamente, parei de fazer a voz de Toulouse em *Universe City* e parei de fazer a arte. Aled mudou a história de modo que Toulouse fosse expulsa da cidade de repente. Fiquei muito triste com isso, como se eu mesma tivesse sido expulsa.
- Recebi muitas mensagens no Tumblr perguntando por que aquilo havia acontecido. Falei que era a história, que a participação de Toulouse tinha terminado.
- Recebi muitas mensagens no Tumblr perguntando por que minha arte não aparecia mais nos vídeos de *Universe City* e por que eu não andava postando desenhos ultimamente. Falei que estava ocupada com coisas da escola e precisava dar um tempo.
- Recebi muitas mensagens.

- Quase joguei tudo para o alto e deletei meu Tumblr, mas não consegui, então procurei me manter longe de lá tanto quanto fosse possível.
- No dia primeiro de novembro, eu fiz dezoito anos. Pensei que me sentiria diferente, mas, claro, não me senti. Acho que a idade não tem muito a ver com ser adulto.

FRANCES DA ESCOLA

— Frances, você parece tão *irritada* — disse Maya, rindo. — O que está acontecendo?

Todo dia que eu passava almoçando com meus "amigos" de escola parecia que eu estava me aproximando um pouco mais de fazer as malas, sair da cidade e caminhar até o País de Gales.

Eles não eram pessoas ruins. Eram apenas amigos da Frances da Escola — a Frances calada, estudiosa — e não da Frances real — que adorava memes, era louca por leggings estampadas e estava prestes a ter um treco. Como a Frances da escola era muito chata, não gostavam muito de falar com ela, nem se importavam muito em saber como ela era. A Frances da escola, comecei a perceber, quase não tinha personalidade, então eu não culpava ninguém por rir dela.

Era início de novembro e eu estava tendo cada vez mais dificuldade de ser a Frances da escola.

Sorri para Maya.

— Haha. Tudo bem. Só estou estressada.

"Só estressada" começava a ter o mesmo sentido de "estou bem".

— Ai, meu Deus, eu *também* — disse ela, e então começou a falar com outra pessoa.

Raine se virou para mim. Ela sempre tinha se sentado perto de mim na hora do almoço e eu me sentia extremamente grata por isso, porque era a única pessoa com quem eu conversava de verdade.

— Tem certeza de que está bem? — perguntou ela com um tom muito menos autoritário do que o de Maya. — Você parece meio doente, na verdade.

Eu ri.

— Obrigada.

Ela sorriu.

— Não! É sério... hum, só estou dizendo que você não tem agido de um jeito muito normal.

— Haha. Não sei o que é ser normal.

— Ainda está chateada por causa do Aled?

Ela disse aquilo de um jeito tão direto que quase ri de novo.

— Um pouco, acho. Ele não responde a nenhuma das minhas mensagens...

Raine olhou para mim por um momento.

— Ele é um idiota — disse ela, o que me fez rir de um jeito meio traumatizado.

— O quê? O que aconteceu?

— Se ele não consegue nem pensar racionalmente para ver que você foi amiga dele todo esse tempo, por que você tenta? Está claro que ele não se importa o suficiente para valorizar sua amizade. Você também não deveria se importar. — Ela balançou a cabeça. — Você não precisa de amigos assim.

Eu sabia que tudo era muito mais complicado do que aquilo e sabia que tudo era minha culpa e que eu não era digna de pena, mas ainda assim era bom ouvir Raine dizer essas coisas.

— Acho que sim — falei.

Ela me abraçou e percebi que era a primeira vez que fazia isso. Eu a abracei também, da maneira que consegui, sentada onde estava.

— Você merece amigos melhores — disse ela. — Você é um anjo iluminado.

Eu não soube nem o que dizer nem o que pensar. Só a abracei.

ATLETA DAS OLIMPÍADAS DE INVERNO

— Frances, quando acontecem suas entrevistas de Cambridge?

Eu estava passando pela porta dos fundos da quadra da escola quando Daniel falou comigo pela primeira vez desde setembro. Ele estava ao lado da cortina do palco com um atleta das Olimpíadas de Inverno que havia chegado para dar um discurso para as turmas do fundamental.

É claro que Daniel tinha bons motivos para estar bravo comigo e, como eu não era mais a representante de turma, não tinha motivos para ficar perto dele. Por isso, não me surpreendi quando ele começou a se recusar a olhar na minha cara nos corredores da escola.

Eu não tinha pressa para chegar a lugar nenhum, então entrei na área dos bastidores. Ele nem tinha feito a pergunta de um jeito grosseiro.

— Dia 10 de dezembro — falei.

Estávamos em meados de novembro e eu ainda tinha algumas semanas. Não tinha lido tudo o que disse que leria na minha carta de compromisso ainda. Não tinha tido tempo para me preparar para as entrevistas e fazer os trabalhos escolares ao mesmo tempo.

— Ah — disse ele. — Mesma coisa para mim.

Ele parecia estar um pouco diferente do que na última vez em que eu tinha conversado com ele. Pensei que talvez tivesse deixado os cabelos crescerem um pouco, mas não tinha certeza, já que ele sempre o mantinha penteado para trás em um topete.

— Como estão as coisas? — perguntei. — Está pronto? Sabe tudo sobre... tipo... bactérias e... esqueletos e coisas assim?

— Bactérias e esqueletos...

— O que foi? Não sei o que vocês estudam em biologia.

— Mas você fez aula de biologia.

Cruzei os braços.

— O núcleo é a usina da célula. A membrana da célula... o que a membrana da célula faz? Espero que você saiba o que faz a membrana da célula. Pode ser que perguntem.

— Eles provavelmente não vão me perguntar o que faz a membrana da célula.

— O que vão perguntar?

Ele olhou para mim por um instante.

— Nada que você entenderia.

— Que bom que não estou me candidatando para estudar biologia, né?

— É.

De repente, notei que Raine estava nos fundos com a gente. Ela estava enchendo de perguntas o atleta das Olimpíadas de Inverno, e senti uma certa pena dele. Ele devia ser só dois anos mais velho do que a gente e parecia meio nerd e sem jeito para um atleta, muito alto, com óculos enormes e calça jeans um pouco curta demais. Parecia estar meio em pânico por ter que falar por vinte minutos com adolescentes, e Raine não estava ajudando em nada. Aparentemente, ele tinha frequentado a escola do outro lado da cidade, a escola de Aled, e agora estava ali para falar sobre seu sucesso, suas conquistas e coisas assim.

Daniel me viu olhando para ela e revirou os olhos.

— Ela queria conhecê-lo.

— Ah.

— Enfim, é o seguinte — continuou Daniel, olhando em meus olhos. — Preciso de uma carona até Cambridge.

— Precisa de uma carona...?

— Pois é. Meus pais estão trabalhando e não tenho dinheiro para chegar a Cambridge sozinho.

— Seus pais não podem te dar dinheiro para o trem?

Ele meio que travou a mandíbula como se não quisesse dizer o que estava prestes a dizer.

— Meus pais não me dão dinheiro para fazer as coisas — disse ele. — E precisei parar de trabalhar por causa da escola.

— Eles não te dão dinheiro nem mesmo para ir a *Cambridge*?

— Eles acham que não é nada de mais. — Ele balançou a cabeça levemente. — Acham que nem preciso fazer faculdade. Meu pai... Meu pai quer que eu vá trabalhar com ele... Ele tem uma loja de eletrônicos... — Ele parou de falar.

Eu olhei fixamente para ele. De repente, senti muita pena.

— Eu ia pegar o trem para chegar lá — falei. — Minha mãe vai estar trabalhando.

Daniel assentiu e olhou para baixo.

— Ah, tá. Bom, tudo bem.

Raine se inclinou na cadeira. O atleta pareceu meio aliviado.

— Eu levo vocês de carro, se quiserem — disse ela.

— O quê? — perguntei.

— O quê? — perguntou Daniel.

— Levo vocês. — Raine abriu um sorrisão e apoiou o queixo na mão. — Até Cambridge.

— Você vai ter aula — disse Daniel, sem hesitar.

— E daí?

— E daí... você vai faltar?

Ela deu de ombros.

— Vou falsificar uma autorização para justificar minha falta. Sempre funciona.

Daniel pareceu muito incomodado. Para mim, era muito esquisito que Daniel tivesse aberto o coração, quando estava bêbado, a uma garota com quem ele não tinha absolutamente nada em comum. Por outro lado, talvez tenha sido este o motivo para ele se abrir.

— Tá — disse ele, tentando, sem conseguir, esconder o tom de irritação. — Tá, seria ótimo.

— É, obrigada — falei. — Muita gentileza.

Caímos num silêncio desconfortável por alguns segundos, então a professora fez um gesto do outro lado do palco para que Daniel aparecesse para apresentar o atleta olímpico. Ele obedeceu, o atleta subiu ao palco e Daniel saiu.

Daniel e eu não conversamos enquanto o cara estava falando. Para ser sincera, ele não era um orador muito bom — sempre perdia o raciocínio. Acho que ele deveria estar inspirando as pessoas a estudarem bastante e explicando a respeito das carreiras relacionadas ao esporte, e parecia bem confiante no que dizia, mas não parava de dizer coisas como "Eu não me dava muito bem na faculdade", "Eu me sentia meio alienado na escola", ou "Não acho que nós possamos ter nossa vida definida pelas notas que tiramos nas provas".

Quando o cara terminou, Daniel e eu sorrimos e agradecemos por ele ter vindo e tal. Ele perguntou se ele tinha se saído bem e claro que dissemos que sim. Depois disso, ele saiu acompanhado de um professor e Daniel e eu começamos a voltar para a sala de descanso.

Enquanto passávamos pelos corredores, perguntei a ele:

— Você tem visto Aled com frequência?

— Você já sabe sobre nós, não sabe? — perguntou ele, olhando para mim.

— Sei.

— Bom, ele não fala mais comigo.

— Por quê?

— Não sei. Um belo dia ele parou de responder às minhas mensagens.

— Sem motivo?

Ele parou e pareceu prestes a tombar se continuasse andando, como se o peso de tudo aquilo pudesse derrubá-lo no chão.

— Nós discutimos no aniversário dele.

— Por quê?

Eu não sei por que estava surpresa. As pessoas esquecem as outras mais rápido do que consigo entender. As pessoas esquecem dentro de poucos dias, tiram fotos novas para colocar no

Facebook e não leem as mensagens que mandamos. Seguem em frente e deixam você de lado porque você comete mais erros do que deveria. Talvez isso fosse justo. Quem era eu para julgar, afinal?

— Não importa — disse ele.

— Ele também não fala mais comigo — disse eu.

Não dissemos mais nada depois disso.

ESPAÇO

— Está ficando meio tarde, não é, France? — perguntou minha mãe, entrando na sala com uma xícara de chá em uma das mãos. Olhei para ela quando desviei o olhar do laptop. O movimento me fez sentir dor de cabeça na mesma hora.

— Que horas são?

— Meia-noite e meia. — Ela se sentou no sofá. — Você não está fazendo lição ainda, não é? Você fez lição todas as noites desta semana.

— Preciso acabar este parágrafo.

— Você precisa se levantar daqui a seis horas.

— Eu sei, termino já, já.

Ela bebericou o chá.

— Você não para. Não é à toa que está com dores por estresse.

Eu andava sentindo umas dores esquisitas nas costelas todas as vezes em que me sentava em determinada posição. Às vezes, mais parecia que eu estava tendo um ataque cardíaco lento, por isso estava tentando não pensar muito no assunto.

— Acho que você deveria ir para a cama — disse ela.

— Não posso! — rebati, mais alto do que pretendia. — Não posso, literalmente. Você não está entendendo. Isso é para amanhã. Primeira aula, então tenho que fazer agora.

Minha mãe ficou em silêncio por um momento.

— O que acha de irmos ao cinema nesse fim de semana? — perguntou ela. — Só para dar um tempo dessa coisa de Cambridge. Aquele filme sobre o espaço saiu há algumas semanas.

— Não tenho tempo. Talvez depois de minhas entrevistas.

Ela assentiu.

— Está bem. — Ficou de pé. — Tá. — E saiu da sala.

Terminei a redação à 1h e fui para a cama. Pensei em ouvir o episódio mais recente de *Universe City* porque ainda não tinha escutado, mas estava cansada demais e não estava a fim, então me deitei e esperei adormecer.

ÓDIO

Eu estava evitando checar o Tumblr há algumas semanas. Só andava recebendo um monte de mensagens de pessoas me perguntando por que eu não estava atualizando, além do lembrete de que não desenhava nada havia mais de um mês.
Além disso, para ser sincera, o fandom me assustava.

Agora que todo mundo sabia quem era Aled na vida real, a tag de *Universe City* passou por uma fase de postagens de todas as fotos de Aled que conseguiam encontrar. Na verdade, não eram muitas. Algumas roubadas do Facebook pessoal dele. Uma roubada da página da Johnny R's no Facebook. Uma borrada na rua de sua faculdade. Felizmente, depois que alguns fãs postaram comentários dizendo que aquilo era uma invasão absurda da privacidade de alguém que claramente pretendia se manter anônimo, as postagens diminuíram.

Parecia que ninguém sabia nada sobre ele. Não sabiam quantos anos ele tinha, onde vivia, o que estava estudando na faculdade. Aled não confirmava nada no Twitter — só ignorava tudo, como se nada estivesse acontecendo. Aos poucos, todo mundo parou de falar sobre ele e voltou a falar sobre *Universe City*. Como se nada tivesse acontecido.

De modo geral, comecei a sentir que as coisas não eram tão ruins quanto todos tínhamos pensado.

Até o fim de novembro.

Foi quando tudo ficou cem vezes pior.

O primeiro post a circular pelo fandom foi uma foto nova de Aled.

Ele estava sentado em um banco de pedra, no que parecia ser uma praça. Eu não tinha ido à cidade da faculdade do Aled, mas imaginei que fosse lá. Ele segurava uma bolsa da Tesco e olhava para o telefone. Fiquei tentando imaginar o que ele podia estar digitando.

Seus cabelos tinham crescido o suficiente para cobrir os olhos e ele quase parecia o Aled que eu tinha conhecido em maio.

Não havia legenda com a foto e, como o blog do Tumblr que a havia postado não estava com a caixa de perguntas aberta, a única maneira de as pessoas criticarem a pessoa que havia feito o post era repostando. Foi o que fizeram. Dentro de poucos dias, o post tinha 20 mil comentários.

O segundo post nem era de um blog do *Universe City*.

troylerphandoms23756
oi dei uma olhada em "Universe City" já que o phil recomendou recentemente, mas... alguém mais acha que é, tipo... *superelitista*? Tipo muito, muito privilegiado? A coisa toda é uma metáfora enorme para como o autor acha o sistema educacional uma merda, né? Há pessoas em países de terceiro mundo morrendo de fome para poder estudar kkkk... sei lá, "Universe City" = "university"... não é exatamente sutil, né? Kkkk

Dezenas de blogs de *Universe City* reblogaram aquilo com comentários ácidos, e eu quase senti vontade de dizer algo também. Era uma afirmação absolutamente ridícula.

Por outro lado, acho que Aled tinha *mesmo* dito algo sobre não querer fazer faculdade. Não tinha? Ou estava só brincando?

Então, apareceu um terceiro post, feito pela mesma pessoa que compartilhou a primeira foto.

Era outra foto de Aled. Estava razoavelmente escuro e ele estava destrancando uma porta. As palavras "St John's College" podiam ser lidas com clareza na parede do prédio.

O que significava que todo mundo que visse aquilo saberia onde Aled morava.

Desta vez, a foto vinha com uma legenda.

youngadultmachine
vo matá aled last imbecil privilegiado ele tá fazeno coisa errada, a educação é um privilegio e ele Não tem direito de faze os aluno questiona o Caminho que tomaram na vida. Ele tá fazendo lavagem cerebral neles.

Senti o estômago revirar ao ler aquilo.

Não estavam falando sério, né?

Não tinha como saber se a pessoa que tinha escrito aquilo tinha sido a pessoa que tirou a foto.

Eu não soube o que pensar.

Era só ódio. Ódio na internet.

Universe City era só uma história — uma história de aventura mágica de ficção científica que me dava um intervalo de felicidade de vinte minutos por semana. Não havia significados mais profundos. Se houvesse, ele me diria.

Não é?

UNIVERSE CITY: Ep. 140 — bem

UniverseCity   96.231 visualizações

você acha que tudo isso é uma piada? Deslize para baixo para ler o roteiro >>>

[...]

Gostaria de saber por que você ainda ouve isso! Está ligando o rádio toda semana para ouvir uma história engraçadinha a respeito das bobeiras de Rádio e seus amigos matando um novo monstro e resolvendo o mistério como se fôssemos uma bendita gangue do Scooby Doo do século XXVI? Consigo entender você agora. Rindo muito enquanto estamos aqui, morrendo lentamente com a poluição da cidade, sendo assassinados enquanto dormimos. Aposto que você tem o poder de entrar em contato conosco, mas não se dá ao trabalho. Você tem ouvido algo que eu disse?

Você é como todas as outras pessoas que conheci no velho mundo. Não se dá ao trabalho de fazer nada.

[...]

GUY DENNING

— Frances... não te aconselho a colocar a cara na mesa enquanto uso henna — disse Raine para mim durante uma de nossas aulas de arte no início de dezembro. Eu estava fazendo uma cópia de um retrato de Guy Denning usando giz e carvão, porque meu projeto era sobre isolamento. Ela estava aplicando henna em uma mão de esqueleto de papel maché, porque seu projeto era sobre racismo contra hindus na Grã-Bretanha.

Eu me recostei e toquei meu rosto.

— Espirrou henna em mim?

Raine olhou para mim e fez cara de concentrada.

— Não, tudo limpo.

— Ufa.

— O que foi?

— Só estou com dor de cabeça.

— De novo? Cara, você precisa ir ao médico ver isso.

— É só estresse. E falta de sono.

— Nunca se sabe. Pode ser um enorme tumor no cérebro.

Fiz uma careta.

— Por favor, não fale de tumores. Sou hipocondríaca ao extremo.

— Pode ser um aneurisma prestes a romper.

— Por favor, pare de falar.

— Meninas, como estão se saindo? — Nossa professora de arte, a srta. García, apareceu à frente de nossa mesa como por mágica. Levei um susto tão grande que quase borrei meu desenho.

— Bem — falei.

Ela observou meu desenho e se sentou no banco ao meu lado.

— Está ficando bom.

— Obrigada!

Ela tocou o papel com um dedo.

— Você é muito boa em captar semelhanças, mas as mantém em seu próprio estilo. Você não está só desenhando as coisas de modo fotográfico, está mesmo interpretando-as e transformando em algo novo. Está criando sua obra.

Fiquei um pouco feliz.

— Obrigada...

Ela olhou para mim através dos óculos quadrados e envolveu o corpo com a blusa de crochê.

— Para qual curso você está se candidatando na faculdade, Frances?

— Literatura inglesa.

— Ah, é mesmo?

Dei risada.

— Isso surpreende?

Ela se inclinou sobre a mesa.

— Eu não sabia que você se interessava. Pensei que você fosse fazer algo mais prático.

— Ah... tipo o quê?

— Bem, sempre pensei que você faria arte. Poderia estar enganada, mas parece que você gosta bastante.

— É, gosto... — Fiz uma pausa. Eu nunca tinha nem sequer pensado em me formar em arte. Sempre gostei de arte, mas a ideia de estudar isso na faculdade... seria um pouco inútil, não é? Para que faria isso sendo que conseguia notas ótimas em matérias mais úteis? Seria desperdício de potencial. — Não posso escolher um curso com base no que *gosto*.

A srta. García ergueu as sobrancelhas.

— Ah.

— Já mandei minha inscrição, de qualquer modo. Minhas entrevistas de Cambridge serão semana que vem.

— Sim, claro.

Fizemos uma pausa estranha, e então ela se endireitou.

— Continuem o bom trabalho, meninas — disse e se afastou.

Eu olhei para Raine, mas ela estava concentrada na henna de novo. Não ia tentar entrar em nenhuma faculdade, e isso irritava nossa escola — ela decidiu se candidatar a alguns estágios de negócios. Eu queria pedir a opinião dela, mas ela não sabia como o desenho era importante na minha vida, então provavelmente não teria conseguido ajudar.

Voltei a olhar para a cópia que estava fazendo. Era o rosto sombreado de uma menina com os olhos fechados. Eu fiquei me perguntando se Guy Denning fez faculdade, já que ele era um dos meus artistas preferidos de todos, e decidi que pesquisaria sobre isso quando chegasse em casa.

De acordo com a Wikipédia, ele havia se candidatado a um monte de cursos universitários de arte e não entrou em nenhum.

APERTAR O PLAY

Faltavam três dias para as entrevistas de Cambridge quando percebi que não ouvia um episódio de *Universe City* havia três semanas. Também não tinha olhado o Twitter de Aled. Nem checado o Tumblr. Não tinha desenhado nada.

Não foi nada de mais, mas fiquei me sentindo esquisita. Eu acreditava gostar de todas essas coisas, mas talvez eu tivesse a alma de acadêmica, afinal. Eu não parava de me despir de camadas de minha personalidade, mas parecia estar num ciclo vicioso. Sempre que acreditava ter determinado o que realmente gostava, começava a me questionar. Talvez eu não gostasse de mais nada.

Aled e eu tínhamos sido bons amigos; ele não poderia negar isso a si mesmo. Ele havia decidido terminar a amizade e nunca mais conversar comigo, então por que eu ficaria triste? O errado era ele. Não tinha nenhum direito de estar bravo comigo. Eu era a pessoa que precisou voltar a ser a Frances da escola, calada, chata, estressada, cansada. Ele estava se divertindo a valer na universidade e eu estava dormindo cinco horas por noite e talvez conversando com duas pessoas por dia.

Baixei um episódio de *Universe City* para ouvir, mas não consegui apertar o play, porque tinha trabalho para fazer, que era mais importante.

UNIVERSE CITY: Ep. 141 — dia de nada

UniverseCity   85.927 visualizações

Não fiz nada hoje
        Deslize para baixo para ler a transcrição >>>

[...]

Toda semana acontece alguma coisa e parece cansativo. A verdade, colega, é que às vezes não há nada a contar. Às vezes pode ser que eu exagere um pouco, para ter algo interessante a dizer. Lembra aquela vez que te contei que surfei com o BOT22 até a Leftley Square? Pois então... foi mentira. Era só um BOT18. Menti. Menti mesmo, mesmo. Me desculpa.

Eu me sinto um pouco como um BOT18 às vezes. Velho e enferrujado, com dor e sono. Percorrendo a cidade, perdido, em círculos, sozinho. Sem motores em meu coração, sem código comandando meu cérebro. Só energia cinética, sendo levado delicadamente a progredir por outras forças — som, luz, ondas de poeira, terremotos. Estou perdido como sempre, amigos. Percebem?

Gostaria que alguém me resgatasse logo. Ah, eu adoraria se isso acontecesse. Adoraria. Adoraria demais, de fato.

[...]

O QUE MAIS SE DEVERIA FAZER

Às nove da manhã no dia das minhas entrevistas de Cambridge, Raine parou na frente da minha casa com seu Ford Ka roxo. Ela me mandou uma mensagem de texto dizendo "OPA TÔ AQUI FORA". Respondi "saio em um segundo miga", apesar de não querer sair de casa de jeito nenhum.

Eu estava com as duas redações que tinha enviado à faculdade dentro da bolsa, para poder relê-las dentro do carro. Também estava com a garrafa de água, uma caixinha de balas de menta, alguns episódios de *Universe City* baixados em meu iPod para me acalmar e uma mensagem de calma/boa sorte de minha mãe, que ela tinha escrito embaixo de uma foto impressa da Beyoncé. Antes de minha mãe sair para trabalhar, ela havia me dado um abraço forte e me dito para mantê-la atualizada por meio de mensagens do Facebook e para ligar logo depois das entrevistas. Isso fez com que eu me sentisse um pouco melhor.

Eu estava usando o que pensava ser uma combinação muito bem-sucedida de "sou uma jovem madura, requintada e inteligente" com "não acredito que o que eu estiver vestindo hoje influenciará sua decisão", que era uma calça jeans skinny azul, uma blusa preta bem normal e simples e uma camisa xadrez da cor verde por baixo. Normalmente, nunca usaria aquilo, mas estava me sentindo bem intelectual e ainda assim como eu mesma.

Basicamente, eu estava me sentindo muito desconfortável. Atribuí essa sensação ao nervosismo.

O olhar de Raine me acompanhou enquanto eu caminhava na direção do carro dela.

— Você está com uma aparência bem entediante, Frances — disse ela quando me sentei no banco do carona.

— Que bom — falei. — Não quero assustá-los.

— Estava torcendo para você vir de legging colorida. Ou com aquela jaqueta preta.

— Acho que as pessoas não usam isso em Cambridge.

Nós duas rimos muito e fomos para a casa do Daniel.

Daniel vivia no meio da cidade, na frente de um mercado Tesco Express, em uma casa com uma varanda bem pequena, sem garagem. Raine demorou uns três minutos para conseguir estacionar direito.

Enviei uma mensagem a Daniel e ele saiu da casa usando o uniforme de sempre da escola.

Saí do carro para que ele pudesse se acomodar no banco de trás.

— Então decidiu vestir o uniforme?

Ele olhou para mim, de cima a baixo.

— Pensei que todo mundo fosse vestido assim.

— Vão?

Ele deu de ombros.

— Pensei que sim, mas posso estar enganado.
Ele se virou e entrou no carro. Minha ansiedade em relação a hoje estava pelo menos três vezes maior.

— Daniel, você não está colaborando, cara — disse Raine, revirando os olhos de um jeito exagerado. — Já estamos bem nervosas.

— Você também? — Daniel riu enquanto eu entrava no carro de novo. — Você nem vai ser entrevistada. Só vai ficar no Costa Coffee por seis horas jogando *Candy Crush*.

— Dá licença? Estou muito nervosa por vocês dois. E eu parei de jogar *Candy Crush* há dois meses.

Isso me fez rir de novo e, pela primeira vez desde que tínhamos concordado em ir com Raine, fiquei meio feliz por não estar indo sozinha para as entrevistas.

O trajeto até Cambridge durou duas horas e meia. Daniel ficou no banco de trás com fones de ouvido e não conversou com nós duas. Eu não o julgava, para ser sincera. De poucos em poucos minutos, sentia o estômago revirar como se eu fosse vomitar no carro todo.

Raine também não tentou falar muito comigo, e por isso fiquei agradecida. Ela também me deixou escolher a música que tocaria no carro, pelo seu iPod. Escolhi uns remixes de Bon Iver, reli minhas redações por cerca de meia hora e depois passei a maior parte da viagem olhando pela janela. A estrada me acalmava.

Tudo o que eu já tinha feito na escola havia me levado para aquele momento.

Descobri o que eram Oxford e Cambridge aos nove anos de idade e soube que era para lá que eu deveria ir.

O que mais se deveria fazer quando se tiravam as melhores notas da sala, todos os anos, sem falta?

Por que eu perderia uma oportunidade como aquela?

COISAS INÚTEIS

— Minha nossa — disse Raine quando passamos por Cambridge. — Parece que a faculdade foi construída com caviar.

Já era quase meio-dia. Minha primeira entrevista era às duas, e a do Daniel, às duas e meia. Eu estava tentando não ter uma crise de ansiedade.

— Tudo é muito marrom — continuou Raine. — Tipo, não tem nada da cor cinza. Parece o cenário de um filme.

Era um lugar bonito, para ser sincera. Quase parecia falso em comparação com o cinza da cidade. O rio em Cambridge parecia ser de *O Senhor dos Anéis*, enquanto o rio em nossa cidade mais parecia um lugar onde era possível encontrar carrinhos de mercado e corpos mortos.

Depois de passarmos dez minutos entrando em ruas aleatoriamente, conseguimos encontrar um lugar para estacionar. Raine não tinha certeza de que era totalmente permitido estacionar ali, mas decidiu não se preocupar muito com isso. Eu me preocupei bastante, mas ela era a motorista, então eu não podia opinar. Daniel parecia ter entrado em uma dimensão diferente e não estava entendendo direito o que estávamos dizendo.

Algumas das faculdades em Cambridge pareciam palácios. Eu já as vira em fotos, claro, mas não era a mesma coisa que ver pessoalmente.

Nem pareciam reais.

Logo encontramos uma Starbucks.

— Retiro o que disse a respeito de tudo ser marrom — disse Raine assim que nos sentamos. — Só vi gente branca desde que chegamos.

Até mesmo ela parecia meio desconfortável, o que era compreensível, porque ela se destacava, sim, com os cabelos curtos, uma jaqueta de tom pastel azul e tênis de plataforma.

— Verdade — falei.

Beberiquei meu café, mas não tinha certeza de que conseguiria comer o sanduíche que tinha comprado. Daniel tinha levado seu almoço e isso fez com que eu me lembrasse de Rony Weasley no trem em direção a Hogwarts, comendo sanduíches enrolados em filme plástico. Não que ele estivesse comendo; estava sentado, totalmente imóvel, exceto por uma perna, que ele não parava de balançar.

Raine se recostou no assento e ficou olhando para nós por um momento.

— Bem, tenho algumas coisas a dizer a esse respeito — disse ela.

— Por favor, não diga — respondeu Daniel imediatamente.

— Coisas úteis.

— Nada do que você disser vai ser útil.

— Então... coisas não inúteis.

Daniel lançou a ela um olhar como se quisesse que ela morresse.

— Pessoal, só acho que... tipo... se vocês dois não conseguirem entrar em Cambridge, quem vai conseguir?

Daniel e eu olhamos para ela.

— Isso realmente não é útil — disse Daniel.

— Falando sério. — Raine estendeu as mãos. — Vocês dois têm sido os melhores alunos da turma desde... tipo... entrarem na escola? E aposto que também eram os melhores da escola anterior. Tipo... Se vocês dois não conseguirem entrar em Cambridge, não sei quem entraria.

Não dissemos nada.

— Mas e se formos mal na entrevista? — perguntei baixinho.

— Pois é — disse Daniel.

Raine pareceu não encontrar palavras, mas então disse:

— Olha, não acho que isso vai acontecer. Vocês dois sabem muito sobre seus cursos, são superinteligentes. — Ela sorriu e fez um gesto para si mesma. — Tipo, se eu tentasse fazer uma entrevista dessa, provavelmente ia desistir. Ou suborná-los para me deixarem entrar.

Dei risada. Até Daniel deu um sorrisinho.

Almoçamos e eu fui para a faculdade para a qual tinha me candidatado; eu a havia escolhido por ser uma das famosas, uma das mais acadêmicas, supostamente. Raine me deu um abraço forte antes de eu ir. Daniel meio que meneou a cabeça para mim, mas até mesmo esse gesto foi reconfortante. Enviei uma mensagem para a minha mãe avisando que estava indo e ela respondeu dizendo que acreditava em mim. Para ser sincera, eu só queria acreditar em mim também.

Era só porque eu estava nervosa. Estava esquisito porque eu estava nervosa. Era só isso.

Meu plano original, meses antes, tinha sido ouvir um episódio de *Universe City* para me acalmar antes de entrar na faculdade, mas não queria mais fazer isso.

Fui levada para a sala por um aluno. Ele tinha um sorrisão, uma voz bem bacana e usava um blazer por vontade própria.

Como eu esperava, meia hora antes da minha entrevista, recebi um pedaço de papel com um poema de um lado e um trecho curto de um romance do outro. Eu os li sentada em um sofá na biblioteca da faculdade. Faziam pouco sentido, mas tentei procurar as metáforas. O trecho do livro era sobre uma caverna. Não consigo me lembrar do que tratava o poema.

Quando minha meia hora terminou, as palmas das minhas mãos estavam suadas e meu coração batia forte. Minha vida tinha sido vivida para isso; meu futuro seria construído com isso. Eu só precisava parecer inteligente, entusiasmada, original, mente aberta. A aluna ideal de Cambridge — espera, o que era, mesmo? Eu havia assistido a todas as entrevistas de exemplo no site da Cambridge. Eu precisava cumprimentar o entrevistador com um aperto de mãos? Não conseguia me lembrar. A menina que tinha entrado antes de mim estava vestindo um terninho. Todo mundo estava de terno? Eu parecia burra? Meu telefone estava no silencioso? E se eu me desse mal? Seria o fim? E se eu me desse mal agora, depois de ter ficado tantas noites estudando até tarde, depois de ler todos os livros e poemas por um ano? E se eu tivesse desperdiçado todo aquele tempo? E se tudo aquilo tivesse sido para nada?

BRANCOS VELHOS

Os dois entrevistadores eram homens brancos velhos. Tenho certeza de que nem todos os entrevistadores da Universidade de Cambridge são brancos velhos, e uma mulher fez minha segunda entrevista do dia, mas, na primeira, os entrevistadores eram brancos velhos, e não fiquei surpresa.

Eles não estenderam a mão para me cumprimentar, então também não estendi a mão para eles.

Minha entrevista foi meio assim:

HOMEM BRANCO VELHO (H.B.V.) NÚMERO 1:
    Bem, Frances, vejo que você escolheu se especializar em arte, juntamente com inglês, história e política. Fez também matemática no colégio. Por que um grupo tão diverso de matérias?
FRANCES: Ah... sabe, sempre me interessei por muitas matérias. Só imaginei que, na especialização, sabe, seria bom, meio que... continuar assim, sabe, usando os dois lados do cérebro, tendo uma experiência de aprendizado mais ampla... mais abrangente. Gosto de muitas matérias diferentes, então, é isso.
H.B.V. número 1: [pisca e assente]
H.B.V. número 2: Você diz em sua apresentação que o livro que inspirou seu interesse em estudar literatura inglesa foi [olha

o papel] *O apanhador no campo de centeio*, de J. D. Salinger?

FRANCES: Isso!

H.B.V. número 2: O que, exatamente, te inspirou no livro?

FRANCES: [totalmente despreparada para uma pergunta como essa] Ah... sim. Bom, acho que foram os temas, de verdade, eu realmente me identifiquei com os temas de, sabe, desilusão e alienação. [ri] Sabe como é, coisa normal de adolescente! Bom, sim, havia muitas coisas no livro que me deixaram interessada, como, em um ponto de vista acadêmico, como, hum... Uma das coisas de que gostei foi que Salinger meio que *pegou* o jeito de falar dos adolescentes dos anos 1940 e 1950. Foi a primeira vez que li um livro antigo — bem, tipo, um livro *clássico*, pelo menos... que, bem, pareceu uma voz real. Eu me senti muito ligada ao personagem principal, acho... e isso me fez querer entender por quê.

H.B.V. número 2: [assente e sorri, mas parece não ter ouvido nada do que eu disse]

H.B.V. número 1: Bem, Frances, acho que a maior pergunta é: Por que você quer estudar literatura inglesa?

FRANCES: [pausa aterrorizada] Bem... [outra pausa aterrorizada — por que eu não conseguia pensar em nada para dizer?] Bem, eu... eu sempre adorei literatura inglesa. [Uma terceira pausa aterrorizada. Vamos. Há mais motivos do que isso. Tudo bem. Vá com calma.] Literatura sempre foi minha matéria preferida. [Não é verdade, né?] Desde pequena quero fazer esse curso universitário. [Que mentira enorme. Você vai precisar falar menos como um robô se quiser que eles acreditem em você.] Eu amo analisar textos e aprender sobre eles... sobre seus contextos. [Não estou entendendo, por que você está agindo assim? Parece que está mentindo.] Acho que estudar literatura inglesa me motivaria a ler muito mais do que leio. [Espera aí, então você está dizendo que não lê muito? Por que então está se candidatando para estudar literatura inglesa, pra começo de conversa?] Eu acho... [Por que está se candidatando para estudar literatura inglesa na faculdade?] Acho que sempre... [Sempre o quê? Sempre mentiu para si mesma a esse respeito? Sempre pensou que adorava algo que não adorava?] H.B.V. número 2: Certo, bem, vamos continuar.

ÚNICA COISA ESPECIAL

Logo depois disso, tive que fazer uma prova na qual precisava comparar dois trechos de prosa. Não consigo me lembrar sobre o que eram, nem consigo me lembrar do que escrevi. Eu estava em uma sala com cerca de mais vinte pessoas e tínhamos que nos sentar ao redor da mesma mesa ampla. Eu estava bem inquieta e, no fim, todo mundo parecia ter escrito muito mais do que eu.

Depois veio a segunda entrevista, que basicamente foi como a primeira.

Quando voltei para a Starbucks, Raine estava lendo um jornal. Ela olhou para mim quando me sentei e dobrou o jornal.

Eu me dei conta de como ela era uma ótima amiga.

Ela não tinha por que nos levar até ali de carro. Provavelmente estava à nossa espera, ali, havia três horas.

— Amiga, como foi?

— Hum...

Tinha sido terrível. Percebi no meio da entrevista que não queria fazer o curso para o qual estava me candidatando, na universidade na qual queria entrar havia pelo menos dez anos. Tinha perdido o rumo e esquecido como enrolar, além de acabar com todas as minhas chances de entrar.

— Não sei. Acho que fiz o melhor que podia.

Raine olhou para mim por um momento.

— Bom... isso é bom? É só o que você pode fazer.

— É, exatamente.

Mas eu não tinha feito o melhor que podia, não é? Tinha feito tudo da pior maneira. Como era possível que eu não tivesse me preparado? Como era possível que eu não tivesse analisado as coisas com mais profundidade?

— Deve ser útil ser esperta — disse ela, e então riu um pouco. Olhou ao redor e de repente pareceu bem triste. — Estou sempre com medo de acabar sem casa ou coisa assim. Queria que nossa vida não dependesse de nossas notas.

"Útil", pensei, era uma palavra muito boa naquele caso.

Raine e eu andamos por Cambridge por um tempo enquanto o Daniel fazia a segunda entrevista. Raine já tinha explorado o lugar, então me levou aos pontos que achava que valiam a pena visitar, entre eles uma ponte antiga sobre o rio e um café onde vendiam milk-shakes.

Às seis e meia, voltamos à Starbucks. A entrevista de Daniel tinha terminado e eu disse a Raine que iria tentar procurá-lo para que ele não tivesse que voltar sozinho no escuro. Raine disse que para isso eu teria que andar até a faculdade no escuro. Sugeri que ela fosse comigo, mas ela resmungou e disse que não queria sair dali, já que tínhamos conseguido lugar no sofá no canto da sala.

Então, eu fui ao encontro de Daniel sozinha, ainda com meio copo de latte de gemada na mão. De qualquer modo, não queria mais ficar dentro da Starbucks.

King's College, a faculdade à qual Daniel tinha se candidatado, parecia um palácio, mesmo de longe e no escuro. Era enorme, branca e gótica, muito diferente da minha escolha, que parecia uma casinha. O lugar combinava muito com Daniel.

Daniel estava sentado sozinho em um muro baixo de alvenaria do lado de fora, o rosto iluminado pela tela do celular e o corpo protegido por uma jaqueta grossa. Ainda dava para ver o terno e a gravata por baixo e ele combinava muito com o lugar. Eu conseguia imaginá-lo, aos vinte e um anos, caminhando em direção a uma igreja para a cerimônia de formatura com uma beca bonita, ou rindo com um cara esguio chamado Tim enquanto os dois caminhavam em direção ao salão onde Stephen Fry daria uma palestra sobre a privatização do Serviço Nacional de Saúde.

Ele olhou para a frente quando me aproximei. Lancei a ele um sorriso estranho, sem mostrar os dentes, o que é algo típico da Frances.

— Oi — falei e me sentei ao lado dele. Ele tentou sorrir para mim, mas não conseguiu. — Tudo bem?

Eu não sabia muito bem se ele tinha chorado. Sentia que a possibilidade de isso ter acontecido era grande.

— Tô — disse ele, suspirando, mas não estava.

Ele se inclinou para a frente de repente, apoiando os cotovelos nas pernas e a cabeça nas mãos.

Era claro que não estava bem.

— É que... preciso muito entrar — disse ele. — É a única coisa... eu...

Daniel voltou a se endireitar, mas sem olhar para mim.

— Quando eu tinha treze anos, recebi um prêmio na escola... Tirei a pontuação mais alta da história da escola nos exames de habilidade cognitiva... — Ele tremia uma das pernas sem parar. Balançou a cabeça e riu. — E eu fiquei tão... achei que era muito *inteligente*. Fiquei me achando a pessoa mais inteligente do mundo inteiro.

Ele balançou a cabeça.

— Mas agora... sou só... quando você chega à nossa idade, percebe que não é nada especial.

Ele tinha razão. Eu não era especial.

— É... tudo o que eu tenho — disse ele. — É a única coisa especial em mim.

Ele gostava do curso para o qual estava se candidatando, eu sabia disso. Eu não gostava do meu.

Daniel olhou para mim. Parecia cansado, seus cabelos estavam despenteados e o joelho não parava de tremer.

— Por que você está aqui?

— Imaginei que você precisasse de um apoio moral — falei e achei que aquilo foi bem idiota de se dizer, então completei: — Além disso, é perigoso para um rapazinho andar no escuro sozinho.

Ele riu um pouco.

Ficamos em silêncio por um instante, olhando para a rua escura e para as lojas vazias à nossa frente.

— Quer um pouco de latte de gemada? — Estendi meu copo para ele. — Tem um pouco de gosto de terra.

Ele olhou para o copo como se estivesse desconfiado, mas aceitou e tomou um gole.

— Obrigado.
— De nada.
— O que temos que fazer agora?
— Ir para casa, acho. Estou literalmente congelando.
— Boa ideia.

Ficamos em silêncio de novo.

— Sua entrevista foi mesmo muito ruim? — perguntei.

Daniel riu. Eu nunca tinha visto ele rir enquanto estava sóbrio.

— Precisamos falar sobre isso?
— Não, me desculpa.

Ele respirou fundo.

— Não fui mal. Mas não foi perfeita. — Balançou a cabeça. — Tinha que ter sido perfeita.

— Acho que você está sendo muito exigente consigo mesmo.

— Não. Estou sendo realista. — Ele passou uma das mãos pelos cabelos. — Cambridge só vai aceitar os melhores. Então, tenho que ser o melhor.

— O Aled te desejou boa sorte, pelo menos?

Ele riu.

— Aled... nossa. Você diz o que vem a sua mente, né?

— Só para você. — Balancei a cabeça. — Desculpa, isso foi meio assustador.

— Ha. Bom, não, ele não disse nada. Te contei que não estamos nos falando, né?

— Contou.

— Vocês dois também não estão conversando?

— Não.

— Ah, pensei que pudessem ter feito as pazes.

Ele parecia quase amargurado.

— Acho que ele faria as pazes primeiro com você, não comigo... — comecei a dizer, mas ele riu e me interrompeu.

— Acha mesmo? — perguntou ele, balançando a cabeça.

— Nossa. Você é mais burra do que pensei.

Eu me remexi, incomodada.

— Como assim?

Ele se virou para mim e ficou me olhando, incrédulo.

— Você é melhor do que eu de todas as maneiras possíveis, Frances. Você acha *mesmo* que ele se importa mais comigo do que com você?

— O que... — gaguejei. — Você... você é o namorado dele. E melhor amigo.

— Não sou, nada. Sou só alguém que ele beija de vez em quando.

BEIJINHOS DE CRIANÇA

Começou a chover forte, e as ruas pareciam bem menos chiques no escuro. Daniel estava segurando o copo meio cheio da Starbucks, encostado no joelho.

Ele riu e olhou para mim de novo, como se não mais quisesse ser malvado comigo.

— Vou fazer uma "revelação da história da minha vida" agora?

— Não se não quiser...

— Mas você quer saber, não quer? Quer saber sobre nós.

Queria.

— Um pouco — falei.

Daniel bebeu o latte.

— E eu quero entender o Aled melhor — falei.

Ele ergueu as sobrancelhas.

— Por quê?

Dei de ombros.

— Não entendo muito bem as coisas que ele faz... nem as decisões que toma. É... é meio interessante. — Cruzei as pernas. — Ainda me importo com ele. Por mais que não quisesse me importar.

Ele assentiu.

— Compreensível. Vocês eram amigos.

— Quando vocês se tornaram amigos?

— Quando nascemos. Nossas mães trabalhavam juntas e engravidaram com poucos meses de diferença.

— Vocês são melhores amigos desde então?

— Somos. Estudamos na mesma escola até eu mudar para a Academy para fazer o ensino médio. Nós andávamos juntos todos os dias. Eu morava no seu bairro, sabia? Até meus onze anos.

Balancei a cabeça.

— Pois é, andávamos juntos todos os dias, jogávamos futebol nos campos, montávamos bases secretas, andávamos de bicicleta ou jogávamos videogames. Só... coisas de melhores amigos. Éramos melhores amigos.

Ele não disse mais nada depois disso, mas tomou um gole de latte.

— E... então... — Eu não sabia bem como abordaria o assunto. — Quando vocês começaram a... ficar? Se não se importa de me dizer...

Daniel ficou em silêncio por um momento.

— Não teve um começo certo para isso — disse ele. — Não foi... eu nem sequer sabia se estávamos ficando...

Quase perguntei o que ele queria dizer, mas então pensei que deveria deixar que ele explicasse em seu próprio ritmo. Ele parecia nervoso e se confundia com as palavras; não parava de olhar para a calçada.

— Ele sabia há muito tempo que eu sou gay — disse ele, baixinho. — Nós dois sabíamos. Desde que tínhamos, tipo, uns dez ou onze anos, talvez. Assim que compreendemos o que era ser gay, percebemos que era o que eu era. Nós...

Ele passou uma das mãos pelos cabelos.

— Nós nos beijávamos de vez em quando, na infância. Quando estávamos sozinhos. Só beijinhos de criança, selinhos, porque achávamos divertido. Sempre fomos... muito carinhosos um com o outro. Nós nos abraçávamos e... éramos gentis um com o outro, e não grosseiros, como a maioria das crianças. Acho que nos envolvemos tanto um com o outro que simplesmente... não demos atenção à propaganda heteronormativa que esfregam na nossa cara nessa idade.

Parecia ser a coisa mais doce do mundo, mas a voz de Daniel falhou como se ele estivesse falando de uma pessoa morta.

— Nós só percebemos que era esquisito quando... é, quando tínhamos dez ou onze anos. Mas isso não nos impediu de nada. Eu acho... acho que sempre achei mais romântico do que Aled achava. Aled sempre agia como se aquilo fosse algo que amigos faziam, e não namorados. Aled... sempre foi esquisito. Ele não se importa com o que as pessoas pensam. Ele nem sequer conhece as normas sociais... ele simplesmente está no mundinho dele.

Dois alunos passaram por nós, rindo, e Daniel parou até eles sumirem.

— E eu acho... olha... quando éramos adolescentes, tudo ficou meio... meio sério. Não dava mais para ficar apenas nos selinhos, sabe? — Ele riu de um jeito esquisito. — Quando tínhamos catorze anos, mais ou menos, eu acho, eu... tomei a primeira atitude. Estávamos jogando videogame no quarto dele e eu... perguntei para ele se podia beijá-lo direito. Ele ficou um pouco surpreso, mas respondeu "tá", e eu o beijei.

Eu estava tensa, e Daniel riu da minha cara.

— Por que estou te contando tudo isso? Meu Deus. Mas sim... meio que continuamos dali... trocamos mais beijos e... fizemos outras coisas também. Eu sempre perguntei para ele, sabe... ele não... Ele nunca foi muito claro a respeito do que quer... é muito calado e... sempre foge muito dos assuntos... então para tudo o que íamos fazer, eu sempre pedia para ele primeiro, sempre dizia que ele podia dizer não se não quisesse fazer alguma coisa... Mas ele sempre disse sim.

Daniel fez uma pausa naquele momento, como se estivesse revivendo as lembranças, revivendo tudo. Era uma vida que eu mal conseguia imaginar. Mal conseguia imaginar dividir tanto de mim mesma com outra pessoa, por tanto tempo.

— Era mesmo algo... uma coisa *nossa*. Não queríamos estar em um "relacionamento", nem agir como casalzinho perto das outras pessoas que conhecíamos. Era só para ser uma coisa nossa, em particular, como se tivéssemos que proteger aquilo, porque não queríamos que o mundo destruísse o que tínhamos. Não sei bem por quê... Acho que nem parecia que estávamos namorando. Porque éramos melhores amigos, antes de mais nada. Nunca sabíamos como explicaríamos aquilo para as pessoas.

Daniel respirou fundo.

— Éramos muito importantes um para o outro. Contávamos tudo e qualquer coisa um para o outro. Éramos o primeiro em tudo, um para o outro. Primeiros e únicos em tudo. Ele... ele é um anjo.

Acho que nunca tinha ouvido alguém falar sobre outra pessoa desse jeito antes.

— Mas a questão é que Aled... ele não queria contar para as pessoas porque... ele acha que não é gay, tipo, ele diz que não se sente muito atraído por ninguém, só por mim. — Ele pode ser um monte de outras coisas — falei, depressa.

— Bom, independentemente do que ele seja, ele não sabe — diz Daniel. — E eu não queria me expor em uma escola só de garotos. Fazer isso é pedir para ser agredido. Sei lá, algumas pessoas tinham feito isso... tinha um cara um ano acima de mim a quem eu admirava muito, um dos amigos de Aled... mas... eu morria de medo do que as pessoas diriam. Pensei em esperar até entrar na Academy no ensino médio e sair do armário, mas aí... Nunca fiz muitos amigos, e... o assunto nunca surgia entre as pessoas com quem eu conversava...

Ele balançou a cabeça e tomou mais um gole de latte.

— Mas mais ou menos há um ano, desde que a Carys se foi... ele mudou. Eu também mudei. A gente passa menos tempo juntos... e sinto que, quando estamos juntos, ele está comigo apenas para escapar de seus problemas, não porque quer me ver mesmo. Você sabe como são as coisas com a mãe dele, não sabe?

— Sei.

— Bom... antes de vocês dois se aproximarem, ele costumava ir muito à minha casa para não ter que ficar perto dela. E aí você chegou e... acho que ele parou de precisar de mim...

— Isso é... vocês são amigos desde que *nasceram*. Andam juntos há anos.

— Se ele se importasse, falaria mais comigo. — Daniel respirou fundo, como se aquela fosse a primeira vez em que estivesse admitindo aquilo para si mesmo. — Acho que ele nem gosta muito de mim desse jeito. Só acho que ele faz o que faz porque está acostumado, porque se sente à vontade comigo e... porque sente pena de mim. Não acho que ele... é a fim ou qualquer coisa assim.

Ele fez uma pausa e eu notei que seus olhos estavam marejados. Balançou a cabeça de novo e secou um dos olhos.

— Normalmente sou eu quem inicio o contato.

— Então por que... — Minha voz foi quase um sussurro, apesar de sermos as únicas pessoas na rua. — Por que você não... acaba com isso? Se nenhum de vocês está muito a fim, por que não terminar?

— Eu não disse que *eu* não sou a fim *dele*. Eu gosto *demais* dele. — Uma lágrima escorreu pelo rosto de Daniel, e ele abafou uma risada. — Desculpe. Isso foi idiota.

— Não é idiota. — Levantei os braços e o puxei para um abraço. Ficamos abraçados por um momento e então o soltei.

— Tentei conversar com ele sobre isso no aniversário dele — ele continuou. — Mas ele não estava a fim. Ficou tentando me garantir que gosta de mim. E isso me deixou bravo, porque percebi que ele estava mentindo. Ele chegou a mentir no Eu Nunca, aquele dia... fingindo nunca ter mentido ao dizer que me amava. Eu sei. Sei quando ele mente para mim! Por que ele me evitaria tanto se ele me *amasse*, porra? Ele nem quer admitir a própria sexualidade. Nem mesmo para *mim*.

Ele secou um olho de novo.

— E... naquela noite... ele ficou dizendo que queria, sabe, queria ficar comigo, mas acho que ele não estava dizendo a verdade, então eu recusei, e ele também ficou todo bravo. — Daniel balançou a cabeça. — Ele só me usou e não quer me chatear porque sabe... ele sabe que eu sou apaixonado por ele. Ele não gosta mais de mim desse jeito.

— Como pode ter certeza disso?

Ele olhou para mim.

— Você é ridiculamente otimista.

— Não, quero saber... — Mordi o lábio. — Mas... e se... eu sei que ele tem dificuldade de dizer o que está realmente pensando... e tipo, eu sei que até *eu* tenho dificuldade para saber o que ele está pensando, mas... e se ele... amar você? Como pode ter certeza se ele não disse não amar?

Daniel riu. Parecia que ele tinha desistido totalmente.

— Todo mundo quer que o casal gay tenha um final feliz, né? — disse ele.

Eu me senti tão triste que queria ir embora.

— Meu pior pesadelo é fazer com que ele faça algo que não quer fazer... sem saber... — Mais lágrimas rolaram de seus olhos.

— E... e... acho que as pessoas mudam e temos que seguir em frente, mas... — Ele se inclinou para a frente e apoiou a cabeça nas mãos. — Ele poderia ter pelo menos... pelo menos ter terminado comigo oficialmente, em vez de simplesmente me deixar assim... — A voz dele tremia tanto em meio às lágrimas, e eu senti pena dele, a ponto de quase pensar que também ia chorar. — Tudo bem se ele não gostar mais de mim do mesmo jeito... tudo bem... mas quero meu amigo de volta... só quero entender o que ele está sentindo. Não sei por que ele me evita. Sempre que concluo que ele não gosta mais de mim, começo a duvidar de mim mesmo porque ele não me *disse nada*. Só quero que ele me diga a verdade. Quando... quando ele mente para mim porque acha que vai fazer com que eu me sinta melhor, *machuca*.

Ele soluçou e eu o abracei de novo e desejei poder fazer algo por ele. *Qualquer coisa.*

— Às vezes, acho que ele só se importa com o canal dele no YouTube... é só ele, o *Universe City* dele. É só a alma dele em forma de áudio. Rádio, February Friday e ficar preso em um mundo cinza... é só a vida dele. Uma... analogia idiota de ficção científica.

Quando ele falou de February Friday, senti meu coração se acelerar um pouco. Fiquei tentando imaginar se ele sabia que era February Friday.

— Ele é meu único amigo de verdade — disse ele. — E simplesmente me deixou aqui. Sinto falta dele... nem só de ficar com ele... mas de saber dele... de ele dormir na minha casa... de jogar videogame com ele... só quero ouvir a voz dele... quero que ele me conte a verdade...

Eu o abracei por alguns minutos enquanto ele chorava e me dei conta de que estávamos na mesma situação, apesar de ser cem vezes pior para Daniel. Eu queria que Aled voltasse também. Por que ele não estava respondendo às nossas mensagens? Será que ele realmente gostava *tão pouco* de nós?

O problema era eu, não era?

Eu havia traído sua confiança. Havia feito com que ele se afastasse. Ele não ia voltar.

Não sabíamos se voltaríamos a ouvir a voz dele no mundo real de novo.

Quando Daniel se acalmou um pouco e se endireitou de novo, ele disse:

— Sabe de uma coisa? Na primeira vez em que o beijei direito... ele se retraiu.

EXTREMAMENTE CANSADA

No caminho para casa, Daniel e eu não dissemos nada um ao outro, apesar de haver a vaga sensação de que éramos amigos agora. Depois de cerca de meia hora de silêncio, Raine disse:

— Gente... tipo... se vocês não passarem, sei lá, não é um *desastre*, né?

Nós dois achávamos que seria um desastre, sim, mas eu logo disse:

— Não, vai ficar tudo bem.

Acho que Raine sabia que eu estava mentindo. Ela não tentou falar mais nada até chegarmos.

Em casa, eu encenei, talvez com um pouco de exagero, as expressões exatas feitas pelos entrevistadores durante minhas entrevistas. Minha mãe riu e os xingou de um monte de coisas. Depois pedimos pizza e assistimos a *Scott Pilgrim contra o mundo*.

Para ser sincera, estava bem aliviada porque tinha acabado. Estava me estressando com aquilo havia mais de um ano.

Ainda que eu não quisesse mais estudar literatura inglesa, não importava. A decisão tinha sido tomada. O que tivesse que acontecer aconteceria.

Decidi me dar uma noite de folga dos estudos. Caí na cama perto de meia-noite e fiquei ali com meu laptop no colo. Pensei em desenhar um pouco — não fazia desenho nenhum há semanas —, mas, por algum motivo, não quis; não conseguia pensar em nada para desenhar. Naveguei um pouco pelo Tumblr até ter a sensação de que deveria parar de perder tempo, então fechei a aba para não ficar atualizando a página sem parar.

Pensei em tentar ouvir alguns dos episódios recentes de *Universe City* — quantos episódios eu já tinha perdido? Quatro? Cinco? Eu nunca tinha perdido tantos em sequência assim antes.

Era... era muito esquisito, não era?

Para alguém que se orgulha de dizer que é uma das maiores fãs do fandom.

Para alguém que conhece o Criador tão bem.

Nem olhei mais o Twitter de Aled. Não olhei mais a tag de *Universe City* no Tumblr. Eu tinha desativado minha caixa de perguntas no Tumblr muito tempo antes para que as pessoas parassem de me fazer perguntas sobre Aled e o Criador. Eu não participava mais do programa e não estava fazendo artes para ele. Não tinha mais nada a ver com o programa. Não postava desenhos em meu blog havia mais de um mês.

De repente, eu me senti extremamente cansada. Desliguei meu laptop — não havia nada de muito interessante para fazer nele — e apaguei as luzinhas. Coloquei os fones de ouvido, baixei o mais recente episódio de *Universe City* no meu iPod e comecei a ouvir.

UNIVERSE CITY: Ep. 142 — sim

UniverseCity   93.937 visualizações

oi

Deslize para baixo para ler a transcrição >>>

[...]

Não sei... estou ficando meio cansado...

[pausa de 10 segundos]

Ontem à noite, eu estava descendo a Brockenborne Street e vi uma... um negócio fosforescente...

Hum.

Olha, não importa.

Eu estava pensando, na verdade... sei lá, tive uma ideia... Estava pensando... e se... e se acabássemos com isso?

Haha, não, desculpa, isso é... não é...

Ah.

Queria que February Friday estivesse aqui. Não nos vemos há... bom, anos e mais anos.

[...]

HORAS E HORAS

Foi abismal.

Foi um episódio horroroso.

Rádio mal falava frases completas. Não havia enredo discernível. Nenhum personagem apareceu. Era só Rádio falando por vinte minutos sobre coisas que ninguém além de Aled poderia entender.

E aquela menção a February Friday no fim?

O que foi *aquilo*?

Não se viam há anos?

February Friday não era Daniel? Aled tinha visto Daniel há poucos meses. Estaria apenas exagerando? Certamente estava apenas exagerando.

Daniel havia dito que Aled estava escrevendo a respeito de sua vida em *Universe City*, o que parecia ridículo naquele momento, mas depois de ouvir isso...

Sei lá, February Friday era uma pessoa de verdade. Aled tinha confirmado.

Talvez o resto também fosse verdade.

Eu me sentei. Não estava cansada.

February Friday era Daniel.

Ou... não sei.

Se Aled tivesse sido literal quando disse que eles não se viam há anos...

Decidi ouvir o episódio de novo para ver se havia mais pistas, mas só consegui perceber como a voz de Aled parecia *cansada*, como ele tropeçava nas palavras e parecia não saber o que estava fazendo. Ele não havia se dado ao trabalho de mudar a voz... era só ele, ali, fazendo aquele sotaque bobo de rádio antiga. Até isso falhou algumas vezes.

Não era normal. Se havia uma coisa com que Aled se importava, uma coisa que ele nunca deixava ser malfeita, era *Universe City*.

Tinha alguma coisa errada.

Tentei dormir, mas demorei horas e horas.

4. FÉRIAS DE NATAL

UM MISTÉRIO DA INTERNET

Eu costumava deixar a conta de Aled no Twitter, @UniverseCity, aberta em uma aba do meu navegador o tempo todo. Aqui estão alguns exemplos de tweets de Aled no @UniverseCity:

RÁDIO @UniverseCity
OS SONS SÃO MAIS ALTOS NO ESCURO...!

RÁDIO @UniverseCity
Sei o que seus sonhos fizeram no verão passado,,, sim tô falando c você, migo. n pode mais se esconder

RÁDIO @UniverseCity
atualização da moda de universe city: o cascalho tá na moda, monstros tão por fora, carregue sempre um furador (vc foi !!! AVISADO !!!)

RÁDIO @UniverseCity
@NightValeRádio estamos na escuta "" sempre na escuta

Esses tweets não faziam qualquer sentido para mim e era isso o que me fazia gostar deles. Nem preciso dizer que sempre os compartilhava.

Depois que comecei a conhecer a pessoa por trás da conta do Twitter, comecei a ler as entrelinhas dos tweets de Rádio — de Aled —, bem mais do que provavelmente deveria. Ele postou isto depois da prova de literatura inglesa:

RÁDIO @UniverseCity
\o alfabeto foi comprometido, só sete letras restam.., !!SALVEM-NAS!!

Ele postou isso numa noite de setembro, às quatro da madrugada, várias horas depois de ter me contado que havia brigado com a mãe:

RÁDIO @UniverseCity
*** IMPORTANTE: as estrelas estão sempre do seu lado. ***

Agora que ele estava na faculdade, os tweets de Aled estavam se tornando cada vez mais sombrios.

RÁDIO @UniverseCity
quantas pessoas tristes são necessárias para trocar uma lâmpada. por favor, é sério, estou no escuro há 2 semanas

RÁDIO @UniverseCity
opções de carreira: pó metálico, o vácuo frio do espaço, caixa de mercado

RÁDIO @UniverseCity
Alguém tem dicas para evitar se afundar no concreto?

Imaginei que ele estivesse fazendo aquilo de propósito. De qualquer modo, o *Universe City* estava ganhando um quê mais sombrio, mesmo. Não me preocupei muito.

Passei a maior parte das três semanas de férias de Natal ouvindo todos os episódios de *Universe City* numa tentativa de descobrir quem era February Friday.

Continuei sem fazer a menor ideia.

Aled mencionara muitas vezes antes que não via February Friday "havia anos e anos". Então não podia ser o Daniel mesmo, eu tinha me enganado.

Era irritante. Detestava me enganar.

E sabe de uma coisa? No fim de tudo, não há nada que eu deteste mais do que um mistério da internet.

TETO DA GALÁXIA

Era tarde do dia 21 de dezembro e minha mãe estava me provocando para que eu fosse bater à porta de Aled.

Eu estava correndo no lugar na nossa varanda, e minha mãe olhou para mim, cruzando os braços.

— Se a Carol atender a porta, não fale sobre os seguintes assuntos: política, regras dos eventos escolares, álcool e a velhinha que trabalha na agência dos correios — disse minha mãe.

— O que ela tem contra a velhinha que trabalha nos correios?

— Ela cobrou a mais dela uma vez, sem querer, e a Carol não perdoa, nem esquece.

— Entendi.

— E se o Aled atender... — Minha mãe suspirou. — Não caia na besteira de pedir desculpas sem parar. Acho que ele sabe que você quer se desculpar, porque já pediu desculpas um bilhão de vezes.

— Obrigada, mãe, isso é muito sensível da sua parte.

— É preciso ser durona.

— Que beleza.

Minha mãe me deu um tapinha no ombro.

— Vai dar tudo certo. Não se preocupe. Conversar sempre melhora as coisas, pode acreditar, principalmente cara a cara. Eu ainda não confio nos jovens com essa coisa de... como é que se fala? "Tambo"?

— Tumblr, mãe.

— É, pois é, parece meio esquisito, na minha opinião. Falar cara a cara é a melhor maneira de resolver as coisas.

— Tá.

Ela abriu a porta e me fez um gesto para que eu saísse.

— Vá!

Quando Carol Last abriu a porta de sua casa, foi a primeira vez que eu a vi desde o incidente do cabelo cortado. Sinceramente, ainda pensava naquilo pelo menos uma vez por dia.

Ela estava exatamente igual. Cabelos curtos, gordinha e sem expressão.

— Frances! — disse ela, claramente meio surpresa por me ver. — Tudo bem, querida?

— Oi, sim, estou muito bem, obrigada — falei, rápido demais. — Como a senhora está?

— Ah, estou indo, sabe como é. — Ela sorriu e olhou para o ar acima da minha cabeça. — Tem umas coisinhas acontecendo. Ando ocupada, na correria!

— Ah — falei, tentando parecer interessada, mas não tão interessada a ponto de ela começar a contar tudo para mim. — Queria saber se o Aled está em casa.

Ela parou de sorrir.

— Entendi. — Ela me observou como se estivesse decidindo se começaria a gritar comigo. — Não, minha querida. Desculpa. Ele ainda está na faculdade.

— Ah. — Enfiei as mãos nos bolsos. — Ele... ele vai voltar para casa no Natal?

— Você deveria perguntar para ele, provavelmente — disse ela, contraindo os lábios.

Nesse momento, eu estava aterrorizada, mas decidi pressionar.

— É que... ele não tem respondido às minhas mensagens. Eu estava meio... preocupada com ele. Queria saber se ele está bem.

— Ah, *querida*. — Ela riu com pena de mim. — Ele está bem, juro. Só está um pouco ocupado com todos os trabalhos da faculdade. Fazem ele se esforçar muito lá... como tem que ser mesmo! Ele ficou na faculdade para estudar porque perdeu alguns prazos. — Ela balançou a cabeça. — Menino bobo. Provavelmente estava na farra em vez de estudar direito.

A coisa mais improvável de todas era que Aled estivesse na farra, mas eu não queria chamar a mãe dele de mentirosa.

— E você sabe que ele sempre teve problemas com as regras, aquele moleque — continuou. — Tem muito potencial... poderia fazer um doutorado, se decidisse se empenhar. Mas ele sempre se distrai com projetinhos e besteiras. Coisa inútil. Você sabia que ele costumava passar o tempo todo escrevendo umas histórias ridículas e *lendo tudo* na frente do computador? Juro que não sei onde ele arranjou um *microfone*.

Dei risada, mesmo sem achar graça.

Ela continuou:

— Tão bobo! Esta fase é essencial na vida dele, sabe? Vocês deveriam estar 100% focados em seus estudos. Caso contrário, podem estragar sua vida!

— Sim — falei, forçando a palavra a sair.

— Sempre dei muito apoio ao nosso Aled, mas... Às vezes me preocupo pensando que ele não age direito, sabe? Ele é um garoto *excepcionalmente* inteligente, mas não faz bom uso disso. Tento muito ajudá-lo, desde que ele era pequeno, mas ele não me ouve. Nunca foi tão ruim quanto a irmã, claro. — Ela riu com amargura. — Que menina odiosa.

Comecei a me sentir esquisita, mas ela olhou em meus olhos com empolgação renovada.

— Tenho feito uma coisinha desde que ele me ligou, algumas semanas atrás. Ele reclamou de que estava se sentindo desmotivado com o curso e... bom, eu acho mesmo que tem a ver com o jeito de pensar dele. Então, estou mudando algumas coisas no quarto dele.

Não gostei nada daquilo.

— É preciso estar no lugar certo para se manter motivado, não é? E eu acho, sim, que o quarto dele era um dos maiores problemas. Tão bagunçado o tempo todo... você se lembra, não lembra?

— Hum, acho que sim...

— Bem, reorganizei um pouco e acho que ele vai se dar muito bem com as coisas como estão. — Ela deu um passo para trás. — Por que não vem dar uma olhada, querida?

Estava começando a me sentir mal.

— T-tá — falei, e a segui para dentro da casa e escada acima em direção ao quarto de Aled.

— São só algumas coisinhas que mudei. Tenho certeza de que ele vai gostar da mudança.

Ela abriu a porta.

A primeira coisa que me surpreendeu foi como tudo estava branco. O edredom colorido e o cobertor de paisagem da cidade de Aled não estavam mais ali, tinham sido substituídos por roupa de cama branca e creme, com listras. A mesma coisa tinha acontecido com as cortinas. O carpete continuava o mesmo, mas agora tinha um tapete branco em cima dele. As luzinhas estavam enroladas em uma caixa de papelão no canto do quarto. Todos os adesivos tinham sido arrancados da cômoda e não havia nem um pôster, cartão-postal, ingresso, folheto, flyer nem pedaço de papel em nenhuma das paredes; alguns estavam amassados dentro da mesma caixa das luzinhas, mas com certeza nem tudo estava ali dentro. As plantas continuavam no quarto, mas todas estavam mortas. As paredes estavam brancas e eu sinceramente não sabia se elas sempre tinham sido daquele jeito ou se Carol as havia pintado.

Para meu horror, o teto de galáxia *tinha* sido pintado.

— Está bem clean, não acha? Um espaço mais limpo e vazio deixa a mente mais limpa e aguçada.

Forcei um "sim", mas tenho certeza de que mais pareceu um engasgo.

Aled choraria quando visse aquilo.

Ela havia invadido o espaço particular dele, a casa dele, e destruído tudo.

Pegou tudo o que ele amava e destruiu.

3:54

Provavelmente deixei minha mãe bem preocupada quando voltei para casa com a caixa de papelão embaixo de um braço e o cobertor de paisagem da cidade embaixo do outro, falando sem parar sobre decorações.

Quando terminei de explicar a situação direito, minha mãe estava com cara de total nojo.

— Ela deveria se envergonhar — disse minha mãe.

— Acho que é por isso que ele ainda não voltou para casa... aposto que ele acha que não pode voltar, fica preso lá, não tem ninguém que cuide dele... — Comecei a falar sem parar de novo e minha mãe me fez sentar no sofá para me acalmar. Foi até a cozinha, preparou um chocolate quente e se sentou ao meu lado.

— Tenho *certeza* de que ele tem amigos na faculdade — disse ela. — E há muitos sistemas de apoio nas universidades... tutores, orientadores e serviços anônimos. Tenho certeza de que ele não está sozinho.

— Mas e se ele estiver — sussurrei, tentando não chorar pela bilionésima vez. — E se ele estiver... sofrendo...

— Você não tem mesmo como entrar em contato com ele?

Balancei a cabeça, negando.

— Ele não responde às minhas mensagens de texto, nem às do Facebook e nem aos telefonemas. Mora a seis horas daqui. Nem sei qual é o endereço dele.

Minha mãe respirou fundo.

— Então... sei que você está preocupada, mas... não pode fazer muita coisa. Não é sua culpa, prometo.

Mesmo assim, parecia ser minha culpa, porque eu sabia o que estava acontecendo e não conseguia fazer nada para ajudar.

A essa altura, eu estava demorando de três a quatro horas para conseguir pegar no sono à noite, mas aquela noite foi especialmente ruim. Eu não queria desligar meu laptop porque me sentia muito sozinha no meu quarto e não queria apagar as luzes porque odiava o escuro.

Não conseguia parar de pensar. Não conseguia desligar meu cérebro. Parecia que eu estava entrando em pânico.

Eu estava. Entrando em pânico, sim.

Da última vez em que eu não tinha conseguido ajudar alguém em apuros, essa pessoa fugiu e eu nunca mais soube dela.

Não podia cometer o mesmo erro dessa vez.

Tinha que prestar atenção ao que estava acontecendo e fazer alguma coisa a respeito.

Eu estava navegando pelo Tumblr, analisando as artes que tinha feito. Imaginei como seria se alguém apagasse tudo aquilo, se quebrasse meu laptop — só de pensar nisso, eu sentia raiva. Eu amava minha arte mais do que tudo, gostava daquilo mais do que tudo. Como seria se alguém a tirasse de mim, como a mãe de Aled havia tirado o mundo dele, seu lugarzinho seguro...

Abri minha lista de amigos no telefone enquanto estava na cama e encontrei o nome de Aled. A última vez que liguei para ele tinha sido em outubro.

    Podia tentar mais uma vez.
    Cliquei no símbolo do telefone ao lado do nome dele.
    O telefone chamou.
    E parou.

A: ... Alô?

    A voz dele estava exatamente como eu lembrava. Baixa, um pouco rouca, meio nervosa.

F: A-Aled, meu Deus do céu, eu... eu não pensei que você atenderia...
A: ... Ah, desculpe.
F: Não, não peça desculpa. Eu... eu só... É muito, muito bom ouvir sua voz.
A: Ah.

    O que eu diria? Aquela podia ser a única chance que eu teria.

F: E aí? Como você está? Como está a faculdade?
A: Está... bem.
F: Que bom... isso é bom.
A: É bem difícil.

    Ele riu. Fiquei me perguntando o quanto ele ainda estava escondendo de mim.

F: Mas você está bem?

A: Hum...

Fez-se uma pausa comprida e eu consegui ouvir meu coração batendo.

A: Ah, sabe, é... difícil. Estou com um pouco de dificuldade.

F: É?

A: Acho que muitas pessoas são difíceis.

Havia algo esquisito na voz dele.

F: Aled... Pode me contar se não estiver se sentindo muito bem. Sei que não conversamos mais, mas ainda assim, eu... Eu ainda gosto... muito de você. Sei que talvez você ainda me odeie, e não sei o que pensa de mim de verdade... E sei que não quer que eu fique pedindo desculpas. Mas... gosto de você. Foi por isso que te liguei.

A: Haha, sim, pensei que você tivesse dito que não gostava de falar com as pessoas pelo telefone.

F: Eu sempre gostei de falar com *você* ao telefone.

Ele não disse nada quando ouviu isso.

F: Fui à sua casa hoje para ver se você estava lá.

A: Foi? Por quê?

F: Eu... queria falar com você. Você não tem respondido às minhas mensagens.

A: Desculpa... é que... tenho tido um pouco de... dificuldade...

A voz dele desapareceu e eu não fazia ideia do que ele estava tentando dizer.

F: Bom, a sua mãe... falei com sua mãe. Ela... ela reorganizou seu quarto. Pintou o teto e tal.
A: ... Ela fez isso...?
F: Fez... mas resgatei muitas das suas coisas e a convenci de que usaria tudo, para que ela não jogasse fora.

Ele ficou em silêncio.

F: Aled? Está aí ainda?
A: Espera... e-então, ela... jogou tudo fora...?
F: É, mas eu salvei um monte de coisas! Sei lá, não sei se salvei tudo, mas salvei um monte...
A:
F: Por que... por que ela *faria* algo assim... sem sua permissão...?
A: Isso é...
F:
A: Haha. Não se preocupe.

Eu não fazia ideia do que dizer.

A: Minha mãe sempre foi assim. Não me surpreende mais. Não me surpreende nem um pouco.
F: Você.... vai vir para casa no Natal?
A: ... Não sei.
F: Pode ficar na minha casa, se quiser.

Eu tinha quase certeza de que ele diria não, mas ele não disse.

A: Você... sua família não se importaria?

F: Não, de jeito nenhum! Você conhece a minha mãe, e meus avós, tias, tios e primos são barulhentos e legais. Podemos dizer que você é meu namorado.

A: Tá... Isso... seria bem legal. Obrigado.

F: Sem problema...

Ele tinha me perdoado. Não me odiava. Ele *não me odiava*.

F: O que você está fazendo acordado a essa hora?

A: Ah... estou... tentando escrever uma redação... Tive que pedir mais prazo...

Ele fez uma pausa comprida.

F: Que chato...

A: Pois é...

De repente, ouvi quando ele respirou fazendo barulho. Fiquei me perguntando se ele podia estar resfriado.

F: Está bem tarde para estar fazendo uma redação...

A: (pausa) Está...

Mais uma pausa longa, sofrida.

F: Está... dando certo?

A: Hum... não muito.

   Quando ele voltou a falar, a voz estava trêmula. Foi quando notei que ele estava chorando.

A: Eu... sério... Eu não... Não quero escrever. Estou só olhando para a tela... tipo, o dia todo.

F:

A: Eu não quero... mais continuar...

F: Aled, está muito tarde para escrever um texto, vá dormir e faça isso de manhã.

A: Não posso, é... Meu prazo é amanhã às dez.

F: Aled... é por isso que a gente não faz trabalhos na véspera...

   Primeiro, ele não respondeu nada. Ouvi quando ele respirou fundo de novo.

A: É.

F:

A: É, desculpe. Desculpe, eu não deveria... é.

F: Tudo bem.

A: Até mais.

   Ele desligou antes que eu pudesse impedi-lo.
   Olhei para o meu telefone. Eram 3:54.

DESTRUINDO

— Caramba, seu *cabelo*.

Aled saiu do trem na noite de 23 de dezembro com uma mala em uma das mãos e uma mochila nas costas.

O cabelo estava na altura dos ombros. Também estavam com as pontas cor-de-rosa claro.

Usava jeans skinny preta, um casaco bege de veludo cotelê com forro de lã e os sapatos verde-limão com cadarços roxos, e estava com fones no ouvido. Eu estava usando meu enorme casaco da Topman, legging quadriculada e tênis Vans de *Star Wars*.

Ele sorriu para mim. Foi meio esquisito, mas era um sorriso.

— Você gostou?

— Está *um arraso*!

Fiquei na frente dele por alguns segundos, só observando, então ele tirou os fones. Ouvi o que ele estava ouvindo: "Innocence", de Nero. Eu havia apresentado Nero para ele.

— Você está ouvindo música alto demais — falei, antes que ele pudesse dizer alguma coisa.

Ele hesitou e deu um sorrisinho.

— Eu sei.

Nós voltamos caminhando para o bairro e conversamos sobre coisas simples: a viagem de trem, o Natal, o clima. Eu não me importei. Sabia que não tínhamos como voltar imediatamente para como as coisas eram antes.

Só estava feliz por ele estar aqui.

Chegamos em casa e minha mãe o recebeu oferecendo uma xícara de chá, mas Aled recusou.

— Vou conversar com minha mãe — disse ele. — Explicar para ela que vou passar o Natal aqui.

Hesitei.

— Pensei que ela já soubesse.

— Não, acho que é algo que preciso explicar pessoalmente.

Ele deixou a mochila no chão do corredor e encostou a mala na parede.

— Devo demorar uns dez minutos, por aí — disse ele.

Não acreditei.

Meia hora depois, eu estava começando a entrar em pânico. Minha mãe também.

— Acha que eu devo ir até lá? — perguntou ela. Estávamos de pé à janela da sala observando a casa de Aled, esperando um sinal de movimento. — Talvez ajude se eu conversar com ela. A maioria dos adultos prefere ouvir outros adultos.

Foi então que ouvi Aled gritar.

Não foi bem um grito. Foi uma espécie de gemido comprido. Nunca tinha escutado alguém fazer aquele som na vida real.

Corri até a porta e a abri, no mesmo instante em que Aled abriu a porta da casa dele e saiu. Corri até ele, que estava mancando. Por um minuto, pensei que ele estivesse machucado, mas não vi nada de errado com ele fisicamente, exceto o rosto retorcido numa careta porque ele chorava descontroladamente. Eu o abracei quando ele caiu no meio-fio, fazendo os ruídos mais dolorosos que eu já tinha escutado, como se tivesse levado um tiro, como se estivesse morrendo.

Em seguida, ele começou a gritar:

— Não, não, não, não, não, não, não...

As lágrimas rolavam sem controle pelos olhos dele, e comecei a perguntar desesperadamente o que estava acontecendo, o que ela tinha feito, mas ele não parava de balançar a cabeça, engasgado como se não conseguisse formar palavras nem se quisesse. Então ouvi...

— E-ela o matou... E-ela o matou.

Parecia que eu ia vomitar.

— Quem? O que aconteceu, me conta...

— Meu... meu cachorro... o Brian...

Então ele começou a soluçar de novo, alto, como se nunca tivesse chorado na vida.

Fiquei paralisada.

— Ela... matou... seu cachorro...?

— Ela d-disse... ela não podia cuidar dele... porque eu estava fora, e ele... Ele estava ficando velho, e-então ela... ela simplesmente... ela foi lá e... levou ele para ser *sacrificado*.

— Não...

Ele soltou mais um gemido e pressionou o rosto contra a minha blusa.

Eu não queria acreditar que alguém fosse capaz de fazer algo assim.

Mas estávamos sentados sob a luz dos postes, Aled estava tremendo e era verdade, estava mesmo acontecendo. Ela estava pegando tudo o que Aled tinha e destruindo. Ela o estava destruindo lentamente, até que ele morresse.

MÃOS ENFERRUJADAS DO NORTE

— Vou chamar a polícia para denunciá-la — disse minha mãe pela quarta vez. Estávamos sentados na sala havia mais de meia hora. — Pelo menos, deixem que eu vá lá gritar com ela.

— Não vai adiantar — disse Aled. Ele falava como se quisesse morrer.

— O que podemos fazer? — perguntei. — Tem que ter alguma coisa...

— Não. — Ele se levantou do sofá. — Vou voltar para a faculdade.

— O quê? — Eu me levantei também e o segui porta afora.

— Espera, você não pode passar o Natal lá, sozinho!

— Não quero ficar perto dela.

Todos ficamos em silêncio por um instante.

— Olha... — continuou ele — quando a Carys e eu tínhamos dez anos... nossa mãe queimou um monte de roupas que a Carys tinha comprado em um brechó. Carys estava muito, muito feliz com uma calça que ela tinha comprado para usar quando saísse com as amigas dela... tinha estampa de galáxias... Mas nossa mãe disse que ela era horrorosa e simplesmente a pegou e queimou no jardim enquanto Carys gritava e chorava. Carys tentou tirá-la do fogo, mas queimou as mãos, e minha mãe nem a reconfortou. — Os olhos dele estavam inexpressivos, como se não existisse nada dentro deles. — Eu tive que... tive que segurar as mãos dela sob a água gelada...

— Meu Deus — falei.

Aled olhou para o chão e passou a falar mais baixo.

— Ela podia ter jogado a calça fora, mas decidiu *queimá--la*...

Minha mãe e eu passamos mais quinze minutos tentando fazer com que ele mudasse de ideia e ficasse, mas ele não quis.

Ele estava indo embora.

De novo.

Eram quase 21h quando Aled e eu voltamos para a estação. Apesar de eu tê-lo encontrado apenas duas horas antes, parecia que já fazia dias.

Nós nos sentamos em um banco. A zona rural se estendia à nossa frente, com o céu escuro de inverno.

Aled levantou as pernas de modo a flexionar os joelhos e acomodar os pés em cima do banco. Começou a mexer as mãos.

— Está bem frio no norte — disse ele, e então estendeu as mãos à minha frente. A pele de seus dedos estava toda seca. — Olha.

— Mãos enferrujadas do norte — falei.

— O quê?

— É o que minha mãe diz. — Acariciei a pele seca dos dedos dele com um dedo. — Quando a pele da mão fica toda seca. Mãos enferrujadas do norte.

Aled sorriu.

— Acho que preciso comprar luvas. Eu as usaria o tempo todo.

— Como Rádio.

Em *Universe City*, Rádio nunca tira as luvas. Ninguém sabe por quê.

— É. — Ele encolheu as mãos e passou os braços ao redor dos joelhos. — Às vezes eu acho que *sou* Rádio.

— Quer minhas luvas? — perguntei, de repente, e tirei as que usava. Eram de tricô azul-marinho, com uma estampa em ponto cruz. Eu as ofereci a ele. — Tenho montes de luvas.

Ele olhou para mim.

— Não posso roubar as suas!

— Elas já estão bem velhas. — Era verdade.

— Frances, se eu pegar essas luvas, vou me sentir muito mal por usá-las.

Ele não ia mesmo pegá-las. Dei de ombros.

— Tá — falei e voltei a colocá-las.

Ficamos em silêncio por um minuto.

— Me desculpe por não ter respondido a nenhuma de suas mensagens — disse ele.

— Tudo bem, era direito seu estar bravo comigo.

Mais uma pausa. Eu queria saber tudo o que ele tinha feito na faculdade. Queria pedir para ele me contar tudo o que eu não sabia sobre *Universe City*. Queria contar como a escola estava chata e como andava dormindo pouco, a ponto de ter dor de cabeça todo dia.

— Como você está? — perguntou ele.

Olhei para ele.

— Tô bem.

Ele sabia que não era verdade. Ele também não estava bem. Mas eu não sabia o que mais dizer.

— Como está a escola? — perguntou ele.

— Mal posso esperar para sair de lá — falei. — Mas também... estou tentando curtir.

— Você não é daquelas pessoas determinadas a perder a virgindade antes de entrar na faculdade, né?

Eu franzi a testa.

— Tem alguém que é assim mesmo?

Ele deu de ombros.

— Não que eu conheça.

Eu ri.

— Então você está dando conta das suas coisas? — perguntou ele.

Eu não podia mentir para ele.

— Na verdade, não muito. Tenho passado muitas noites em claro, acho.

Ele sorriu e desviou o olhar.

— Às vezes acho que somos a mesma pessoa... e que por acidente fomos divididos em dois antes de nascer.

— Por quê?

— Porque você é literalmente eu, mas sem todo o lixo.

Eu ri.

— Embaixo do lixo... tem mais lixo. Somos lixo até a alma.

— Ah — disse ele. — O título do meu disco de estreia no rap.

Nós dois rimos daquilo. Nossa risada ecoou pela estação.

De repente, ouvimos uma voz.

"*O próximo trem a chegar na Plataforma Um será o 21.07 com destino a Londres St. Pancras.*"

— Ah — disse Aled. Ele não fez movimento nenhum para se levantar.

Eu me inclinei para a frente e o abracei. Abracei mesmo, com os braços ao redor do pescoço dele, o queixo apoiado em seu ombro. Ele retribuiu o abraço. Acho que estávamos bem.

— Tem alguém lá com quem você possa passar o Natal? — perguntei.

— Hum... — Ele fez uma pausa. — É, acho que há alguns alunos de outros países lá...

O trem chegou, ele ficou de pé, pegou a mala, abriu a porta e entrou. Virou-se e acenou.

— Bon voyage! — falei.

Ele sorriu desanimado e disse:

— Frances, você é muito.... — Mas não conseguiu terminar a frase e eu não tinha ideia do que ele estava tentando dizer. Ele colocou os fones nos ouvidos, a porta se fechou, ele se afastou e eu não consegui mais vê-lo.

Quando o trem começou a se movimentar de novo, pensei em sair do banco e correr junto, acenando para ele pela janela, como fazem as pessoas nos filmes. Então, pensei que isso pareceria bem idiota, e seria inútil, por isso só fiquei ali no banco e esperei o trem sumir. Finalmente, restamos apenas eu e o interior de novo, os campos e a cor cinza.

MINHA AMIGA

Eu havia beijado Carys Last um dia antes de ela fugir e ela tinha detestado, me detestado, aí foi embora e foi minha culpa.

Aconteceu no dia dos meus resultados das provas — no começo do meu primeiro ano, do segundo ano dela. Ela foi à minha casa naquela noite para comemorar ou, no caso dela, se compadecer, porque tinha sido reprovada em tudo.

Ela havia sido reprovada em todos os exames feitos.

Eu me sentei em um sofá com pacotes fechados de salgadinhos e garrafas de refrigerante — comida e bebida para comemorar que não foram consumidas — e fiquei observando enquanto ela falava sem parar no outro sofá.

— Sabe de uma coisa? Não me importo mais. Literalmente não me importo. E daí, o que vai acontecer? Só vou ter que repetir de ano. Ninguém pode fazer nada a respeito. Se eu for reprovada de novo... e daí? Vou arranjar um emprego. Um lugar que não se importe com notas. Posso ser burra, mas tem muita coisa que posso fazer. Minha mãe é tão *escrota*, que eu... sei lá, o que ela espera? Tipo, não sou meu irmão! Não sou a filha de ouro, porra! O que ela esperava?!

Ela continuou falando por um tempo. Quando começou a chorar, fui até o sofá em que ela estava sentada e a abracei.

— Não sou inútil, sei fazer várias coisas! As notas... são apenas letras. E daí se eu não consigo me lembrar de trigonometria, fatos sobre Hitler, fotossíntese e tal? — Ela olhou para mim, com o rímel formando manchas escuras sob seus olhos.

— Não sou inútil, sou?

— Não — falei só com um sussurro.

Então, eu me inclinei e a beijei.

Para ser sincera, não quero falar sobre isso. Faço uma careta só de pensar.

Ela se levantou quase imediatamente.

Houve um instante de silêncio insuportável, como se nenhuma de nós acreditasse que aquilo tinha acontecido.

Então, ela começou a gritar comigo.

— Pensei que você fosse minha amiga — disse ela várias vezes. — Ninguém se importa comigo. Você estava fingindo o tempo todo.

Esta última frase provavelmente foi a que mais doeu. Eu não tinha fingido. Ela era minha amiga, eu gostava dela e não estava fingindo nada daquilo.

Ela fugiu de casa no dia seguinte. Em um dia, ela me bloqueou no Facebook e apagou sua conta no Twitter. Em uma semana, ela mudou o número do telefone. Em um mês, pensei que eu já teria superado, mas, na verdade, nunca superei. Pode até ser que eu não seja mais a fim dela, mas isso não quer dizer que nunca aconteceu, e sempre será minha culpa o fato de Carys Last ter fugido.

CRÂNIO

— Você quer que eu saia daqui? — perguntou minha mãe. — Posso sair, se você for se sentir melhor.

— Nada vai fazer com que eu me sinta melhor — respondi.

Era janeiro. Era O Dia. Estávamos em lados opostos do balcão da cozinha e eu segurava um envelope nas mãos. Dentro dele havia uma carta que me informaria se eu tinha entrado na Universidade de Cambridge.

— Tá. Vou para outro cômodo — falei, mudando de ideia.

Entrei na sala de estar com a carta e me sentei no sofá.

Meu coração estava acelerado, minhas mãos tremiam e eu suava por toda a parte.

Estava tentando não pensar no fato de que, se eu não tivesse passado, havia desperdiçado um bom percentual da minha vida. Quase tudo o que eu tinha feito na escola fora feito pensando em Oxbridge. Eu escolhera as matérias principais pensando em Oxbridge. Eu havia me tornado representante de turma por Oxbridge. Eu tinha tirado notas incríveis por Oxbridge.

Abri o envelope e li o primeiro parágrafo.

Uma frase depois, comecei a chorar.

Duas frases depois, dei um berro rouco.

Não li mais nada depois. Não precisava.

Eu não tinha passado.

Minha mãe entrou e me abraçou enquanto eu chorava. Eu queria me bater, queria me bater até meu crânio rachar.

— Tudo bem... calma, você vai ficar bem. — Minha mãe não parava de falar, me balançando levemente como se eu fosse um bebê de novo, mas não ia ficar tudo bem, eu não ia ficar bem.

Quando disse isso a ela, em meio aos soluços, ela disse:

— Tá, pode ficar chateada por isso. Pode chorar por isso hoje.

Foi o que fiz.

— Eles não sabem o que estão fazendo — murmurou ela depois de um tempo, acariciando meus cabelos. — Você é a pessoa mais inteligente da escola. É a melhor pessoa do mundo.

QUE VOCÊS TODOS SE FODAM

Dizer que fiquei extremamente chateada é muito pouco. Eu sabia que minhas entrevistas tinham sido péssimas, mas uma parte de mim ainda esperava que eu fosse entrar. Primeiro, vieram o choque e a decepção, e depois, quando minha mãe e eu pedimos pizza e assistimos a *De volta para o futuro*, eu estava brava comigo mesma por ter esperado entrar. Quando eu estava acordada na cama, às 3h, me odiei por ser uma idiota privilegiada. Quem chorava por não ter entrado em *uma* universidade entre as *cinco* para as quais tinha se candidatado? Algumas pessoas choravam de *felicidade* por terem entrado em uma universidade.

Os vários status com "Ai, meu Deus, eu consegui uma vaga em Cambridge/Oxford!!! :D" no Facebook que tinham aparecido ao longo do dia não estavam ajudando, principalmente por serem de pessoas que sempre se saíram pior do que eu nas provas.

Pelo menos, quando vi que Daniel Jun tinha postado também, eu senti uma *leve* alegria por ele ter entrado. Ele merecia.

Daniel Jun 준대성
4 horas
Aceito na Universidade de Cambridge para estudar ciências naturais! Não podia estar mais feliz x
106 pessoas curtiram isso

    Ele tinha se matado de estudar. Não tinha ninguém torcendo por ele. Daniel merecia muito aquela conquista. E eu gostava dele, acho. Gostava mesmo, agora.

    Mas será que eu tinha direito a um momento de egoísmo? Eu...

    Eu fizera literalmente tudo. Tinha lido uma quantidade obscena de livros. Vinha me preparando para aquilo havia um ano. Era a aluna mais inteligente da sala, assim fora desde que soube o que era ser inteligente, e era em Cambridge que as pessoas inteligentes estudavam.

    Mesmo assim, eu não tinha entrado.

    Tudo aquilo tinha sido para nada.

    Tenho certeza de que você acha que eu estava reclamando por nada. Você provavelmente acha que sou uma adolescente mimada. É, provavelmente era coisa da minha cabeça. Não quer dizer que não era de verdade. Então, que vocês todos se fodam.

5. TRIMESTRE DA PRIMAVERA
   a)

RUÍDO BRANCO

Até o fim de janeiro, tentei não pensar demais em nada. Fazia minha lição sem pensar. Não conversava com ninguém sobre Cambridge, mas todo mundo sabia que eu não tinha entrado. Enviei mensagens a Aled diversas vezes para ver como ele estava, mas ele não respondeu.

Eu tinha muita coisa da escola para entregar no fim do mês. Toda noite ficava acordada até tarde para terminar. Na verdade, não dormi na noite anterior à entrega, simplesmente fiquei acordada a noite toda e fui para a escola de manhã sem ter dormido. Tive que ligar para a minha mãe e pedir para ela me buscar na hora do almoço porque pensei que fosse desmaiar.

No meio disso tudo, continuei escutando *Universe City*. Os episódios em dezembro e janeiro foram bem estranhos. Parecia que Aled não sabia o que estava fazendo. Ele se esqueceu quase totalmente de muitos enredos secundários. Os novos personagens eram desinteressantes e não apareciam na história com frequência.

Na última sexta-feira de janeiro, Aled postou o episódio que destruiria o fandom de *Universe City*.

O episódio tinha o título de "Adeus" e era só vinte minutos de ruído branco.

VOCÊ DEVE TER VINDO DE UMA ESTRELA

O fandom praticamente ruiu em desespero coletivo. A tag do Tumblr estava transbordando de obituários compridos, textos sofridos e arte emotiva de fãs. Foi tudo muito triste, por isso não fiquei olhando por muito tempo.

Aled postou o último tweet no mesmo dia.

> **RÁDIO** @UniverseCity
> desculpem, preciso de um tempo. vocês podem ser bem pequenos, mas são todos muito importantes no universo. adeus <3
> 31 jan 14

As pessoas lotaram meu inbox com perguntas, apesar de eu não ter mais nada a ver com *Universe City*.

> **Anônimo disse:**
> Você não tem estado muito ativa no Tumblr nos últimos meses. É a única pessoa, além do Criador, que teve algum envolvimento no programa. Recentemente voltou a ativar a caixa de mensagens, então espero que não se importe por eu estar enviando esta mensagem. Você sabe alguma coisa sobre o episódio "Adeus" de Universe City que foi postado há duas semanas (se é que você o ouviu)?

Touloser respondeu:
não sei o que dizer. estou tão triste quanto vocês porque o criador decidiu fazer isso, mas está claro que ele está passando por questões pessoais no momento. ninguém além do criador sabe se universe city vai voltar, então sugiro que todo mundo comece a tentar seguir em frente. coisas assim acontecem. só é uma pena que tenha acontecido com algo tão importante para tantas pessoas.
eu conheci o criador. universe city era muito importante para ele. na verdade, dizer isso é dizer pouco. universe city era a única coisa que ele tinha. universe city foi a única coisa que eu tive por muito tempo também. não sei mais o que fazer. também não sei o que o criador vai fazer. não sei o que dizer.

Eu não sabia por que ele tinha decidido acabar com aquilo. Talvez sua mãe o tivesse obrigado. Talvez ele não tivesse tempo suficiente para continuar. Ou talvez simplesmente não quisesse mais continuar.

Aquilo ainda me deixava confusa, porque era claro que *Universe City* era importante para ele. Ele se importava com aquilo mais do qualquer coisa.

Ele ainda nem sequer tinha revelado quem era February Friday.

Na noite de episódio do ruído branco, eu me sentei na sala com o laptop e pensei, pela primeira vez em pelo menos um mês, sobre quem February Friday podia ser.

A resposta me ocorreu quase imediatamente.

O que Aled havia dito sobre Carys na noite em que ele voltou para casa estava tomando minha mente fazia semanas, e de repente percebi por quê.

Fogo.
A fogueira com as roupas.
Ela tinha queimado as mãos no fogo.
Era uma história muito aleatória para ele nos contar. De tudo o que poderia ter dito sobre a relação de Carys com a mãe deles, escolheu aquele acontecimento em especial.

Acessei o blog de transcrição de *Universe City* e fiz uma busca com CTRL-F para encontrar a palavra "fogo" em cada um dos primeiros vinte episódios. Em seguida, copiei e colei frases importantes em um documento do Word.

- Depois do fogo, pronto, você foi embora
- Eu te vejo em todo fogo que ilumina
- No fim, eu queria ter sido a pessoa a cair no Fogo, por mais egoísta que isso seja
- O Fogo que tocou você deve ter vindo de uma estrela
- Você sempre teve coragem suficiente para arder no Fogo

Depois daquilo, não tive mais dúvidas.
Carys Last era February Friday.

FRACASSAR

Tudo aquilo tinha sido um pedido de ajuda. *Universe City*. Tudo. Tinha sido um grito por socorro de um irmão a uma irmã.

Demorei o fim de semana todo para entender o que precisava fazer. Precisava fazer Carys ajudar Aled. Naquele momento, ela era a única pessoa que podia ajudá-lo. As Cartas para February estavam ali desde o começo. Aled vinha escrevendo sobre Carys há anos. Ele sentia saudade dela. Queria falar com ela. E não tinha ideia de onde ela estava. Se é que ela estava em algum lugar. Era a mãe de Aled que escondia dele onde Carys estava. Eu não sabia como nem por quê. Mas não conseguia parar de pensar nisso e de me preocupar. Eu tinha tido a chance de ajudar Carys e a perdi. Bem, era exatamente isso, não? Eu já tinha tido a chance de ajudar e fracassei. Nunca gostei de fracassar.

MENINA DE CABELOS GRISALHOS

— Ei, loirinho, troque de lugar comigo.

Parei de olhar para minha folha de história na segunda-feira seguinte e vi uma menina de cabelos grisalhos empurrando o garoto do assento ao lado do meu para que ela pudesse se sentar. Ela se acomodou, apoiou um cotovelo na mesa e o queixo na mão e olhou para mim. A menina de cabelos grisalhos era Raine Sengupta.

Recentemente, ela havia descolorido os cabelos, antes pretos, para que ficassem grisalhos. Dessa vez, tinha raspado tanto a lateral que deixou o lado direito careca. Os cabelos são uma janela para a alma.

— Frances, minha parceira, você não anda muito bem, né? — perguntou ela, assentindo com seriedade.

Eu ainda andava na escola com Raine e Maya e todo mundo, e ainda conversava com Raine com frequência, mas elas não sabiam nada a respeito do que tinha acontecido com Aled nem com *Universe City*.

Eu ri.

— Como assim?

— Sei lá, você anda com cara de biscoito murcho, colega.

— Ela suspirou. — Ainda está sofrendo por causa de Cambridge?

Eu senti que estava prestes a explodir por estar entrando em pânico em relação a Aled, em relação a Carys, em relação a ajudá-los, em relação a fazer algo bom pelo menos uma vez no fracasso que era a minha vida, mas só disse:

— *Não*, não, tô bem. Juro.

— Ah, que bom.

— Sim.

Ela continuou olhando para mim. Em seguida, olhou para baixo, para o que eu estava fazendo: rabiscando em uma folha de exercícios em vez de responder às perguntas.

— Olha, são legais. Parecem seus desenhos de *Universe City*.

Assenti.

— Obrigada...

— Você deveria mandar a facul para o inferno e fazer um curso de arte ou algo assim. A professora García amaria você.

— Ela disse isso em tom de piada, mas, por um instante, eu levei a ideia totalmente a sério, o que me assustou, e tentei não pensar nisso depois.

— O que tem rolado? — continuou ela.

Queria e não queria contar para ela. Queria contar *para alguém*, mas não tinha certeza se Raine era a pessoa certa. Havia uma pessoa certa com a qual resmungar sobre todas as coisas que estavam acontecendo?

Contei mesmo assim.

Desde meu envolvimento com *Universe City*, passando pelo que Aled tinha feito com Daniel ao que eu tinha feito com

Aled, até o que a mãe de Aled tinha feito com ele, até Carys ser February Friday e o episódio do "Adeus". Tudo.

Tudo, menos a única coisa que eu não conseguia admitir a ninguém além de Aled: a respeito de mim e Carys. Eu ainda não conseguia encontrar as palavras para contar essa parte.

— É muita coisa — disse ela. — Qual é seu plano?

— Como assim?

— Você vai simplesmente deixar tudo acabar assim? — Ela cruzou os braços. — Aled está sozinho e preso na faculdade. Carys está por aí no mundo e não faz ideia do que está acontecendo com o irmão dela. *Universe City* terminou sem qualquer explicação. Ninguém vai fazer nada a respeito de nada disso. Só você, talvez.

Olhei para a minha folha de exercícios.

— Bom... eu quero encontrar a Carys para que ela possa ajudar Aled, mas... provavelmente é impossível.

— Você não é amiga de Aled?

— Claro que sou.

— Então não quer ajudar?

— Bom... — Claro que eu queria ajudar. Por que eu ainda estava hesitante? — Não sei.

Raine prendeu o lado mais comprido dos cabelos atrás da orelha.

— É tipo... beleza, isso vai parecer bem bobo, mas minha mãe sempre diz que... quando tem muita coisa rolando, você tem que ver as coisas de modo mais amplo. Dê um passo para trás e olhe para a situação toda e pense o que é muito importante naquele momento.

Eu me endireitei.

— Minha mãe diz exatamente a mesma coisa.

— É? Não acredito!

— É, ela chama isso de O Grande Esquema das Coisas!

— Cara! É literalmente disso que tô falando!

Nós duas sorrimos.

Raine estava mesmo tentando me ajudar.

— Sabe o que eu acho que ajudaria no Grande Esquema das Coisas? — perguntou ela. Dobrou uma perna em cima da outra e olhou dentro de meus olhos. — Encontrar Carys Last.

AGENDA

Aqui estão os motivos pelos quais eu tinha medo de encontrar Carys Last:

- A última vez que eu havia visto Carys e conversado com ela tinha sido dezoito meses antes.
- Na última vez em que eu tinha visto Carys Last e falado com ela, eu a havia beijado sem permissão. Ela não ficou contente com isso, fiz com que ela fugisse de casa e eu senti vergonha e culpa por isso todos os dias desde então.
- O esforço que envolveria localizar Carys Last, sendo que a última pessoa que sabia de sua localização era uma terrível assassina de cães, provavelmente me deixaria mais estressada do que eu já estava (se isso fosse possível).

Apesar de tudo isso, a ideia de fazer algo útil pela primeira vez na minha vida totalmente inútil era o que me motivava.

Era isso, acho.

Eu tinha sido rejeitada por Cambridge e parecia que minha vida toda tinha sido um desperdício.

O que é bobo e ridículo, eu sei. Pode acreditar, eu entendo.

* * *

Raine foi à minha casa no dia seguinte, depois da aula, para discutir seu plano "Encontrar Carys".

Como Raine ainda estava muito aquém do esperado em três matérias, ainda estava sendo obrigada a passar o almoço e os tempos livres na sala da diretora Afolayan para fazer lição de casa.

Isso significava que Raine via um monte de gente entrar e sair da sala, que, a propósito, era mais como uma sala de conferência grande, com ar-condicionado, TV de plasma na parede, vários vasos de planta e poltronas confortáveis.

Uma dessas pessoas era a representante dos pais, Carol Last.

De acordo com Raine, Carol levava uma agenda cor-de-rosa consigo sempre que ia à escola para uma reunião.

Também de acordo com Raine, se Carol tinha algum registro do endereço de Carys, só podia estar dentro da agenda.

Eu não fazia ideia de como conseguiríamos roubar a agenda de Carol bem embaixo de seu nariz. Para ser sincera, nem era o que eu queria fazer. Eu nunca tinha roubado nada antes nem queria me tornar uma ladra. Só a ideia de ser pega por ela já bastava para me deixar meio mal.

— Não se preocupe com isso — disse ela. Estávamos sentadas à mesa do café da manhã na minha casa comendo biscoitos diretamente do pacote. — Tenho menos moral. Já roubei coisas.

— Você já *roubou* coisas?

— Bom... mais ou menos. Roubei os sapatos de Thomas Lister porque ele jogou um sanduíche em mim dentro do ônibus. — Ela sorriu e olhou para a frente. — Ele teve que descer do ônibus e andar de meias na neve. Foi lindo.

O plano era que Raine trombaria com Carol enquanto esta estivesse saindo da sala de Afolayan e derrubaria uma pilha de livros. Teoricamente, Carol derrubaria a agenda e Raine poderia pegá-la sem que a mulher percebesse.

Pensei que o plano era péssimo porque dependia de a) a agenda estar na mão de Carol, e não dentro da bolsa, b) Raine derrubar os livros de um jeito que pudesse pegar a agenda sem que Carol visse, e c) Carol se esquecer de que estava com a agenda na mão tão logo ela fosse derrubada.

Ou seja, eu achava que não tinha como dar certo.

Nem sabíamos com certeza se o endereço de Carys estaria ali dentro.

Minha mãe por acaso estava na cozinha na hora e, quando Raine terminou de falar, ela disse:

— Não sei se isso vai dar certo, meninas.

Raine e eu nos viramos para ela.

Minha mãe sorriu e prendeu os cabelos compridos.

— Vou cuidar disso.

Sabíamos, com certeza, que Carol estaria na escola às 14h da quinta-feira, 13 de fevereiro, para uma reunião com todos os representantes do conselho de pais e mestres. Queria saber o que aqueles pais faziam da vida para estarem livres às 14h de uma quinta-feira. Ficava me perguntando por que Carol era representante do conselho de uma escola na qual nenhum de seus filhos estudava.

Minha mãe tinha tirado um dia de folga no trabalho. Ela dizia que nunca usava todo o tempo que davam para ela nas férias.

Acho que, na verdade, minha mãe estava muita animada por fazer parte do plano.

Ela havia marcado um horário com a dra. Afolayan às 15h. Disse que conversaria com Carol quando ela saísse da reunião com a diretora. Não sabia como conseguiria o endereço de Carys. Raine e eu estaríamos em uma aula de história na hora, então não faríamos ideia do que aconteceria.

— Deixem tudo comigo — disse minha mãe com um sorriso malicioso.

Raine voltou para casa comigo no trem, depois da aula naquele dia. Minha mãe estava à nossa espera à mesa da cozinha. Estava vestindo o único terninho que tinha e tinha prendido os cabelos com uma presilha, representando o estereótipo perfeito de mãe.

Ela segurava a agenda cor-de-rosa.

— *Jesus Cristo!* — gritei, jogando os sapatos num canto e correndo até o balcão. Raine logo me acompanhou, com uma expressão de completa surpresa. — Como foi que você conseguiu?

— Perguntei se ela podia me emprestar — disse ela, dando de ombros de um jeito despreocupado.

Eu ri.

— O quê?

Minha mãe se inclinou sobre a mesa.

— Perguntei se ela tinha o endereço de nosso representante geral porque eu queria escrever uma carta bem direta sobre a *pouca* quantidade de lição de casa que vocês, alunos preguiçosos, recebem para fazer, afirmando que as escolas da região estão deixando vocês perderem rendimento, transformando todos os alunos em vagabundos. — Ela entregou a agenda para nós. — Mas, é claro, eu tinha uma reunião que não podia perder, então não tinha tempo de parar e copiar o endereço. Então, perguntei se podia pegar a agenda emprestada e deixá-la na caixa de correspondências dela depois da reunião. É melhor vocês duas correrem.

— Ela deve gostar muito de você — falei, balançando a cabeça e pegando a agenda.

Minha mãe deu de ombros.

— Ela sempre tenta conversar comigo no correio — falou.

Raine e eu demoramos só dez minutos para procurar na seção inteira de endereços e descobrir que não havia nada registrado para Carys Last.

Procuramos na parte de anotações, mas só encontramos várias listas de compra, listas de afazeres, anotações relacionadas ao trabalho (eu ainda não tinha ideia do que ela fazia) e as anotações dela da reunião, que se resumiam às palavras "blá blá blá", uma carinha feliz e um desenho pequeno de um dinossauro. Fiz questão de rasgar aquela página.

— Acho que não está aqui — falei, sentindo o estômago meio revirado. Sinceramente, pensei que encontraríamos alguma coisa. Com certeza, Carol tinha que ter o endereço da filha anotado em *algum lugar*.

Se ela tivesse um endereço *mesmo*.

Raine resmungou:

— O que vamos fazer agora? Já estamos em fevereiro, Aled já se foi há quase dois meses...

— Fevereiro — falei de repente.

— O quê?

Fevereiro.

— Fevereiro. — Puxei a agenda para mim. — Deixa só eu olhar mais uma vez.

Virei cada página do caderno de endereços muito lentamente. Finalmente parei, gritei e apontei uma página com o dedo.

— Ai, meu Deus — sussurrou Raine.

Na parte "F" do caderno de endereços havia apenas quatro registros. O primeiro era o de uma pessoa que aparentemente nem tinha sobrenome. Havia só uma palavra no campo "Nome" na linha pontilhada:

"February."

LONDON'S BURNING

Peguei o trem para Londres naquela sexta-feira. Minha mãe me fez prometer levar um apito de segurança comigo o tempo todo e enviar uma mensagem de texto por hora.

Eu ia fazer isso.

Eu ia encontrar a Carys. Ela ia ajudar o Aled.

Eu me vi em uma casa razoavelmente limpa em uma área residencial. Era bem mais elegante do que eu esperava. Claro que não era uma daquelas construções brancas e chiques que todo mundo imagina quando pensa na vida em Londres, mas Carys não estava vivendo em um lixão. Eu tinha esperado paredes descascadas e janelas cheias de tábuas de madeira.

Subi os degraus até a porta e toquei a campainha. Tocou ao ritmo de "London's Burning", do The Clash.

Uma jovem negra com cabelos cor-de-rosa chamativos abriu a porta. Demorei um pouco para eu dizer alguma coisa porque ela tinha colocado margaridas em meio a seus cachos e era o cabelo mais legal que eu já tinha visto.

— Tudo bem, amiga? — perguntou ela com um sotaque tipicamente londrino. Parecia um pouco a Raine falando.

— Hum... sim, estou procurando Carys Last. — Pigarreei porque minha voz estava meio rouca. — Parece que ela mora aqui.

A mulher fez uma cara de solidariedade.

— Desculpa, amiga, mas não tem nenhuma Carys aqui.

— Ah... — Senti um aperto no peito.

Então algo me ocorreu.

— Espere... e alguém chamado February? — perguntei.

A mulher pareceu um pouco surpresa.

— Ah, sim! É a Feb! Você é amiga dela há muito tempo ou...?

— É... mais ou menos.

Ela sorriu e se inclinou no batente da porta.

— Caramba, eu sabia que ela tinha mudado o nome, mas... Carys. Cara, é tão *País de Gales*.

Também ri.

— Então... ela está?

— Não, amiga, ela está no trabalho. Você pode ir até lá para encontrá-la, se tiver tempo. Ou pode dar um tempo aqui.

— Ah, sim. Ela trabalha longe?

— Que nada. Trabalha em South Bank, no National Theatre, tipo... ela é guia turística e faz... tipo, oficinas para crianças e coisas assim. Uns dez minutos de metrô.

Como eu estava esperando que Carys estivesse sofrendo para ganhar um salário mínimo num subemprego, fiquei bem surpresa quando ouvi aquilo.

— Ela se importaria? Eu estaria interrompendo ou coisa assim?

A mulher olhou no relógio, que era grande e amarelo.

— Não, já passa das seis, então ela já deve ter acabado as oficinas. Você provavelmente vai encontrá-la na loja de lembrancinhas, ela costuma ajudar por lá até terminar o expediente, às oito.

— Tá. — Parei no degrau. Era isso. Eu encontraria a Carys. Ou... não. Calma. Eu tinha que conferir. Só para ter certeza. — Então, a Carys... — eu me corrigi — a *February*... hum... só para ter certeza, ela... ela tem cabelos loiros...

— Cabelos loiros tingidos, olhos azuis, peitões e um rosto sério como se fosse torcer seu pescoço? — A mulher riu. — É ela?

Sorri com nervosismo.

— Hum, isso.

Demorei só mais vinte minutos para chegar ao National Theatre. South Bank — uma área cheia de cafés, barraquinhas, restaurantes e ambulantes — estava lotada de pessoas saindo para jantar e indo ao teatro, e já estava bem escuro. Tinha alguém tocando uma música do Radiohead com um violão. Eu havia estado ali só uma vez antes, para ver uma produção de *Cavalo de Guerra* com a escola.

Enquanto eu caminhava em direção ao teatro usando o Google Maps como guia, conferi o que estava vestindo: uma jardineira listrada por cima de uma camiseta com balões de fala espalhados, com meias grossas cinza e uma blusa de tricô. Eu me sentia eu mesma, o que fez com que eu me sentisse um pouco mais confiante na situação.

Por um momento, um pouco antes de entrar no National Theatre, realmente quis dar meia-volta e ir para casa. Enviei uma mensagem de texto para a minha mãe com uma carinha de choro e ela respondeu com um sinal de positivo, várias meninas dançarinas de salsa e um trevo de quatro folhas.

Entrei no prédio — uma construção enorme e cinza que não se parecia em nada com um teatro londrino — e, no mesmo instante, vi a loja de lembrancinhas perto da entrada. Entrei.

Demorei um pouco para encontrar Carys, mas não deveria ter sido assim, porque ela ainda se destacava como sempre havia se destacado.

Ela estava arrumando livros em uma prateleira, reorganizando e tirando alguns de uma caixa de papelão que carregava embaixo do braço. Eu me aproximei dela.

— Carys — falei.

Ao ouvir o nome, ela logo franziu o cenho e virou a cabeça para olhar para mim, como se eu a tivesse assustado.

Demorou um instante para ela me reconhecer.

— Frances Janvier — disse ela com um rosto totalmente inexpressivo.

FILHO DE OURO

Muitas coisas estavam me assustando. Os cabelos dela, para começar. O loiro estava oxigenado agora, quase branco, e a franja cobria apenas metade da testa. Os olhos pareciam muito *maiores*, dava para ver que ela me olhava *intensamente*. Meu Deus, o delineador dela deve ter demorado meia hora para ser feito.

Ela estava usando batom vermelho, uma blusa listrada de tema náutico e uma saia bege que chegava à metade da panturrilha com sapatos boneca de plataforma cor-de-rosa pastel. Estava usando um crachá do National Theatre pendurado no pescoço. Parecia ter aproximadamente vinte e quatro anos.

A única coisa que era a mesma era a jaqueta de couro. Não conseguia lembrar se era a mesma que ela usava o tempo todo no passado, mas produzia o mesmo efeito.

Ela parecia prestes a me matar, ou me processar. Talvez as duas coisas.

De repente, ela começou a rir sozinha.

— Eu sabia — disse ela, e pronto, ali estava aquela voz meio chique, baixa como a de Aled, como se ela trabalhasse na televisão. — Sabia que alguém acabaria me encontrando. — Ela olhou para mim e era ela mesma, mas era como se eu estivesse conversando com alguém que nunca tinha visto antes.

— Só não pensei que seria você.

Eu ri sem jeito.

— Surpresa!

— Hum. — Ela ergueu as sobrancelhas, então se virou e gritou para uma mulher no caixa. — Ei, Kate! Posso sair mais cedo?

A mulher respondeu que ela podia, então ela pegou a bolsa e saímos juntas.

Carys me levou ao bar do teatro, o que não me surpreendeu nem um pouco. Ela gostava de beber quando tinha dezesseis anos e ainda gostava agora.

Ela também insistiu em me comprar uma bebida. Tentei impedi-la, mas, quando me dei conta, ela estava pedindo dois daiquiris, cada um provavelmente custando cerca de vinte libras, sabendo como eram as coisas em Londres. Tirei a jaqueta, a coloquei no encosto do banquinho e me concentrei para parar de transpirar tanto.

— O que te trouxe aqui? — perguntou ela, bebericando o coquetel com dois canudinhos e me olhando nos olhos. — Como me encontrou?

Pensar no fiasco da agenda me fez rir alto.

— Minha mãe roubou a agenda de sua mãe.

Carys franziu o cenho.

— Não era para a minha mãe ter meu endereço. — Ela desviou o olhar. — Que merda. Aposto que ela leu minha carta para Aled.

— Você... você enviou uma carta a Aled?

— Sim, ano passado, quando me mudei com minhas colegas. Só para contar para ele que estava tudo bem e passar meu novo endereço. Até assinei como February para que ele soubesse que estava usando esse nome.

— Aled... — Balancei a cabeça levemente. — Aled não recebeu notícia sua. Ele me disse.

Carys quase pareceu não ter me ouvido.

— Minha mãe. Meu Deus. Não sei por que estou surpresa. — Ela soltou o ar, então ergueu as sobrancelhas e olhou para mim.

Eu não sabia por onde começar. Havia muitas coisas que eu precisava dizer para ela, precisava *perguntar*.

Ela se adiantou.

— Você está diferente — falou. — Suas roupas estão mais *a sua cara*. E soltou os cabelos.

— Ah, obrigada, eu...

— Como você está?

Carys ficou me bombardeando com perguntas por vários minutos, me impedindo de falar de qualquer coisa que eu quisesse falar, como 1) seu irmão gêmeo tem demonstrado comportamento preocupante há cerca de sete meses, 2) sinto muitíssimo por ter sido uma amiga ruim, 3) como você consegue ter a vida tão *organizada* aos dezoito anos, 4) por favor, explique por que agora seu nome é February.

Ela ainda era a pessoa mais intimidante que eu conhecia. *Mais* intimidante agora. Tudo nela me aterrorizava.

— Você conseguiu entrar em Cambridge? — perguntou ela.

— Não — respondi.

— E agora, qual é o plano?

— Ah.... Não sei, não importa. Não vim aqui falar disso.

Carys olhou para mim, mas não disse nada.

— Vim atrás de você por causa do Aled — falei.

Ela olhou para mim com as sobrancelhas levantadas. A expressão de pedra que eu conhecia estava de volta.

— É mesmo?

Comecei pelo começo. Expliquei que Aled e eu tínhamos nos tornado amigos, expliquei a coincidência de *Universe City*. Expliquei como acabei revelando que ele era o Criador, sem querer, que ele tinha parado de responder às minhas mensagens e que a mãe dele estava destruindo tudo o que ele tinha.

Carys ouvia, tomando golinhos da bebida enquanto eu falava, mas percebi que ela ficava cada vez mais preocupada. Eu estava mexendo no meu copo, passando-o de uma mão para a outra.

— Isso... — disse ela, assim que terminei. — Meu Deus, nunca pensei... *nunca* pensei que ela começaria com ele também.

Quase não quis perguntar.

— Começaria o quê?

Carys pensou naquilo por um momento, cruzando as pernas e mexendo nos cabelos.

— Nossa mãe não acredita que seja possível ter uma vida feliz que não seja bem-sucedida academicamente. — Ela colocou o copo na mesa e levantou uma das mãos, apontando para cada dedo enquanto falava. Ainda tinha pequenas cicatrizes de queimadura na pele. — Isso quer dizer que uma pessoa precisa de notas excelentes nos estudos o tempo todo, só escolhas perfeitas na escola e um baita diploma das melhores universidades do mundo. — Ela abaixou a mão. — Ela acredita tanto nisso que prefere nos ver mortos a fazer outra coisa.

— Que merda — falei.

— Pois é. — Carys riu. — Infelizmente para mim, como você bem sabe, eu fui uma daquelas pessoas que... Por mais que tentasse, não conseguia boas notas. Em nada. Minha mãe achava que podia me *forçar* a me tornar inteligente, como por mágica. Professores particulares, mais lição de casa, acampamentos de férias etc. O que era ridículo, claro.

Ela tomou mais um gole. Estava me contando essa história de um jeito despreocupado, como se falasse sobre as férias de verão.

— Aled era o inteligente. O filho dos sonhos. A preferência sempre foi óbvia, mesmo antes de meu pai ir embora, quando tínhamos oito anos. Minha mãe me desprezava totalmente porque eu não conseguia resolver problemas de matemática, porque eu era a filha gorda e burra, e transformou a minha vida num inferno, literalmente.

Não quis perguntar, mas perguntei mesmo assim.

— O que ela fazia?

— Aos poucos, ela foi tirando tudo o que me dava alegria na vida. — Carys deu de ombros. — Era meio assim: se você não tirar 10 nessa prova, beleza, não vai poder ver seus amigos esse fim de semana. Não tirou 10 nesse trabalho? Tudo bem, vai ficar sem seu laptop por duas semanas. E foi ficando pior, sabe? Acabou ficando assim: se não tirar 10 no seu simulado, vou te trancar em seu quarto no fim de semana todo. Se não passar numa prova, não vai ganhar presente de aniversário.

— Meu Deus...

— Ela é um monstro, mesmo. — Carys ergueu um dedo. — Mas ela também é *calculista*. Não faz nada ilegal, nada que pareça abusivo. É assim que ela sai impune.

— E... você acha... que ela está fazendo essas coisas com o Aled agora?

— Pelo que você acabou de me contar... sei lá, parece. Nunca pensei que ela fosse descontar nele. Ele era o *filho de ouro*. Nunca poderia pensar... Sei lá, se eu soubesse... se ele tivesse lido minha carta, respondido e me dito... — Ela balançou a cabeça, parando a frase no meio do caminho. — Eu não conseguia nem me defender contra ela, muito menos defendê-lo também. Acho que como eu não estava ali... ela só precisava de alguém para destruir.

Eu não soube o que dizer.

— Não acredito que ela mandou *sacrificar* o cachorro — continuou. — Isso é... horroroso.

— Aled ficou arrasado.

— Imagino, ele amava aquele cachorro.

Fizemos uma pausa e eu tomei um gole da minha bebida, que estava bem forte.

— Mas sinceramente, eu detestava ele naquela época.

Fiquei chocada.

— Você *detestava* ele? Por quê?

— Porque eu era o alvo de toda a perseguição da nossa mãe. Porque ele era o filho de ouro e eu era a idiota. Porque ele nunca me defendeu, nem uma vez, mesmo quando via como ela me tratava mal. Eu o culpava totalmente. — Ela viu minha cara de desdém e ergueu as sobrancelhas. — Ah, não se preocupe, não penso mais assim. Não o culpo mais, nem um pouco, é tudo culpa daquela mulher. Se ele tivesse tentado me defender, ela teria tornado a vida de *nós dois* insuportável.

A história toda era desesperadamente triste e eu sabia que tinha que fazer com que eles entrassem em contato de novo, mesmo que fosse literalmente a última coisa que eu fizesse.

— Bom, um dia eu tive que ir embora. — Ela terminou a bebida e colocou o copo na mesa. — Se eu continuasse ali, teria sido infeliz pelo resto da vida. Ela me forçaria a estudar, eu provavelmente repetiria um ano quando fosse reprovada nas matérias, e depois me esforçaria para arrumar um emprego que satisfizesse as expectativas da minha mãe. — Ela deu de ombros. — Então, fui embora. Procurei meus avós, os pais do meu pai, e morei com eles por um tempo. Meu pai nos abandonou, mas meus avós sempre mantiveram contato. Então, me envolvi com o National Youth Theatre, consegui uma bolsa para um dos cursos de artes cênicas deles. Depois, arrumei um emprego aqui. — Ela jogou os cabelos como uma estrela da TV e me fez rir. — E agora a minha vida é ótima! Moro com amigos, tenho um trabalho divertido no qual faço coisas de que gosto. A vida não se resume a livros e a notas.

Fiquei feliz por saber que ela estava feliz.

Pensei que descobriria muitas coisas sobre Carys Last quando a visse, mas não esperava que ela estivesse feliz.

— Mas... — Ela se recostou na cadeira de novo. — Sinto muito por Aled estar em dificuldades.

— Estou muito preocupada com ele desde que ele parou de fazer *Universe City*.

Carys inclinou a cabeça. Os cabelos loiros brancos brilharam um pouco sob as luzes de LED do bar.

— Fazer... universidade?

E então, eu me dei conta.

Carys não fazia ideia do que era *Universe City*.

— V-você não conhece a história de *Universe City*. — Levei a mão à testa. — Minha nossa.

Ela olhou para mim, assustada.

Contei a ela tudo o que tinha acontecido em *Universe City*, incluindo February Friday.

Sua expressão de gelo derreteu enquanto eu falava. Ela arregalou os olhos. Balançou a cabeça várias vezes.

— Pensei que você soubesse — falei, assim que terminei.

— Sei lá... vocês são gêmeos...

Ela riu.

— Não temos uma ligação psíquica.

— Não, pensei que ele contasse para você.

— Aled não conta *nada*. — Carys voltou a franzir a testa, mergulhada em pensamentos. — Ele não diz *nada*, porra.

— Pensei que tinha sido por isso que você tinha escolhido o nome February...

— February é meu *segundo nome*.

Fizemos um silêncio cortante.

— Ele fez isso por mim, não foi? — perguntou ela.

— Bom, acho que foi mais por ele, na verdade. Mas ele queria que você ouvisse. Queria falar com você.

Por fim, ela suspirou.

— Sempre achei que vocês eram parecidos.

Eu mexi o canudo dentro do copo.

— Por quê?

— Você nunca diz o que está pensando de verdade.

FAMÍLIA

Ficamos ali por mais um tempo, conversando sobre a vida. Ela era só três meses mais velha do que eu, mas era dez vezes mais madura. Tinha feito entrevistas de emprego, pagava suas contas e impostos e bebia vinho tinto. Eu não conseguia marcar uma consulta no médico sozinha.

Quando eram 21:30, eu disse que precisava ir embora, então ela pagou nossas bebidas (apesar de eu ter protestado) e saímos em direção à estação Waterloo.

Eu ainda não tinha conseguido pedir para ela ajudar Aled de alguma forma, e aquela seria minha única chance.

Depois de darmos um abraço de despedida no meio da estação, pedi para ela.

— Existe a possibilidade de você... de você entrar em contato com o Aled? — perguntei em voz baixa.

Ela não aparentou surpresa. Seu rosto voltou a apresentar aquela máscara clássica inexpressiva.

— Foi para isso que você me procurou, não foi?

— Bom... sim.

— Hum. Você deve gostar muito dele.

— Ele... ele é o melhor amigo... que já tive. — No mesmo instante, me senti meio ridícula por dizer isso.

— Que bonitinho — disse ela. — Mas... acho que não posso falar com ele de novo.

Senti o estômago revirar.

— O quê? Por quê?

— É que... — Ela se remexeu meio sem jeito. — Deixei aquela vida para trás. Segui em frente. Não é mais da minha conta.

— Mas... ele é seu irmão. Da sua família.

— Família não quer dizer nada — disse ela, e eu percebi que ela acreditava mesmo nisso. — Ninguém tem obrigação de amar a família. Não escolhemos nascer.

— Mas... Aled é *bom*, ele... Acho que ele precisa de ajuda e não conversa comigo...

— Não é mais da minha conta! — disse ela, falando um pouco mais alto. Ninguém notou. As pessoas passavam apressadas por nós, vozes ecoando pela estação. — Não posso voltar, Frances. Tomei a decisão de ir embora sem olhar para trás. Aled vai ficar bem na faculdade, é onde ele sempre mereceu estar. Sinceramente, pode acreditar, eu cresci com ele. Se tem alguém que deveria estar na faculdade fazendo um curso acadêmico difícil, esse alguém é ele. Ele provavelmente está se divertindo demais.

Notei então que eu não acreditava nela.

Ele havia dito que não queria ir para a faculdade. Nas férias. Dissera que não queria fazer faculdade e ninguém escutou. Agora estava lá. Quando liguei para ele em dezembro, parecia que queria morrer.

— Ele escreveu Cartas a February para você — falei. — Para você. Mesmo quando você ainda estava em casa, ele estava fazendo *Universe City* e esperando que você descobrisse e conversasse com ele.

Ela não disse nada.

— Você se importa?

— Claro que sim, mas...

— Por favor — falei. — Por favor, estou com medo.

Ela balançou a cabeça lentamente.

— Com medo do quê?

— De que ele desapareça — falei. — Como você desapareceu.

Ela parou e olhou para baixo.

Eu quase *queria* que ela se sentisse culpada por aquilo.

Queria que ela se sentisse como eu tinha me sentido por dois anos.

Ela riu.

— Você está querendo fazer com que eu me sinta culpada, Frances — disse ela, sorrindo. — Acho que eu gostava mais de você quando era fracota.

Dei de ombros.

— Dessa vez, estou falando a verdade.

— Bom, a verdade tem força, não é o que dizem?

— Você vai ajudá-lo?

Ela respirou fundo, estreitou os olhos e enfiou as mãos nos bolsos.

— Vou — respondeu.

O "INCIDENTE"

Fomos à casa de Carys para pegar algumas roupas antes de pegar o trem de volta para a minha casa em St Pancras. Estava muito tarde para pegar um trem que nos levasse ao norte, até a universidade de Aled, então decidimos dormir na minha casa e sair de manhã. Eu havia enviado uma mensagem para a minha mãe e ela disse que tudo bem.

Conversamos pouco no trem. Era quase surreal estar com ela daquele jeito de novo: sentadas em lados opostos de uma mesa, olhando pela janela, para o escuro. Muitas coisas eram diferentes, mas o modo com que ela se apoiava na mão e com que seus olhos brilhavam era exatamente o mesmo.

Chegamos à minha casa, entramos e ela tirou os sapatos.

— Nossa! Nada mudou.

Eu ri.

— Não somos muito de mexer na decoração.

Minha mãe entrou no corredor, vinda da cozinha.

— Carys! Uau, adorei seus cabelos. Já tive uma franja assim. Ficava péssimo em mim.

Carys também riu.

— Obrigada! Hoje em dia eu consigo enxergar.

Carys trocou amenidades com minha mãe por uns minutos e então fomos para a cama, porque já era quase meia-noite.

Estava escuro lá fora, mas as lâmpadas dos postes emitiam uma luz fraca e laranja em meio ao azul-escuro.

— Você se lembra quando eu dormi na sua casa, uma vez? — perguntou ela, depois de eu vestir o pijama no banheiro.

— Ah, lembro — falei, como se tivesse acabado de me lembrar. Eu não tinha me esquecido. Tinham sido dois dias antes do "incidente". Chegamos à minha casa depois de Carys ter me arrastado para outra para a qual eu não queria ir. — Você estava bêbada, haha.

— É.

Ela foi escovar os dentes e vestir o pijama. Tentei ignorar como estava me sentindo esquisita e o modo com que Carys ficava me olhando.

Nós duas nos deitamos na minha cama de casal. Apaguei as luzes do teto e acendi as luzinhas pequenas. Carys virou a cabeça na minha direção e perguntou:

— Como é ser inteligente?

Eu ri, mas não consegui olhar para ela. Olhei para as luzinhas no teto.

— Por que você acha que sou inteligente?

— Sei lá, as notas. Você tira boas notas. Como é isso?

— Não... não é tão especial. É útil, acho. Útil.

— Tá, isso faz sentido. — Ela olhou para o outro lado e depois para o teto. — Teria sido útil. Minha mãe ficava tentando fazer com que eu tirasse boas notas. Não dava. Não sou inteligente.

— Mas você é inteligente de modos mais importantes.

Ela olhou para mim de novo e sorriu.

— Ah. Que bonitinha.

Olhei para ela e não consegui evitar um sorriso.

— O quê? É verdade.

— Você é bonitinha.

— Não sou bonitinha.

— É, sim. — Ela levantou uma das mãos e acariciou meus cabelos. — Seu cabelo fica bonito assim. — Ela acariciou meu rosto delicadamente com um dedo. — Tinha me esquecido que você tem sardinhas. Bonitinha.

— Para de falar "bonitinha" — falei, meio dando risada.

Ela continuou acariciando meu rosto com os dedos. Depois de um tempo, olhei para ela e vi que estávamos a poucos centímetros de distância. A pele dela estava azul por causa das luzinhas, depois ficou cor-de-rosa, depois verde, depois azul de novo.

— Desculpe... — Minha voz falou antes que eu conseguisse terminar de falar. — Desculpe por eu não ter sido uma amiga melhor.

— Quer se desculpar por ter me beijado — disse ela.

— É — sussurrei.

— Hum.

Ela abaixou a mão. Notei o que ela estava prestes a fazer e não consegui pensar em uma maneira de recusar a tempo, então deixei que ela se inclinasse para a frente e pressionasse os lábios nos meus.

Deixei acontecer por alguns minutos. Foi bom. Em algum momento enquanto acontecia, notei que não me sentia atraída por ela e que não queria que aquilo estivesse acontecendo.

Também nesse tempo, ela se virou de modo que o cotovelo ficou apoiado ao lado da minha cabeça. Ela estava quase em cima de mim, com uma perna pressionada contra meu corpo, e me beijou lentamente, como se estivesse tentando se desculpar por ter gritado comigo dois anos antes. Tive a impressão de que ela tinha beijado muitas pessoas entre aquele tempo e agora.

Quando terminei de processar o que estava acontecendo, eu me afastei, virando a cabeça para o outro lado.

— Eu não... quero isso — falei.

Ela ficou parada por um instante. Então, se afastou e se deitou na cama de novo.

— Tudo bem — disse ela. — Sem problema.

Ficamos em silêncio.

— Você não é a fim de mim e não me contou, não é? — perguntei.

Ela sorriu.

— Não. Eu só quis me desculpar. Foi um beijo de desculpas.

— Se desculpar pelo quê?

— Literalmente gritei com você por uns dez minutos só porque você me beijou.

Nós duas demos risada.

Eu me senti aliviada.

O alívio foi principalmente porque não era mais a fim da Carys.

— Aled tem namorada? — perguntou ela.

— Ah... você também não sabe disso...

— Do quê?

— Aled, hum... Você se lembra do amigo dele, o Daniel? — Eles... *ficam*? — Carys deu uma risada de bruxa. — Que demais. Demais. Espero que incomode muito a minha mãe.

Eu ri porque não soube o que dizer. Ela acomodou as mãos embaixo do rosto.

— Vamos ouvir *Universe City*? — perguntou ela.

— Você quer ouvir um episódio?

— Quero, estou curiosa.

Eu me virei para o lado e fiquei de frente para ela de novo, procurando meu telefone embaixo do travesseiro. Acessei o primeiro episódio — seria melhor começar do começo — e apertei play.

Quando a voz de Aled surgiu, Carys se movimentou de novo de modo a ficar deitada de costas. Ela ouviu a voz de Aled, olhando para cima. Não fez nenhum comentário nem demonstrou qualquer reação, mas sorriu com algumas piadas. Depois de alguns minutos, eu comecei a me desligar, sentindo que estava prestes a pegar no sono, e só prestei atenção na voz de Aled, falando com a gente do ar acima de nossa cabeça, falando com a gente como se estivesse ali no quarto. Quando o episódio terminou e as notas finais de "Não nos resta nada" desapareceram, o quarto pareceu dolorosamente vazio e silencioso. Calado.

Olhei para Carys e fiquei surpresa ao vê-la ainda na mesma posição, piscando lentamente como se estivesse presa em pensamentos. Uma lágrima surgiu no canto de seu olho.

— Que triste — disse ela. — Muito triste.

Eu não disse nada.

— Ele fazia isso o tempo todo. Mesmo antes da minha partida... estava chamando.

Ela fechou os olhos.

— Queria poder ser tão sutil e bonita. Eu só sei gritar...

Eu me virei para olhar para ela.

— Por que você não queria ajudá-lo?

— Estou com medo — sussurrou ela.

— De quê?

— De vê-lo e não conseguir deixá-lo.

Ela adormeceu quase imediatamente depois daquilo e eu decidi enviar uma mensagem para Aled. Duvidava de que ele responderia. Talvez nem visse. Mesmo assim, quis mandar.

Frances Janvier

Oi, Aled, espero que esteja tudo bem, cara. Só queria te contar que encontrei a Carys, e vamos te ver amanhã na universidade. Estamos muito preocupadas com você, te amamos e estamos com saudade xxx

UNIVERSE CITY: Ep. 1 — azul-escuro
UniverseCity   109.982 visualizações

Com problemas. Preso em Universe City. Mandem ajuda.
Deslize para baixo para ler a transcrição >>>

[...]

O que sinto por você não é paixão, mas a você, meu amigo, quero contar *tudo*. Há muito tempo, uma predisposição a nunca dizer nada me tomou, e sinceramente não consigo entender por que ou como isso aconteceu. C'est la vie.

Mas alguma coisa em você faz com que eu queira falar como você fala – te observo de longe e você realmente é a melhor pessoa que conheci na vida. Tem a capacidade de fazer as pessoas ouvirem o que você diz sem questionar, ainda que não use esse poder com frequência. Quase quero *ser* você. Isso faz sentido? Aposto que não. Estou só falando bobagens. Peço desculpas.

Bom, espero, quando nos encontrarmos de novo um dia, que você me ouça e preste atenção. Não tenho mais ninguém a quem poderia dizer essas coisas. Pode ser que você nem esteja ouvindo agora. Mas você não tem que ouvir se não quiser. Quem sou eu para fazer você fazer alguma coisa? Não sou, sou nada. Mas *você*... ah, você... olha, eu ouviria você por horas.

[...]

5. TRIMESTRE DA PRIMAVERA
b)

A ARTE IMITA A VIDA

— A propósito, tô dura — disse Raine pela janela aberta de seu Ford Ka. — Então, espero que vocês estejam com grana.

Eu tinha ligado para a Raine de manhã, rezando para que ela estivesse a fim de entrar no plano de resgate do Aled da faculdade. Claro que ela estava.

— Eu pago a gasolina — disse Carys quando entrou no banco de trás.

Raine a observou fascinada.

— Sou a Carys — disse ela.

— Sei — disse Raine. — Uau. — Ela percebeu que estava olhando fixamente e pigarreou. — Sou a Raine. Você não se parece muito com o Aled.

— Bom, somos irmãos gêmeos, mas não somos a mesma pessoa.

Ajeitei o banco e me sentei.

— Tem certeza de que quer levar a gente?

Raine deu de ombros.

— Melhor do que ir para a escola.

Carys riu.

— Verdade.

Quando Raine ligou o carro, um pensamento me ocorreu.

— Acha que devemos ver se Daniel quer ir junto?

Raine e Carys se viraram para olhar para mim.

— Acho que se ele soubesse de tudo isso, ele... ele ia querer ir — falei.

— Você é, literalmente, a pessoa mais boazinha no mundo — disse Raine.

Carys deu de ombros.

— Quanto mais gente, melhor.

Peguei meu telefone e liguei para o Daniel. Contei tudo para ele.

— Está tudo bem? — perguntou Raine.

— Tudo. Precisamos buscá-lo.

Carys estava olhando pela janela.

Raine olhou para ela pelo espelho retrovisor.

— Você está bem, amiga? — perguntou. — Para o que está olhando?

— Não se preocupe, vamos.

Dirigimos até a casa dele para buscá-lo. Ele estava sentado, esperando na mureta do lado de fora, usando uma blusa vermelha por baixo do uniforme da escola. Parecia meio prestes a ter um ataque de pânico.

Saí do carro para deixar que ele se acomodasse ao lado de Carys. Ele se sentou e os dois se entreolharam por um bom tempo.

— Minha nossa senhora do céu — disse ele. — Você voltou.

— Voltei — disse ela. — Bom te ver também.

Foi um trajeto de seis horas. Começou bem tenso. Raine parecia estar meio nervosa com Carys da mesma maneira como eu ficava, principalmente porque Carys era extremamente intimidante. Daniel não parava de passar o telefone de uma das mãos a outra e me pedia para repetir exatamente o que tinha acontecido com Aled no Natal.

Cerca de duas horas de viagem depois, paramos em um posto de gasolina para que Raine pudesse comprar café e para que todos nós pudéssemos ir ao banheiro. Enquanto estávamos voltando para o carro, com o vento soprando no estacionamento, Raine perguntou a Carys:

— Então para onde você foi?

— Londres — disse Carys. — Trabalho no National Theatre, organizo oficinas e coisas assim. Ganho bem.

— Cara! Eu conheço o National. Vi *Cavalo de Guerra* lá alguns anos atrás. — Raine olhou para Carys com atenção. — Você não precisou de qualificação para conseguir o emprego?

— Não — disse Carys. — Eles nem pediram.

Daniel franziu o cenho ao ouvir isso, e Raine não disse nada em resposta, mas abriu um sorriso. Enquanto Carys voltava para dentro do carro, Raine murmurou para mim:

— Gosto dela.

As coisas dentro do carro se acalmaram um pouco depois disso. Raine me deixou assumir o controle de seu iPod e coloquei Madeon para tocar, mas Daniel resmungou que estava alto demais, então desisti e sintonizei a Rádio 1. Carys olhou de óculos escuros pela janela como se fosse Audrey Hepburn.

Eu estava extremamente nervosa. Aled não havia respondido à minha mensagem. Havia a possibilidade de Aled estar apenas ocupado no quarto, na sala de aula ou algo assim, mas não conseguia parar de pensar que ele podia fazer algo... mais sério.

Coisas assim aconteciam, não?

Aled não tinha mais ninguém.

— Tudo bem, Frances? — perguntou Daniel. Estávamos sentados lado a lado no banco de trás agora. A pergunta parecia ser sincera e ele olhava para mim com seus olhos escuros.

— Ele... ele não tem mais ninguém. Aled não tem mais ninguém.

— Ah, que besteira. — Daniel se recostou, rindo. — Somos quatro pessoas dentro deste carro. Faltei à aula de química pra isso.

Alguma coisa na estrada me acalmava. Sempre achei isso. Coloquei os fones de ouvido e escutei um episódio de *Universe City*, vendo o cinza e o verde num borrão do lado de fora. Daniel estava ao meu lado, apoiando a cabeça na janela, com as duas mãos segurando o telefone. Carys bebericava da garrafa de água. Raine mexia os lábios cantando a música que estava tocando no rádio, mas eu estava de fones, então não sabia o que era. Em meus ouvidos, Aled dizia, ou Rádio dizia: "Eu queria ter tantas histórias como ela." Apesar de estarmos todos em pânico pela mesma coisa, momentaneamente senti que estávamos em paz. Eu me sentia o menos estressada que me sentira há muito tempo. Fechei os olhos. O zunido do carro, o ruído do rádio e o murmúrio da voz de Aled se misturavam em um único som glorioso.

Meia hora antes de chegarmos, eu disse:

— Parece que estamos dentro de Universe City.

Raine riu.

— Como assim?

— Rádio está preso em Universe City. E alguém finalmente o ouviu. Alguém vai salvá-lo.

— A arte imita a vida — disse Carys. — Ou talvez seja o contrário.

UM COMPUTADOR COM CARA TRISTE

Quando nos demos conta, muito mais rápido do que eu esperava, chegamos à cidade universitária de Aled. Em muitos aspectos, era extremamente parecida com a nossa cidade. Prédios dickensianos altos e ruas de paralelepípedo, uma pequena praça com uma série de lojas, um rio passando por tudo aquilo. Já passava das 21h — havia movimento e alunos por todos os lados, caminhando pela cidade e por perto dos pubs.

Demoramos uns bons vinte minutos dirigindo para encontrar o St John's College. Raine estacionou na frente, em uma vaga ilegal. Parecia apertado, só uma casa com varanda, e eu não entendia como um prédio tão pequeno podia ser uma faculdade inteira. Lá dentro, descobrimos que a faculdade se estendia a muitos dos prédios ao redor.

Permanecemos meio sem jeito na sala de recepção. Havia uma escada grande à nossa direita e dois corredores à frente.

— E agora? — perguntei.

— Aled sabe que estamos chegando? — perguntou Daniel.

— Sabe, mandei mensagem para ele.

— Ele respondeu?

— Não.

Daniel se virou para mim.

— Então... estamos aparecendo sem termos sido convidados.

Todo mundo se calou.

— Na verdade, amigo, estávamos meio em pânico — disse Raine. — Parecia que o Aled estava prestes a se matar ou sei lá o quê.

Ela havia dito as palavras que ninguém tinha ousado dizer ainda. Fizemos silêncio de novo.

— Alguém sabe pelo menos onde fica o quarto dele? — perguntou Carys.

— Talvez devêssemos perguntar na recepção — falei.

— Vou perguntar — disse Carys sem qualquer hesitação, e caminhou em direção à recepção, onde havia um senhor sentado. Ela conversou com ele por um momento e voltou.

— Parece que ele não pode nos contar.

Daniel resmungou.

— Poderíamos perguntar a alguns alunos — sugeriu Raine. — Ver se eles o conhecem.

Carys assentiu, concordando.

— E se ninguém *conhecer* o Aled? — perguntei.

Raine estava prestes a dizer algo quando ouvimos uma voz totalmente diferente vinda da escada.

— Com licença, vocês disseram "Aled"?

Todos nós nos viramos juntos e vimos um cara usando uma camisa polo da equipe de remo da universidade.

— Dissemos — respondi.

— Vocês são amigos da cidade dele?

— Somos, sou a irmã dele — disse Carys, parecendo dez anos mais velha do que era.

— Ah, graças a Deus — disse o rapaz.

— Por que graças a Deus? — perguntou Daniel.

— Hum... bom, ele tem agido de um jeito meio esquisito. Moro no quarto da frente e... Bom, ele não sai do quarto quase nunca, pra começo de conversa. Não faz mais as refeições no refeitório. Coisas assim.

— Onde fica o quarto dele? — perguntou Carys.

O aluno nos deu as orientações.

— Que bom que os amigos dele estão aqui — disse o garoto, antes de sair. — Sei lá, ele anda muito *isolado*.

Ficou decidido que eu iria sozinha ao quarto de Aled.

De certo modo, fiquei meio feliz.

Parecia que eu estava andando há séculos, atravessando corredores cobertos por carpetes azuis com paredes cor de creme e portas brilhantes, quando encontrei o quarto.

Bati à porta.

— Oi?

Ninguém respondeu, então bati de novo.

— Aled?

Nada.

Tentei a maçaneta. Estava destrancado. Entrei. O quarto estava escuro e as cortinas estavam fechadas, então acendi as luzes.

Parecia demolido.

O quarto em si era um típico quarto pequeno de faculdade. Menor do que o meu quarto em casa. Tinha espaço para uma cama de solteiro, uns metros de chão, um guarda-roupa meio feio, uma mesa igualmente feia. As cortinas eram tão finas que dava para ver as luzes da rua através delas.

Eram as coisas dentro do quarto que me preocuparam. Estava mais bagunçado do que seria normal, e o Aled nunca tinha sido muito bagunceiro. Havia um monte enorme de roupas em cima da cadeira e mais no chão, cobrindo todo o espaço do carpete. O guarda-roupa estava quase vazio e a cama, desarrumada, e parecia que os lençóis não eram trocados há meses. Havia pelo menos doze garrafas vazias de água no criado-mudo, juntamente com seu laptop, com a luz de *on* brilhando suavemente. As paredes eram a única parte limpa do quarto. Ele não havia pendurado nenhum pôster nem fotos na parede, eram apenas blocos entediantes, verde-claros. Estava congelando, porque ele tinha deixado a janela aberta.

A mesa estava coberta por um monte de folhas de papel, ingressos, folhetos, embalagens de comida e latas de refrigerante. Peguei um pedaço de papel da mesa. Estava quase totalmente em branco, mas li algumas linhas:

Poesia 14/1 — George Herbert — palestra Forma e Voz
- Anos 1930
- Paratexto — Gerard Genette. A forma textual que um poema assume — como fica no papel

- Diálogo — trocaico
- Cristo de John Wesley 1744 1844?????

No resto da folha, havia rabiscos.

Continuei mexendo nos papéis sobre a mesa, sem saber ao certo o que procurava. Encontrei muitas anotações de aulas com só uma ou duas linhas escritas. Havia também várias cartas do departamento financeiro lembrando que ele tinha que se recandidatar se quisesse financiamento para o ano que vem.

Então, encontrei a primeira anotação feita à mão.

Sinceramente, como você ousa acabar com um programa que é tão importante para tantas pessoas, porra? Acha que pode controlar tudo nele, mas o programa foi além disso — você nem sequer estaria nessa posição se não fosse por nós. Traga Universe City de volta ou vai se arrepender.

Encontrei mais um.

VÁ SE FODER, ALED LAST!!! VOCÊ ACABOU COM A FELICIDADE DE MUITAS PESSOAS NO MUNDO. ESPERO QUE ESTEJA SATISFEITO

E um terceiro.

KKKK por que você se dá ao trabalho de continuar vivendo se não está mais fazendo Universe City? Você destruiu o coração de milhares de pessoas. SE MATA

E um quarto. E um quinto.

Encontrei dezenove bilhetes, ao todo, espalhados sobre a mesa dele.

Fiquei confusa e morrendo de medo, então me lembrei daquela foto de Aled, meses antes, na qual ele aparecia entrando na faculdade. Todas aquelas pessoas só tiveram que escrever uma carta, colocar o nome dele no envelope e enviá-la à faculdade, e o resultado foi Aled sendo bombardeado com mensagens de ódio.

Encontrei uma carta que tinha o logo do YouTube no cabeçalho, com uma série de outros logos que não reconheci. Eu a li por cima.

Caro sr. Last,

Como não respondeu aos nossos e-mails, esperamos que não se importe por estarmos entrando em contato por correspondência. Nós, da Live!Video, gostaríamos de convidá-lo para participar de nossa convenção de verão, a Live!Video Londres. Como o seu canal no YouTube, Universe City, tem ganhado muita popularidade no último ano, gostaríamos de saber se você teria interesse em fazer uma versão ao vivo do programa. Nunca transmitimos uma versão ao vivo de um canal de história, como o seu, e seria uma grande honra para nós que o seu fosse o primeiro.

Havia várias outras cartas confirmando que Aled não tinha respondido a ninguém, o que me deixou triste.

Embaixo da pilha de papéis, encontrei o telefone de Aled. Estava desligado. Eu o liguei, já que sabia a senha, e imediatamente recebi oito novas mensagens. A maioria era minha, desde o início de janeiro.

Ele não ligava o telefone desde janeiro.

— Mas que merda é essa? — disse alguém atrás de mim.

Eu me virei e Aled estava parado na porta.

Usava uma camiseta branca com a estampa de um computador com cara triste e jeans rasgado azul-claro. Os cabelos dele estavam compridos, além dos ombros, e tinham o tom meio cinza-esverdeado de alguém que havia tingido os cabelos várias vezes, de várias cores diferentes, e depois parado por um tempo. Nas mãos, ele segurava uma escova de dentes e um tubo de pasta de dentes.

O que mais chamava atenção, no entanto, era que ele tinha perdido muito peso desde a última vez em que eu o vira, no Natal. Aled nunca tinha sido muito magro, mas agora seu rosto não estava mais redondo, os olhos pareciam fundos e a camiseta estava larga demais.

Ele estava chocado e boquiaberto. Tentou dizer mais alguma coisa. Acabou saindo correndo.

OUVIR

Corri atrás dele, mas logo o perdi e me vi no meio do escuro. Tinha certeza de que ele tinha corrido para fora do prédio, mas não consegui ver para que lado ele tinha ido e, naquelas condições climáticas, ele provavelmente estava congelando só de camiseta e calça jeans. Peguei meu telefone, procurei o número dele e liguei, mas é claro que ele não atendeu, então me lembrei de que o telefone dele estava no quarto e que ele não o usava há semanas.

Eu não sabia o que fazer. Será que ele apareceria se eu esperasse por ele lá dentro? Ou faria algo perigoso?

Estava claro que ele não estava pensando de modo racional.

Eu me virei e olhei para a entrada da faculdade.

Não podia entrar.

Comecei a correr descendo a rua e em direção ao salão.

Eu o vi quase no mesmo instante. Ele se destacava só de camiseta branca em meio a todos os alunos com casacos e blusas de lã, rindo, conversando e aparentemente se divertindo muito. Provavelmente estavam mesmo.

Eu o chamei. Ele se virou para olhar para mim e voltou a correr.

Por que ele estava *fugindo*?

Ele não queria me ver *mesmo*?

Eu desci uns degraus para segui-lo na rua e dobrei uma esquina, passando por uma ponte. Ele dobrou à direita de novo e desapareceu ao descer outros degraus. Eu o segui, percebendo, de repente, para onde ele estava indo.

Ele entrou em uma casa noturna.

A música que vinha de dentro era alta. Não havia fila, mas pude ver que o interior estava lotado.

— Tudo bem, moça? — disse o segurança com um sotaque forte. — Tem documento de identidade, amor?

— Hum... — Não tinha. Eu não dirigia e não andava com meu passaporte. — Não, é só que...

— Não posso te deixar entrar sem identidade, amor.

Fiz uma careta. Discutir com um careca de 1,80m provavelmente não seria a melhor ideia, mas eu não tinha escolha.

— Por favor, meu amigo correu para dentro, ele está bem transtornado, só preciso falar com ele e saio assim que o encontrar, eu juro...

O segurança olhou para mim com solidariedade. Olhou para o relógio e suspirou.

— Pode entrar, moça, são só dez horas.

Agradeci e corri para dentro.

Era pior do que a Johnny R's. O piso estava grudento e sujo, todas as paredes estavam pingando por causa do calor, e mal se via alguma coisa no escuro ou se ouvia algo além da música pop. Passei pelos alunos que não paravam de pular; estranhamente, a maioria deles parecia estar vestindo jeans e camiseta, bem diferentes dos adolescentes arrumados que frequentavam a Johnny R's. Eu o procurei sem parar, ignorando os alunos que me lançavam olhares de desaprovação quando eu passava por eles, então subi a escada e repeti tudo, até que...

Ali. Camiseta branca, encostado na parede. Cabelos pareciam verdes da cor de grama sob as luzes fortes.

Eu o agarrei pelos braços antes que ele me visse e ele se sobressaltou tanto que eu senti seus ossos em movimento.

— ALED! — gritei, ainda que não fizesse muito sentido. Nem mesmo eu consegui ouvir o som da minha voz.

A música estava tão alta que tudo estava vibrando: o chão, minha pele, meu sangue.

Ele olhava para mim como se nunca tivesse visto um ser humano antes. Ele tinha olheiras profundas. Há vários dias não devia lavar os cabelos. Sua pele era iluminada pelas cores azul, vermelho, cor-de-rosa, laranja...

— O que você está fazendo?! — gritei, mas nenhum de nós conseguiu ouvir. — A música está muito alta!

Ele abriu a boca e disse alguma coisa, mas eu não consegui escutar nem fazer leitura labial, apesar de estar tentando ouvir, como nunca tinha tentado antes. Ele mordeu o lábio e permaneceu muito parado.

— Senti muito a sua falta — falei, a única coisa sincera em que consegui pensar. Acho que ele conseguiu fazer leitura labial, porque seus olhos ficaram marejados e ele movimentou os lábios para dizer "Eu também". Nunca antes, desde que o conheci, eu quis tanto ouvir a voz dele.

Eu não soube o que fazer, por isso só passei os braços pela cintura dele, apoiei a cabeça no seu ombro e o abracei.

A princípio, ele não fez nada. Em seguida, ergueu os braços lentamente e os passou ao redor de meus ombros, apoiando a cabeça contra a minha. Depois de um minuto, mais ou menos, senti que ele estava tremendo. Depois de mais um minuto, notei que eu também estava chorando.

Foi muito verdadeiro. Não parecia que eu estava tentando ser alguém que não era, que eu estava interpretando.

Eu gostava dele. Ele gostava de mim.

Era só isso.

NINGUÉM

Fomos para a praça. Não falamos nada no caminho. Andamos de mãos dadas porque foi natural.

Nós nos sentamos em um banco de pedra. Percebi, vários minutos depois, que ali era o ponto exato onde Aled havia se sentado quando a foto que aquele stalker postou no Tumblr foi tirada, meses antes.

Quando estou de mau humor, odeio que as pessoas sintam pena ou sejam muito boazinhas comigo. Eu sabia que, no caso de Aled, não se tratava apenas de "mau humor", mas decidi fazer uma abordagem diferente.

— Então você está se sentindo meio mal, né? — perguntei, sem soltar sua mão.

Aled estreitou um pouco os olhos, esboçando um sorriso. Ele assentiu, mas não disse nada.

— O que tem feito você se sentir assim? Se for alguém em especial, garanto que posso acabar com a raça dessa pessoa.

Ele sorriu de novo.

— Você não seria capaz de agredir nem uma *mosca* — respondeu.

O som da voz dele no ar, no mundo real, quase me fez começar a chorar de novo.

Pensei no que ele disse.

— Você deve ter razão. Elas são rápidas demais. Sou bem lenta, em geral.

Ele riu. Foi mágico.

— Então, o que está acontecendo? — perguntei, com uma voz que eu imaginei que seria parecida com a de um médico.

Aled deu um tapinha na minha mão com os dedos.

— Está acontecendo... tudo.

Esperei.

— Odeio a faculdade — disse ele.

— É mesmo?

— É. — Os olhos dele ficaram marejados de novo. — Odeio. Odeio tudo em relação a ela. Estou pirando. — Uma lágrima caiu e eu apertei a mão dele.

— Por que não larga? — sussurrei.

— Não posso ir para casa. Também detesto a minha casa. Então... não tenho para onde ir — disse ele com a voz rouca. — Nenhum lugar para ir. Ninguém para me ajudar.

— Estou aqui — falei. — Eu posso te ajudar.

Ele riu de novo, mas a risada desapareceu quase instantaneamente.

— Por que parou de falar comigo? — perguntei, porque eu não conseguia entender ainda. — E com o Daniel?

— Eu... — Ele hesitou. — Estava com medo.

— Medo do quê?

— Eu... simplesmente fugi de todas as coisas difíceis da minha vida — disse ele, e então riu meio descontrolado. — Se alguma coisa é difícil, se eu tenho que conversar com alguém sobre algo difícil, eu simplesmente evito e ignoro essa coisa, como se assim, ela pudesse desaparecer.

— O que... em relação a nós... você...

— Eu não suportava pensar em vocês dois... não sei... pensei que me rejeitariam para sempre. Pensei que seria melhor se eu ignorasse vocês.

— Mas... por que faríamos isso?

Ele secou os olhos com a mão livre.

— Bom... tá, então, eu e o Dan... a gente discutia por causa de muitas coisas. Principalmente porque ele não acredita quando digo que gosto dele. Tipo, ele acha que eu estou mentindo ou algo ridículo, ele acha que estou só *fingindo* sentir atração por ele porque sinto pena dele e porque somos amigos há muito tempo. — Ele olhou para mim e viu minha expressão. — Ah, você não acha a mesma coisa, né?

— Daniel parecia bem convencido...

Aled resmungou.

— Isso é muito idiota. Só porque eu... não saio gritando meus sentimentos o tempo todo...

— Por que ignorá-lo resolveria isso?

Ele balançou a cabeça.

— Não resolveria. Sei que não. Eu só estava com medo de falar a respeito. De encarar a possibilidade de ele... De ele acabar nosso relacionamento porque parece que eu não estou a fim. Tenho feito isso desde antes das férias porque... porque sou um baita *idiota*. E agora estamos separados e... não sei se um dia voltaremos a ser como já fomos...

Apertei a mão dele.

— E eu? — perguntei.

— Eu tentei — disse ele imediatamente, olhando em meus olhos. — Tentei. Escrevi tantas respostas para suas mensagens, mas... não consegui enviá-las. Pensei que elas fariam com que você me odiasse. Conforme o tempo foi passando, foi ficando cada vez pior, e eu fui me convencendo cada vez mais de que você me odiava e de que qualquer coisa que eu dissesse faria com que você me esquecesse para sempre. — Os olhos dele se encheram de lágrimas de novo. — Pensei que seria melhor se eu não dissesse nada. Pelo menos assim... ainda existia a possibilidade de eu ter algo bom na vida... agora que *Universe City*... se foi...

— Não te odeio — falei. — Longe disso, na verdade.

Ele fungou.

— Sinto muito — disse ele. — Sei que tenho sido um idiota. Tudo estaria bem se eu conseguisse... ter dito tudo isso antes...

Eu sabia que aquilo era verdade.

— Tudo bem — falei. — Eu entendo.

Às vezes não dá para dizer o que estamos pensando. Às vezes é difícil demais.

— Por que você terminou *Universe City*? — perguntei.

— Minha mãe me ligava sempre que eu fazia um novo episódio. Dizia para eu parar com aquilo ou ela... pararia de me mandar dinheiro, ou entraria em contato com a faculdade, coisas assim. Eu não dei ouvidos a ela no começo, mas chegou ao ponto de eu sentir medo a cada episódio e de ficar sem ideias, e passei a odiar fazer aquilo. — Ele chorou mais. — Eu *sabia* que ela ia destruir aquilo para mim. Sabia que ia roubar a última coisa que me restava só para *destruir*.

Soltei a mão dele e o abracei de novo.

Ficamos em silêncio por um instante e, apesar de nada estar resolvido, foi um alívio ouvi-lo dizer exatamente como se sentia, pela primeira vez.

— Só queremos que você fique bem — falei, abaixando os braços. — Todos nós.

— Todos... você e o Daniel?

Balancei a cabeça.

— A Carys está aqui.

Aled ficou paralisado.

— Carys? — sussurrou ele, como se não dissesse aquele nome há anos.

— É — respondi, quase sussurrando também. — Ela está aqui para te ver. Ela veio comigo para te ver.

Aled começou a chorar como se eu tivesse aberto uma torneira. As lágrimas não paravam de sair de seus olhos.

Aquilo me fez rir, o que provavelmente era muito insensível, mas eu não pude deixar de ficar feliz, de um jeito esquisito. Eu o abracei de novo, porque não fazia ideia do que dizer, e percebi que ele também estava rindo, de certo modo, em meio ao choro.

ASSIM ESPERÁVAMOS

Carys, Daniel e Raine ainda estavam na recepção quando voltamos para a faculdade. Quando entramos pela porta e Aled viu Carys, parou de andar e ficou olhando fixamente para ela. Carys se levantou de onde estava e olhou para ele do outro lado do salão. Eles já tinham sido parecidos, com seus olhos azuis e cabelos loiros, mas agora não tinham mais nada a ver um com o outro. Carys era mais alta, mais rechonchuda e tudo nela era limpo, forte, marcado. Aled era pequeno, magrelo e parecia desleixado e retraído, a pele um pouco manchada, as roupas amassadas, os cabelos com tons diferentes de verde, roxo e cinza.

Eu me afastei de Aled quando Carys se aproximou. Quando Carys o abraçou, ouvi seu sussurro:

— Me desculpe por ter te deixado sozinho com ela.

Daniel e Raine olhavam com atenção das poltronas. Daniel parecia meio incomodado ao ver como Aled estava diferente fisicamente e Raine olhava encantada, como se aquilo fosse um documentário emocionante de um drama familiar.

Delicadamente, segurei a cabeça dos dois e as virei para que desviassem o olhar.

— Como ele está? — sussurrou Daniel quando me sentei.

Não tinha por que mentir.

— Péssimo — falei. — Mas pelo menos ele não está morto.

Eu disse isso meio na brincadeira, mas Daniel assentiu.

Tínhamos conseguido.

Nós tínhamos encontrado Aled. Nós o havíamos ajudado. Nós o havíamos resgatado... assim esperávamos.

Foi o que pensamos até a porta da faculdade ser aberta com tudo e uma mulher gordinha de cabelos curtos entrar com uma bolsa a tiracolo.

Eu me levantei da poltrona mais rápido do que nunca. Ao vê-la, Carys meio que puxou Aled para longe da porta e em direção a nós. Pouco antes de ele se virar e vê-la, percebi a confusão nos olhos de Aled.

— Allie, querido — disse Carol.

SOZINHO

Todo mundo ficou de pé. Parecia um confronto de filme de faroeste.

Carol hesitou.

— Carys. O que exatamente *você* está fazendo aqui?

— Vim ver o Aled.

— Não sabia que você ainda se preocupava com alguém de sua família.

— Só com os bons — disse Carys, entre os dentes.

Carol ergueu uma sobrancelha.

— Bem, é isso mesmo. Não estou aqui para ver você e, sinceramente, não quero. Vim para falar com meu filho *de verdade*.

— Acho que você não merece — disse Carys, e eu consegui perceber a reação inaudível de todos os presentes.

— Como *é*? — perguntou a mulher, com a voz mais alta.

— Você *não* manda no modo com que eu interajo com meu filho.

Carys riu. A risada ecoou pelo salão.

— Ha! Ah, pode acreditar que mando, sim. Mando porque você o tem torturado como se ele fosse um *bonequinho*.

— Como você *ousa*...

— Como *eu* ouso? Como *você* ousa? Você matou o cachorro, Carol? Matou o cachorro? O Aled amava aquele cachorro, nós *crescemos* com ele...

— Aquele cachorro era um peso e um transtorno, a vida dele era péssima.

— Vou falar com ela — interrompeu Aled. Todos fizeram silêncio, apesar de sua voz ainda parecer um sussurro. Ele se afastou de Carys e caminhou em direção à mãe. — Venha, vamos conversar lá fora.

— Você não tem que fazer isso sozinho — disse Carys, mas não saiu de onde estava.

— Tenho, sim — disse Aled e acompanhou a mãe porta afora.

Esperamos por dez minutos e depois mais dez. Raine não parava de ir até a porta para ver se eles ainda estavam ali. Alunos passavam por nós e lançavam olhares estranhos na nossa direção.

Carys falava baixinho com Daniel, que não parava de balançar a perna. Eu estava sentada em uma poltrona, pensando no que estava acontecendo e no que Carol podia estar falando para ele.

— Ele vai ficar bem, né? — perguntou Raine e se sentou ao meu lado pela sexta vez. — Ele vai ficar bem, no fim.

— Não sei — falei, porque realmente não sabia. O destino de Aled dependia totalmente do que ele decidisse fazer naquela noite.

— Como ela soube que estávamos aqui? — perguntei, porque não tinha como pensar que Carol simplesmente tinha decidido estar ali no mesmo dia em que nós quatro dirigimos por seis horas atravessando o país para salvá-lo.

— Ela nos viu saindo — disse Carys, abruptamente. — Eu a vi olhando pela janela.

— Mas ela não tinha como saber para onde estávamos indo! — disse Raine.

Carys riu.

— A irmã há muito desaparecida parte no mesmo carro com a melhor amiga dele, com sacolas de comida para uma viagem longa? Acho que não é difícil de adivinhar.

Raine estava prestes a dizer algo quando ouvimos uma porta de carro ser batida. Ela se levantou de onde estava e correu até a porta.

— NÃO! — gritou.

Corremos para acompanhá-la a tempo de ver Aled partindo com a mãe em um táxi.

UNIVERSIDADE

— Não pensei que isso pudesse piorar — disse Daniel. — Mas literalmente piorou. Que ótimo.

Estávamos no meio da rua observando o táxi partir.

— Eles vão para a estação — disse Carys. — Ela vai querer levá-lo para casa.

— Bem, obviamente não podemos deixar que isso aconteça — falei.

Raine já estava andando em direção ao carro dela, que ainda estava inocentemente estacionado em local proibido na frente do prédio.

— Pessoal, entrem no carro.

Demoramos um momento para reagir.

— ENTREM NA PORRA DO CARRO! — gritou Raine.

Obedecemos e partimos atrás deles.

Ela ultrapassou o limite de velocidade e fez com que os alcançássemos em três minutos, com Daniel gritando na maior parte do caminho:

— Devagar, vamos todos morrer!

Saímos do carro e entramos na estação, onde conferimos os horários de partida, e havia um trem com destino a King's Cross saindo em três minutos na Plataforma Um. Corremos em direção à Plataforma Um sem falar mais nada, e ali estava ele, de pé ao lado de um banco com a mãe. Eu gritei — não pudemos nos aproximar mais porque não conseguimos passar pela catraca — e ele se virou com os olhos arregalados como se pensasse ter imaginado coisas.

— Não vá para casa com ela! — gritei. A estação estava iluminada, uma luz laranja e dourada contra a escuridão. — Por favor, Aled!

Ele tentou se movimentar na nossa direção, mas a mãe segurou o braço dele e o impediu. Ele abriu a boca para dizer algo, mas não disse nada.

— Vamos te ajudar! — Tentei pensar no que diria antes de dizer, mas meu coração batia acelerado e eu não conseguia pensar direito em nada, só pensava que, se Aled entrasse naquele trem, talvez nunca mais voltasse para nós. — Por favor, você não tem que ficar com ela!

Carol fez um som de desgosto e se virou como se não pudesse me ouvir, mas Aled continuou olhando. O trem estava quase na estação.

— É minha única opção — respondeu ele, apesar de eu mal conseguir ouvi-lo. O trem chegou fazendo um barulho alto na hora de frear. — Não posso ficar aqui, não tenho nenhum outro lugar para onde ir...

— Pode ficar na minha casa!

— Isso, ou na minha! — gritou Carys. — Em Londres!

— Você não tem que ficar lá! — continuei. — Ela vai fazer você voltar para a universidade! Você nunca deveria ter entrado na universidade...

Carol começou a tentar puxá-lo em direção à porta do trem. Ele se movimentou lentamente com ela, mas ainda olhava para mim.

— Você tomou a decisão errada... você... Você pensava que tinha que entrar na faculdade mesmo sem querer ou... Ou pensava que queria fazer faculdade, mas na verdade não queria... só porque sempre nos dizem que essa é nossa única opção. — Eu estava apoiando a maior parte do peso do meu corpo na catraca, como se pudesse quebrá-la ao meio. — Prometo que não é! Eu entendo... eu acho... acho que cometi o mesmo erro ou... ainda não cometi, mas... vou mudar isso.

Aled seguiu em direção ao trem, mas continuou na porta, olhando para mim.

— *Por favor, por favor, Aled...* — Eu balançava a cabeça sem parar para ele e senti que estava começando a chorar, não de tristeza, mas de *medo*.

Senti alguém me cutucar na lateral do corpo e, quando olhei, Raine tinha entrelaçado os dedos das mãos e fazia um apoio com elas. Percebi o que ela estava fazendo quando ela piscou para mim e disse:

— Vá antes que o segurança perceba.

Apoiei o pé nas mãos dela e Raine praticamente me lançou por cima da catraca. Ouvi o segurança gritando comigo, mas corri em direção à porta do trem e parei na frente de Aled. A mãe dele tentava puxá-lo mais para dentro, mas ele não se mexia. Estava ali, parado, me observando.

Estendi a mão para ele.

— Por favor, não vá com ela. Você tem outras opções... não está preso. — Percebi minha voz trêmula, o pânico e o desespero.

— E se eu não tiver? — sussurrou ele. — E se... não conseguir um emprego... nunca conseguirei sair de casa... e...

— Você pode morar comigo, vamos trabalhar na agência do correio no bairro e faremos *Universe City* juntos — falei.

— Seremos felizes.

Ele piscou para afastar as lágrimas.

— Eu... — Ele olhou para baixo, focado em algum ponto no chão, e não disse nada, mas eu *vi* quando ele decidiu.

— Aled! — A voz de Carol surgiu de algum ponto atrás dele, aguda e exigente.

Aled se livrou das mãos dela e segurou a minha.

Murmurei:

— Graças a Deus. — Vi que ele estava usando os sapatos verde-limão com cadarços roxos.

Finalmente, ele saiu do trem.

5. TRIMESTRE DA PRIMAVERA
c)

UNIVERSE CITY

Passamos a noite ali. Estava tarde demais para voltarmos para casa dirigindo. Aled tinha um edredom extra sobre o qual nos deitamos e nós quatro pensamos que não dormiríamos muito, mas Raine adormeceu dez minutos depois de dizer:

— Eu não durmo com meus amigos há *meses*.

Carys logo dormiu também, cobrindo-se com sua jaqueta de couro.

Daniel adormeceu quinze minutos depois, usando um short do pijama de Aled e uma camiseta, em vez do uniforme da escola, meio enfiado embaixo da mesa de Aled porque não havia espaço suficiente para cinco pessoas dormirem ali. Assim, só Aled e eu ficamos acordados, sentados na cama dele, encostados na parede.

— O que você quis dizer quando falou que pode ter cometido um erro em relação à universidade? — sussurrou ele, virando a cabeça na minha direção. — Você... O que planeja agora?

— Bom, a questão é que... acho que não gosto muito de literatura inglesa. Não quero mais estudar isso na faculdade.

Aled pareceu assustado.

— Não quer?

— Não tenho certeza de que quero.

— Mas... era isso... Era o que você mais queria, mais do que qualquer coisa.

— Só porque achava que tinha que querer — falei. — E porque era boa em literatura. Pensava que só assim teria uma vida boa. Mas... estava errada.

Fiz uma pausa.

— Adoro fazer *Universe City* com você — falei. — Não me sinto assim quando estou estudando.

Ele ficou olhando para mim.

— Como assim?

— Eu me sinto à vontade quando estou com você. E... essa versão minha... não quer estudar livros por mais três anos porque outras pessoas estão estudando e porque a escola diz que devo estudar... essa versão minha não quer um emprego qualquer só para ganhar dinheiro. Essa versão minha quer fazer o que eu quero.

Ele riu baixinho.

— O que você quer fazer?

Dei de ombros e sorri.

— Não tenho planos... mas talvez precise pensar nisso com mais cuidado. Antes de tomar uma decisão da qual eu me arrependa.

— Como aconteceu comigo — disse Aled, mas ele estava sorrindo.

— Pois é — falei e nós dois rimos. — Mas eu poderia fazer qualquer coisa. Poderia colocar um piercing no nariz.

Nós rimos de novo.

— Que tal arte? — perguntou ele.

— Oi?

— Você gosta bastante de arte, não gosta? Poderia fazer faculdade de arte. Você é boa nisso e gosta bastante.

Pensei na ideia. Pensei mesmo. Com certeza não era a primeira vez que alguém havia sugerido que eu estudasse arte. Eu não tinha dúvidas de que gostaria.

Por um instante, a ideia me pareceu brilhante.

O que me lembro do resto daquela noite foi que acordei e ouvi Daniel e Aled conversando, sussurrando, quase sem fazer qualquer barulho. Aled ainda estava ao meu lado na cama. Daniel, eu imaginava, estava falando com ele sentado no chão. Logo fechei os olhos de novo para que eles não percebessem que eu estava acordada e pensassem que eu estava ouvindo a conversa.

— Calma, não entendi — disse Daniel. — Pensei que isso significasse alguém que não gosta de fazer sexo.

— Acho que é assim com algumas pessoas... — disse Aled. Ele parecia um pouco nervoso. — Mas a assexualidade quer dizer... hum... quando alguém não se sente *atraído* sexualmente por ninguém.

— Certo. Entendi.

— E algumas pessoas sentem que são... tipo... *parcialmente* assexuais, então... elas só se sentem sexualmente atraídas por pessoas que elas conheçam muito, muito bem. As pessoas com quem, tipo, elas têm uma ligação emocional.

— Tá. E é o seu caso.

— Isso.

— E você sente atração por mim. Porque me conhece muito bem.

— Isso.

— E por isso você nunca fica a fim de ninguém.

— É. — Ele fez uma pausa. — Algumas pessoas chamam isso de "demissexual", mas, hum... não importa muito a palavra usada...

— Demissexual? — Daniel riu. — Nunca nem ouvi falar.

— É, não importa a palavra usada, para ser sincero... só estou tentando explicar o que eu... tipo... o que eu sinto. É o sentimento, o mais importante.

— Tudo bem. É só um pouco complicado. — Ouvi um barulho que podia ter sido feito por Daniel virando no chão. — Como descobriu tudo isso?

— Na internet.

— Você devia ter me contado.

— Pensei que você acharia... bobagem, sei lá.

— Quem sou eu para julgar a sexualidade dos outros? Sou bem gay.

Os dois riram baixinho.

Aled continuou:

— Só queria que você entendesse, tipo, porque não quero me assumir nem nada assim. Com certeza, não é por não gostar de você...

— Não, eu entendi. Entendi.

— Eu senti medo... Não sabia como explicar isso a você para que acreditasse em mim. Aos poucos comecei a te evitar... o que fez com que você pensasse que não gosto de você... eu fiquei com medo de que você terminasse comigo assim que eu falasse com você. Me desculpe, tenho sido terrível com você...

— É, você tem sido um idiota. — Percebi que Daniel estava sorrindo, e os dois abafaram o riso. — Tudo bem, peço desculpa também.

Aled esticou o braço. Fiquei tentando imaginar se eles estavam de mãos dadas.

— Então podemos voltar a ser como éramos antes? — sussurrou Aled. — Podemos ser nós de novo?

Daniel demorou um pouco para responder.

— Claro, podemos.

De manhã, Aled e eu fomos até a Boots para comprar escovas de dente para todos, porque Carys disse que não ia a lugar nenhum enquanto não escovasse os dentes. Enquanto estávamos lá, Aled se afastou para ver tinta para cabelo. Quando me aproximei, perguntei se ele queria que eu tingisse o cabelo dele quando voltássemos para o quarto, e ele aceitou.

Ele se sentou na cadeira à frente da mesa, com os cabelos lavados, e eu fiquei atrás dele com uma tesoura que tínhamos comprado na WHSmith.

— Frances... — O nervosismo na voz dele era nítido. — Se você cortar mal meus cabelos, provavelmente vou fugir para o País de Gales e viver por lá até meus cabelos crescerem de novo.

— Beleza! — Abri e fechei a tesoura no ar. — Sou artística. Tirei A em artes.

Raine riu da cama de Aled, onde estava sentada.

— Mas você não fez curso de cabeleireira, fez?

Eu me virei e apontei para ela com a tesoura.

— Teria feito se pudesse.

Cortei alguns centímetros dos cabelos de Aled — ainda passavam das orelhas dele, mas não tão compridos a ponto de ficarem lambidos e pesados — e tentei fazer umas camadas para que ele não ficasse parecendo um escudeiro medieval. De modo geral, ficou bom, na minha opinião, e Aled disse que ficou melhor do que qualquer outro corte que já tinha tentado fazer com cabeleireiros.

Descolorimos os cabelos dele, o que demorou séculos e deixou um tom laranja-amarelado, que eu achei hilário e fotografei com o celular.

Depois disso, tingimos os cabelos dele de cor-de-rosa pastel, inspirado em um gif que ele me mostrou do membro de uma banda com jaqueta jeans — com cabelos um pouco compridos, além do queixo, e um tom suave de rosa. Quando terminei, notei que ficou exatamente como os cabelos de Rádio são descritos em *Universe City*.

Estávamos dirigindo há cinco minutos quando o carro de Raine quebrou.

Ela parou no acostamento e ficou parada por um instante.

— Isso por acaso é uma piada? — perguntou, com educação.

— O que se faz quando o carro quebra muito longe de casa? — perguntei.

— Podemos ligar para algum guincho? — perguntou Daniel.

— Não sei — disse Raine. — Meu carro nunca tinha quebrado.

Todos saímos do veículo.

— Quem devemos chamar? — perguntei e olhei para Carys.

— Não olhem para mim. Posso até saber como pagar meus impostos, mas não sei nada de carros. Moro em Londres.

Daniel também não dirigia e, obviamente, nem Aled e nem eu. Ficamos ali, parados.

Carys suspirou e pegou o celular de dentro do bolso.

— Vou ver no Google. Esperem.

— Preciso ir para casa — disse Daniel. — Já perdi três aulas de química e é uma matéria difícil de entender depois.

— Podemos pegar o trem — falei.

— Custa cerca de noventa libras para ir para Kent. Eu pesquisei.

— Eu pago — disse Aled. Todos olhamos para ele. — Não tenho gastado muito dinheiro recentemente. Meu dinheiro do empréstimo estudantil entrou há algumas semanas.

— Mas e o meu carro? — Raine se apoiou de modo dramático no capô e passou a mão por ele. — Não posso simplesmente deixá-lo aqui.

— E as coisas do Aled estão ali dentro — lembrou Daniel.

Carys suspirou.

— Fico com você, Raine, e vamos dar um jeito no carro. Vocês três voltam de trem.

— O quê? — perguntei. — Tem certeza?

— Tenho. — Carys sorriu. — Eu quero falar com esta daqui, de qualquer modo. — Ela fez um gesto indicando Raine, que estava murmurando e passando a mão pelo capô do carro.

— Sobre o quê?

— Alternativas de projetos para pessoas que não são boas com problemas de matemática. — Ela deu de ombros. — Coisas que eles se esquecem de nos ensinar na escola.

Apesar de dizer que ia estudar no trem, Daniel dormiu quase imediatamente. Aled e eu nos sentamos um de frente para o outro com uma mesa entre nós e, em determinado momento, começamos a falar de *Universe City*.

— Não quero que acabe — falei.

Ele respirou fundo.

— Nem eu — respondeu.

— Eu acho... acho que você deveria retomar.

— Bom... eu quero.

— Então você vai retomar?

— Talvez.

Quase imediatamente começamos a planejar um novo episódio. Toulouse participava dele, fazendo um retorno dramático depois de ter desaparecido de modo repentino no Portão dos Mortos, e começamos a planejar enredos secundários também: o Prédio Azul-Escuro, February Friday e a própria Universe City. Começamos a sussurrar falas do roteiro um para o outro e Aled as anotou no telefone. Mesmo assim, acabamos despertando Daniel, e ele revirou os olhos quando percebeu o que estávamos fazendo, mas também sorria. Tentou voltar a dormir, mas não conseguiu, então ficou ouvindo nossa conversa.

— Você vai lavar as roupas por pelo menos três semanas — disse minha mãe.

Ainda estávamos no trem, no meio do caminho para casa, e eu estava conversando com ela ao telefone. Eu tinha percorrido o corredor para ficar perto da porta, entre dois vagões, porque Aled e Daniel tinham adormecido.

— Além disso, eu vou escolher os filmes de sábado à noite a que assistiremos no próximo mês. Não posso tirar noventa libras do céu quando quiser. Pode acreditar. Faria isso, se pudesse. Eu estava na floricultura, dia desses, e vi uma fonte em forma de cachorro fazendo xixi. Oitenta paus. Sabe, estamos falando de compras essenciais, Frances, *essenciais*. Estou sacrificando isso para que você possa pegar um trem...

— Tá, tá bom — respondi sorrindo. — Pode escolher o filme de sábado. Desde que não seja *Shrek*.

— O que acha de assistirmos a *Shrek 2*?

— Pode ser *Shrek 2*.

Minha mãe riu e eu apoiei a cabeça na porta do trem. Estávamos passando por uma cidade. Eu não sabia qual. Não sabia exatamente onde estávamos.

— Mãe — falei.

— O que foi, querida?

— Acho que não quero mais estudar literatura inglesa na faculdade. — Fiz uma pausa. — Acho que não quero fazer faculdade.

— Ah, Frances. — Ela não parecia desapontada. — Tudo bem.

— Tudo bem? — perguntei porque não tinha certeza.

— Sim — disse ela. — Tudo bem.

VERÃO

UMA NOVA VOZ

O evento de Aled era um dos principais. Às 16:00 na maior arena. Eu estava passando o tempo assistindo a uma das outras YouTubers enquanto Aled se preparava e ensaiava a apresentação com uma parte da equipe nos bastidores. A garota que se apresentava no momento era uma comediante musical. Falou muito sobre o Tumblr, entrevistou alguns atores que faziam participação e cantou umas músicas sobre *Supernatural*.

Enquanto eu assistia, notei que estava ao lado de alguém que eu achava conhecer.

Os cabelos dela eram de um tom preto incomum, ou talvez um castanho bem intenso, eu não soube dizer, e ela tinha uma franja volumosa que escondia suas sobrancelhas. Parecia meio cansada, como se não soubesse direito onde estava.

— Acho que já te vi — disse ela, antes que eu pudesse dizer. — Você estudou na Higgs?

— Estudei, há muitos anos. Mas me mudei para a Academy... — E parei de falar.

Ela olhou para mim de cima a baixo.

— Você se fantasiou de Doctor Who, uma vez? Numa festa?

Eu ri, surpresa.

— Sim!

Fizemos uma pausa.

— Como está a Academy? Ouvi dizerem que está muito acadêmica agora. Como era a minha escola.

— É... sabe como é. Uma escola.

Nós duas rimos, cúmplices.

A garota se virou na direção do palco.

— Nossa, a escola quase me matou. Ainda bem que terminou.

— Digo a mesma coisa — respondi sorrindo.

Fui para os bastidores. Tive que correr para não me atrasar porque não tinha ficado de olho na hora.

Uma mulher usando roupas pretas e um microfone de cabeça tentou me chamar quando atravessei o corredor dos bastidores correndo.

— Estou com Rádio — falei, mostrando o crachá pendurado no pescoço, e ela me deixou em paz. Acho que eu parecia ser uma fã, porque estava usando minha legging com estampa das Tartarugas Ninja e um moletom largo de banda. Segui andando. Portas atrás de portas, sem qualquer descrição. No fim, um cartaz apontando para a esquerda. PALCO.

Eu entrei à esquerda. Subi uns degraus. Passei pela porta onde estava escrito "PALCO" e me vi nas sombras da área dos bastidores. Havia polias, cordas e fios esquisitos espalhados, luzes piscando e equipamento técnico, fita adesiva espalhada por todos os lados. Homens e mulheres vestidos de preto corriam de um lado a outro, me prendendo em uma espécie de furacão de corpos, até um cara me parar e perguntar:

— Está aqui com o Criador?
Respondi que sim.
Ele sorriu de modo assustador. Era bem grande, barbudo, com um iPad na mão. Devia ter pelo menos trinta anos.
— Ai, meu Deus. Então você deve saber quem ele é. Ai, meu Deus. Eu ainda não o vi. Só sei que o nome dele é Aled, mas não faço ideia de como ele é. Vicky disse que o viu, mas eu ainda não o vi. Ele deve estar esperando no lado direito do palco. Ai, meu Deus, estou *muito animado*.

Eu não soube bem o que responder àquilo, então deixei que ele se afastasse e dei a volta pela parte de trás do palco, um corredor estreito entre a cortina de trás e uma parede de tijolos escuros cheia de luzes, como se fôssemos aviões precisando de orientação para pousar.

O lado direito do palco estava praticamente vazio se comparado com o lado esquerdo. Havia três pessoas perto da parte da frente, duas delas meio dando atenção a uma terceira.

Foi então que eu o vi.

Parei por um momento.

Não conseguia acreditar direito que aquilo estava acontecendo.

Não... eu conseguia acreditar, sim. Foi incrível. Espetacular.

As três pessoas acabaram percebendo minha presença e se viraram, caminhando para a luz. Aled e duas pessoas da equipe, um homem e uma mulher. O homem, de vinte e poucos anos, tinha cabelos azuis. A mulher, de quarenta e poucos, tinha dreads.

Aled caminhou na minha direção. Ele estava incrível da maneira mais esquisita possível. E olhou em meus olhos, nervoso, por apenas alguns segundos, e então virou a cabeça com um sorriso tímido. Mexeu nas luvas. Eu sorri e olhei para ele de cima a baixo. Sim. Rádio. Os cabelos dele tinham uma cor ridícula em tom pastel, e estavam compridos, presos atrás das orelhas. Terno de três peças, gravata, luvas. Havia um monte de fanart chegando. Todos o adorariam.

— Você está ótimo — falei, sinceramente. Ele estava ótimo, parecia prestes a se erguer do chão, flutuar entre as nuvens e se tornar o novo sol, parecia capaz de matar alguém com um sorriso, parecia a melhor pessoa do mundo.

Eu estava com a carta de admissão do curso de artes dentro do bolso. Aled ainda não sabia desse fato. Nunca antes eu tinha ficado tão animado com alguma coisa, mas não contaria para ele ainda. Queria fazer uma surpresa mais tarde.

Aquele era um dia maravilhoso.

— Eu... — começou a falar, mas meio que engoliu em seco.

O salão todo se apagou, fazendo a plateia gritar ensandecida. Nos bastidores, só conseguimos olhar um para o outro com a ajuda de uma luminária minúscula presa a um cano à minha direita.

— Vinte segundos — disse a mulher de dread.

— Vai ficar tudo bem, não vai? — perguntou Aled, com a voz trêmula. — O roteiro... foi... Estava bom, não estava?

— Sim, estava brilhante, como sempre — falei. — Mas não importa o que penso. É o seu programa.

Aled riu. Um sorriso raro e lindo.

— Eu não estaria aqui sem você, sua enorme idiota.

— Pare de me fazer chorar!

— Dez segundos — disse o cara de cabelos azuis.

— E AGORA, APRESENTANDO UMA VOZ NOVA AO EAST CONCERT HALL...

Ele empalideceu. Juro por Deus. Mesmo na luz fraca, eu consegui ver. O sorriso sumiu e ele morreu temporariamente.

— UM FEONÔMENO DO YOUTUBE QUE RECENTEMENTE PASSOU A MARCA DE 700 MIL INSCRITOS...

— E se as pessoas não gostarem? — perguntou ele, com a voz baixa. — Elas estão esperando algo brilhante da minha parte.

— Não importa — falei. — É o seu programa. Se você curtir, *será* brilhante.

— O ESTUDANTE MISTERIOSO QUE SE ESCONDEU ATRÁS DE UMA TELA VAZIA NOS ÚLTIMOS TRÊS ANOS...

O palco foi tomado por cores, luzes piscando por todo o salão. A introdução feita no baixo de "Não nos resta nada" começou a tocar e Aled pegou a guitarra e a pendurou no pescoço.

— Ai, meu Deus — falei. — Meu Deus, meu Deus, meu Deus....

— Cinco segundos.

— O INCRÍVEL....

— Quatro.

— O TODO-PODEROSO...

— Três.

— O IMPRESSIONANTE...

— DOIS.

— O REVOLUCIONÁRIO...

— Um.

— RÁDIO... SILÊNCIO.

Só conseguia vê-lo de costas, a nuca visível acima do terno quando ele pisou na parte iluminada do palco, os passos acontecendo lentamente, enquanto uma música de fazer acelerar o coração surgia no ambiente. Parei de respirar e vi tudo. Vi a plateia ficar de pé, incrivelmente feliz por finalmente vê-lo ao vivo, e me surpreendeu ver quantas pessoas Aled tinha feito sorrir só subindo num palco iluminado.

Vi a equipe dos bastidores se reunir ao lado esquerdo do palco, se amontoando ali para dar uma olhada no Criador Anônimo. Vi Aled levantar uma das mãos enluvada. Vi cada rosto na multidão. Cada rosto sorrindo, pessoas usando luvas e ternos como Rádio, alguns vestidos como Chester, Atlas ou os novos personagens daquele ano: Marine, Jupiter, Atom. Vi uma garota na frente vestida como Toulouse e senti o coração apertar.

Observei Aled, ou Rádio, ou quem quer que aquele cara fosse, pegar o microfone e abrir a boca, e sussurrei as palavras no ar enquanto ele as vociferava para a plateia.

— Olá. Espero que alguém esteja ouvindo...

Universe City ao vivo na Live! Video Londres 2014

Live!Video   1.562.979 visualizações

Publicado em 16 de setembro:

A primeira participação de Rádio na Live!Video Londres 2014 no East Concert Hall acontece no dia 22 de agosto, sábado. Depois de revelar sua aparência, Rádio descreve o resultado de sua busca pelo Irmão Perdido e os últimos acontecimentos na busca para encontrar uma rota de fuga da Universe City. Também discute o futuro da Universe City e das cidades-irmãs pelo país.

Informação:

Rádio é o criador da série de podcast internacionalmente celebrada, *Universe City*, cujo podcast alcançou mais de dez milhões de visualizações no YouTube desde março de 2011. Cada podcast dura de 20 a 25 minutos, e a série acompanha alunos da Universe City conforme eles descobrem os segredos da cidade, além de falhas e hipocrisias, conforme narrado por um aluno que não quer estar ali: o enigmático Rádio Silêncio.

[TRANSCRIÇÃO INDISPONÍVEL]

AGRADECIMENTOS

Obrigada a todos os que me apoiaram enquanto eu escrevia meu segundo livro. Demorei muito tempo, mas consegui!

Obrigada às pessoas mais importantes da minha carreira: minha agente Claire e meus editores Lizzie, Sam e Jocelyn. Vocês me fazem seguir acreditando que o que estou fazendo é ótimo e não terrível e que tudo está bem. Não chegaria a lugar nenhum sem vocês.

Obrigada a meus pais e a meu irmão, como sempre, por serem a melhor família de todas.

Obrigada às minhas lindas amigas da minha cidade, com quem sempre posso contar para rir, abraçar e cantar nas viagens de carro. Obrigada aos meus colegas de faculdade, que me mantêm sã. Obrigada à minha amiga tão importante, Lauren James — você me fez acreditar neste livro a cada passo.

Obrigada a *Welcome to Night Vale*, uma grande inspiração para *Universe City*, e um podcast muito bom.

E obrigada a você, leitor. Não importa se você me conhece há pouco tempo ou se me conhecia em 2010, quando eu postava no Tumblr sobre o meu grande desejo de me tornar uma escritora. Quem quer que você seja e como quer que tenha encontrado este livro... eu o escrevi para todos nós.

Impressão e Acabamento:
EDITORA JPA LTDA.